ars vivendi

Dr. Bernd Flessner wurde 1957 in Göttingen geboren und ist in Ostfriesland aufgewachsen. Er studierte Theater- und Medienwissenschaft, Germanistik und Geschichte in Erlangen und arbeitet dort heute am Zentralinstitut für Wissenschaftsreflektion und Schlüsselqualifikation als Zukunftsforscher. Er ist zudem als Wissenschaftsjournalist und Essayist tätig. Besonderen Wert legt Flessner auf die Vermittlung wissenschaftlicher Erkenntnisse an Kinder, u. a. im Rahmen der Reihe *WAS IST WAS* sowie der Fernsehproduktion *Die Sendung mit der Maus*. *Frankengold* ist sein erster Kriminalroman bei *ars vivendi*.

Bernd Flessner

Frankengold

Kriminalroman

ars vivendi

Originalausgabe

Erste Auflage Mai 2017

www.arsvivendi.com

Lektorat: Stephan Naguschewski
Umschlaggestaltung: FYFF, Nürnberg
Motivauswahl: ars vivendi
Coverfoto: © kukumalu/fotolia.com
Druck: CPI books GmbH, Leck
Gedruckt auf holzfreiem Werkdruckpapier
der Papierfabrik Arctic Paper

MIX
Papier aus verantwortungsvollen Quellen
FSC® C083411

Printed in Germany

ISBN 978-3-86913-765-0

Frankengold

1

Vor ihm erhob sich das Gras.

Als hätte der Boden einen Wall gegen ihn errichtet.

Harald Graf blieb stehen, schnappte nach Luft und starrte einige Sekunden auf einen bereits stark verrotteten Baumstumpf.

Es war sein dritter Aufstieg an diesem Nachmittag.

Kein Problem für einen Jüngeren. Aber für ihn.

Nach einem Schluck aus seiner Wasserflasche kämpfte er sich den Hang hinauf, umging einen mächtigen Schlehenbusch, setzte mit großer Vorsicht einen Fuß vor den anderen und tauchte unvermittelt in einen riesigen Schatten ein.

Trotz seiner Karte war er in ein Waldstück geraten. Vielleicht auch aufgrund der Karte. Schließlich hatte er sie selbst ergänzt, indem er die Details aus verschiedenen anderen Karten auf eine Wanderkarte übertragen hatte. Allerdings besaßen die Karten, die ihm als Quellen gedient hatten, andere Maßstäbe, die zudem nicht immer angegeben waren. Bei der wichtigsten Karte hatte er auf 1:100.000 getippt und die Entfernung auf seine Wanderkarte im Maßstab 1:25.000 umgerechnet. Ohnehin glaubte er nicht, dass man den alten Karten wirklich vertrauen konnte. Aber andere Quellen hatte er nicht auftreiben können.

Mit dem kleinen Wäldchen hatte er nicht gerechnet. Es fehlte auf den alten Karten, aber auch auf seiner aktuellen Wanderkarte. Graf ließ seinen Blick von Stamm zu Stamm springen. Dem Durchmesser nach waren die Fichten etwa fünfzig bis sechzig Jahre alt. Wahrscheinlich waren sie ja erst später angepflanzt worden. Das Braun der schuppigen

Borken wurde von dem Grau einer glatten Rinde abgelöst. Er war auf eine Buche gestoßen, die mit Sicherheit älter war als die Fichten. Nach ein paar Schritten konnte er weitere Buchen am Rande des Wäldchens erkennen.

»Verflucht!«, zischte Graf und befragte zum wiederholten Mal seine Karte, die, was ihm natürlich längst bewusst war, die Antwort schuldig bleiben musste. Zumindest die Isohypsen schienen zu stimmen, denn sie beschrieben eine weitere Steigung, die er rechts vor sich zu erkennen glaubte. Mit etwas Glück hatte er doch den richtigen Weg eingeschlagen.

»Dann stehen hier eben ein paar Bäume«, brummte er, sah kurz auf den Kompass und stapfte in östlicher Richtung weiter. Unter den Sohlen seiner Wanderschuhe knackten trockene Zweige und Fichtenzapfen. Auf einer kleinen Lichtung legte er den nächsten Halt ein. Wieder stimmten die Höhenlinien seiner topografischen Karte mit der vorgefundenen Landschaft überein. Ein Lächeln flog über sein Gesicht.

Graf hatte den Kompass gerade wieder verstaut, als er ein Geräusch vernahm, das nicht von einem der zahllosen Instrumente des Waldes stammte, deren Klänge er nur zu gut kannte. Ein Traktor oder ein Auto schieden auch aus. Es war ein lang gezogenes, trockenes Husten, das aber kein menschlicher Rachen ausgestoßen hatte. Während Graf versuchte, die Herkunft des Geräusches zu lokalisieren, verstummte es. Nicht einmal die ungefähre Richtung hatte er feststellen können. Bilder von neuartigen, forstwirtschaftlichen Maschinen, die auf mechanischen Beinen liefen, statt auf Rädern zu fahren, kamen ihm in den Sinn. Erst vor wenigen Tagen hatte er staunend eine Dokumentation über diese Fahrzeuge, die eigentlich Laufzeuge waren, im Fernsehen verfolgt.

Dicke Regentropfen rissen ihn aus seinen Gedanken und vertrieben die Bilder. Eine dunkle Wolke hatte es bis nach Mittelfranken geschafft und gab sich große Mühe, ihre Ladung am Rande des Aischgrunds loszuwerden. Seit Wochen hatte es nicht mehr geregnet. Der Mais auf den Feldern war längst sandfarben, erdfarben, obwohl dessen Ernte noch gar nicht anstand. Es war ein heißer, ein trockener Sommer, der je nach Standpunkt dem Klimawandel oder dem Zufall angelastet wurde.

Auch die Wolke konnte wenig gegen die Trockenheit ausrichten. Ihre Tropfen waren zwar dick, fielen aber in großen Abständen. Graf konnte die Aufschläge zählen. Und da er seine Karte einer wasserdichten Kartentasche anvertraut hatte und einen Sonnenhut trug, setzte er seinen Weg unbeeindruckt fort. Er überquerte die kleine Lichtung, passierte einige Fichten und fand eine weitere, größere Lichtung vor, die ihn sofort elektrisierte. Ihr Boden war nicht plan, sondern wies markante Unebenheiten auf, die trotz der üppig wachsenden Gräser sofort ins Auge fielen. In der Mitte ragte ein fast meterhohes Gebilde aus dem Waldboden, dessen Beschaffenheit dank eines dichten Bewuchses nicht zu erkennen war. Es konnte sich natürlich um Felsen handeln. Auch Bauschutt kam infrage, der in dieser Gegend lange Zeit und ohne jegliche Bedenken dem Wald übergeben worden war. Graf aber dachte an eine dritte Möglichkeit, er dachte an Beton, der einen kleinen Raum schützen sollte. Einen Raum, nicht größer als ein Kleinwagen.

Mit vorsichtigen, respektvollen Schritten näherte er sich der Erhebung, die wahrscheinlich bei keinem Förster und keinem Wanderer für einen Adrenalinschub gesorgt hätte. Aber bei ihm war das etwas anderes. Denn er hatte die Karte. Im Abstand von etwa zwei Metern umrundete er das

Gebilde und suchte nach menschlichen Spuren. Aber es war längst Gras über die Sache gewachsen, eskortiert von Akelei und Glockenblumen, die sich hier besonders wohl zu fühlen schienen. Nach der zweiten Umrundung glaubte er, an einer Stelle, die im Halbschatten lag, einen rechten Winkel zu erkennen. Er spürte seine Aufregung, tastete sich durch das Gras, fahndete mit den Augen in der grünen Tarnung, streckte behutsam die rechte Hand aus.

Graf hatte das Gebilde noch nicht berührt, als das Husten sich erneut seinen Weg in sein Bewusstsein bahnte. Er ließ die Hand wieder sinken und hob den Kopf. Ein sonderbares Geräusch, das er noch immer nicht identifizieren konnte, obwohl es nun deutlicher zu vernehmen war. Ob er der Quelle mittlerweile näher gekommen war oder diese ihm, wusste er nicht. Es musste etwas Mechanisches sein, denn das trockene, schnarrende Husten folgte einem erkennbaren Rhythmus, wenn auch keinem sehr präzisen.

Er lauschte, dann war sich Graf sicher, dass es aus östlicher Richtung kam. Demnach hatte er sich auf die Quelle zubewegt. Er warf einen Blick auf die grüne Erhebung und beschloss, zunächst dem Geräusch auf den Grund zu gehen. Die Lichtung würde sich ja nicht in Luft auflösen. Nein, er wollte unbedingt wissen, welche Maschine, welches Ding dieses sonderbare rhythmische Geräusch hervorrief. Das würde auch nicht lange dauern.

Graf stapfte durch das hohe Gras auf die Fichten zu, blieb kurz stehen, horchte in den Schatten des Wäldchens hinein und beschleunigte dann seine Schritte. Braune und graue Stämme wanderten an ihm vorbei. Unter seinen Sohlen krachten tote Zweige. Sonst war nichts mehr zu hören. Nach wenigen Metern trat er aus dem Schatten und hielt augenblicklich die rechte Hand vor die Sonne.

Vor ihm lag ein Maisfeld, ebenso vertrocknet wie alle anderen. Über den erdfarbenen Blättern, Kilometer entfernt, schmiegte sich ein Dorf ins Grün des Aischgrunds. Es musste Dachsbach oder Oberhöchstädt sein. Am Horizont erhoben sich zwei Windräder wie Riesen aus dem Wald.

Graf schnaufte und kniff die Augen zusammen. Mit einem Stofftaschentuch wischte er sich den Schweiß von der Stirn und musterte den schmalen Grünstreifen zwischen Wald und Feld. Links wirkte das Gras unberührt, rechts aber war es zertreten. Er verstaute das Taschentuch und betätigte sich als Spurenleser. Lange brauchte er sich nicht zu bemühen, denn am Ende des Feldes stieß er auf einen kleinen Erdhügel, hinter dem ein frisch ausgehobenes Loch im Boden klaffte, etwa einen Meter im Durchmesser, aber keinen halben Meter tief. Am Rande des Aushubs lehnte eine Spitzhacke, die von der Mühe des Gräbers zeugte, in den trockenen und harten Boden einzudringen. Einen Spaten konnte Graf nicht entdecken. Auch vom Urheber fehlte jede Spur.

Während er das Loch langsam erneut umrundete, schwieg der Wald. Kein Vogel, kein Insekt war zu hören, und natürlich auch das rhythmische Geräusch nicht, das er nun der Spitzhacke zuordnete.

Obwohl Graf noch keines der Löcher gesehen hatte, war er sich sicher, vor einem solchen zu stehen. Seit Wochen geisterten Meldungen über derartige Löcher durch die regionalen Zeitungen. In Neustadt war sogar bei Nacht eines in einem Vorgarten gegraben worden, andere hatten der oder die Täter wieder zugeschüttet. Irgendwo war ein Auto in einem der Löcher stecken geblieben. Die Presse hatte jugendliche Spaßvögel und Wirrköpfe als mögliche Täter ausgemacht.

Während Graf mit seinem Blick unschlüssig das Loch auslotete, keimte ein Verdacht in ihm auf. Er sah auf seine Karte, drehte sie, befragte seinen Kompass. Nein, er war nicht zufällig auf dieses Loch gestoßen. Ein Zufall war lediglich der Tag, für den er sich entschieden hatte, um hierher zu kommen. Der Tag, den auch die Erdarbeiter ausgewählt hatten. Schlagartig war ihm nun die Bedeutung der Löcher klar, von denen er in der Zeitung gelesen hatte. Er ärgerte sich, nicht eher auf diese naheliegende Lösung gekommen zu sein. Erneut befragte er seine Karte und tippte mit dem Zeigefinger auf einige Orte, die ihm im Gedächtnis geblieben waren. Der letzte Zweifel verflog, er hatte das Rätsel der Löcher gelöst. Es war so einfach.

Der Wald brach sein Schweigen.

Als Graf seinen Kopf hob, sah er für den Bruchteil einer Sekunde ein Spatenblatt auf sich zufallen, das ihn ein letztes Mal in einen Schatten eintauchen ließ.

2

Body Talks. 100 Jahre BH

Eine Stunde hatte ihm sein Vater gewährt. Eine Stunde, um sich die neue Sonderausstellung im Museum für Kommunikation anzusehen. Was hatte er sich bloß dabei gedacht? Nicht bei den BHs, sondern bei der Zeitvorgabe. Eine Stunde. Hin- und Rückfahrt inklusive.

Dennoch hatte Johannes Gundermann nicht lange überlegt, sondern war in die Lessingstraße gefahren. Es war ja kein böser Wille, sein Vater spürte längst seine Jahre, litt unter Arthritis. Es kostete ihn viel Kraft, hinter dem Tresen zu stehen.

Gundermann fand einen Parkplatz, bezahlte den Eintritt und ging die Treppe hinauf den BHs entgegen. Aber nicht wegen der BHs, sondern um der Stunde willen, die er der elterlichen Apotheke entfliehen konnte. Zwar war er auch dort mit dem Ausstellungsthema konfrontiert (erst am Vormittag hatte er eine Milchpumpe verkauft), aber hier hatte es nichts mit dem Geschäft zu tun. Außerdem hatte er noch nie eine Sonderausstellung verpasst.

Nicht, dass Gundermann die Apotheke hasste. Sie hatte sich nur nicht als die Arbeitswelt erwiesen, die er sich erhofft hatte. Sie war die Welt seiner Kindheit, die Welt seiner Eltern, die Welt seiner Vorfahren, von denen einer, Ägidius Immanuel Gundermann, dessen Herkunftsspuren nicht mehr zu ermitteln waren, die Apotheke anno 1778 gegründet hatte. Und nicht nur das, er hatte damit auch, ohne es zu ahnen, der Familie Gundermann eine Last auferlegt, die von Generation zu Generation angewachsen und nun an Johannes weitergereicht worden war.

Er konnte sich noch bestens an jenen Tag erinnern, an dem er aus der Schule mit der Frage des Berufswunsches nach Hause gekommen war. Dort hatte er von seinen Eltern erfahren, dass sie diese im Unterricht ausgiebig diskutierte Frage längst für ihn beantwortet hatten.

Zweifel an dieser Selbstverständlichkeit, eines Tages die traditionsbeladene Apotheke zu übernehmen, waren ihm erst kurz vor dem Abitur gekommen. Mehrmals hatte er daraufhin die Idee in den elterlichen Wohnraum gestellt, eventuell Geschichte studieren zu wollen. Alles hätten seine Eltern damals akzeptiert. Oder fast alles. Aber auf keinen Fall ein anderes Studium als Pharmazie. Dabei war es dann geblieben. Irgendwie hatte ihm der Wille zum Widerstand gefehlt, nicht aber der erforderliche Notendurchschnitt. Noch dazu war er ein ausgezeichneter Mnemotechniker, ein echtes Naturtalent. Mühelos und fast nebenbei konnte er Zahlenkolonnen, Gedichte oder Vokabeln auswendig lernen. Das Studium war also keine wirkliche Herausforderung gewesen, die Semester waren vorbeigeflogen, ohne ihn zu bedrängen. Hätten sie es getan, hätte es vielleicht doch noch zum Widerstand gereicht. Bedrängt fühlte er sich erst später, als er sich Tag für Tag hinter dem Tresen wiederfand, um im weißen Kittel, auf den sein Vater bestand, Hämorrhoidensalbe und Betablocker zu verkaufen. Es war die Gleichförmigkeit, die Ununterscheidbarkeit dieser Tage, die ihm mit den Jahren zu schaffen machte. In seiner Erinnerung verklebte die Zeit hinterm Tresen mehr und mehr zu einem grauen Brei, in dem er zu versinken drohte.

Nein, die Apotheke in der Libaviusstraße war nicht seine Welt, sondern die seiner Eltern. Sie war lediglich sein Arbeitsplatz.

Mit gleichgültiger Miene schlenderte Gundermann an den Körbchen, Trägern und Spitzen vorbei, doch die erhoffte Ablenkung stellte sich nicht ein, der Verkaufstresen hielt sich in seinem Kopf. Vielleicht lag es an der dumpfen Sommerhitze, die immer unerträglicher wurde. Um den Schalter doch noch umzulegen, konzentrierte er sich minutenlang auf einen hellblauen Bügel-BH älterer Machart mit Körbchengröße L. Ohne Erfolg. Auch ein trägerloser, roter Bandeau-BH zeigte keine Wirkung. Gundermann zog nur die Blicke anderer Besucher auf sich, die ihm sogar folgten, als er der Sonderausstellung den Rücken kehrte.

Unschlüssig setzte er seine kleine Flucht fort und überließ den vertrauten Räumen des Museums die Wegfindung. Die Exponate waren ohnehin alte Bekannte, denen er schon viele Besuche abgestattet hatte. Vor einem Klappenschrank legte er eine Pause ein, bevor er sich den Telefonapparaten zuwandte, von denen einige, was ihr Alter betraf, bequem mit dem Bügel-BH konkurrieren konnten. Durch die Entwicklung der Mobiltelefonie wirkten die klobigen Apparate mit ihren knochenförmigen Hörern und schwergängigen Wählscheiben noch antiquierter, als sie es ohnehin schon waren. An das graue Wählscheibentelefon von der Bundespost, das seinen Vater früher so oft aus dem Schlaf geholt hatte, konnte er sich noch gut erinnern. Ebenso an sein erstes Handy, ein brikettgroßes, brikettfarbenes, brikettschweres Modell von Siemens, dessen Antenne ihm gleich am ersten Tag abgebrochen war. Das war doch noch gar nicht so lange her? Der graue Brei stellte wieder einmal seine Macht unter Beweis.

Während Gundermann die Jahre zählte, erreichte er das Koaxialkabel. Ein kleines Stück nur, aber ein wirklich altes. Aus den 1930er-Jahren. Er ließ das Vermessen der

Zeit ruhen, sah bewusst hin und stand vor einer leeren Vitrine. Das etwa dreißig Zentimeter lange und armdicke Kabelstück war nicht an seinem Platz. Ein sauber herausgeschnittenes Loch in der Scheibe ließ nur einen Schluss zu. Nicht ein Mitarbeiter des Museums hatte das Kabelstück entfernt, sondern jemand, der einen Glasschneider hatte einsetzen müssen, um sich Zugang zu verschaffen. Gundermann ging in die Knie, um das kreisrunde, fußballgroße Loch näher zu betrachten. Es war so perfekt, dass er es kaum für möglich gehalten hätte. So etwas gab es sonst nur in Krimis. Nicht ein Splitter lag auf dem Boden oder in der Vitrine. Vom ausgeschnittenen Glasstück fehlte jede Spur. Ebenso vorsichtig wie fasziniert berührte er mit den Fingern die Schnittkante, tastete sich langsam durch die Rundung.

»He, Sie? Was machen Sie da?«

Gundermann fuhr zusammen. Erst nachdem er sich erhoben hatte, spürte er seinen rechten Zeigefinger, der einen etwa einen Zentimeter langen Schnitt aufwies. Bluttropfen schlugen lautlos auf den Boden auf. Ein heftiger Schmerz breitete sich aus.

»Auch das noch!«, schimpfte Gundermann.

»Was Sie hier machen?«

Der Mann, ein ihm unbekannter Mitarbeiter des Museums, etwa Ende vierzig, fast kahl, fixierte abwechselnd die leere Vitrine und Gundermann.

»Ich versuche, die Blutung zu stillen«, antwortete der Apotheker und presste ein Papiertaschentuch auf den Schnitt. »Das sehen Sie doch!«

»Das habe ich Sie nicht gefragt!«

»Wenn Sie das Loch meinen, das habe ich gerade entdeckt. Und wie Sie sehen, hat jemand das Kabelstück entwendet«, lenkte Gundermann ein, der wiederum abwechselnd den Mann und seinen Zeigefinger fixierte. Ein schmales Namensschild wies ihn als P. Singer aus.

»Das sehe ich selbst! Geben Sie es her! Sofort!«

»Ich? Wieso ...?«

»Ja, Sie. Oder sehen Sie hier noch jemanden, den ich in flagranti erwischt habe? Falls Sie wissen, was das heißt? Also her damit!«

»Moment mal!«

Gundermann wurde sich erst jetzt seiner Lage bewusst, während sein Zeigefinger pochte.

»Ich habe das Kabel nicht entwendet! Ich habe den Diebstahl entdeckt! Abgesehen von der Tatsache, dass man so ein Kabelstück nicht einfach in die Hosentasche stecken kann.«

»Dann haben Sie es einem Komplizen übergeben«, konterte der Wärter unnachgiebig, der einen halben Kopf kleiner war als Gundermann und ihn mit biestiger Miene anstarrte.

»Und was sollte der damit machen?«

»Was weiß ich? Bei E-Bay versteigern. Sie kommen jetzt mit. Die Museumsleitung wird sich um alles Weitere kümmern. Eine Anzeige ist Ihnen jedenfalls sicher.«

Der Wärter wollte gerade seine Hand auf Gundermanns Arm legen, als ein weiterer Mitarbeiter des Museums erschien, offenbar von der lauten Stimme seines Kollegen angelockt. Es war ein Mann in Gundermanns Alter, also etwa vierzig, der mit fragendem Blick auf ihn zueilte.

»Was ist hier denn los ...? Johannes ...? Hast du dich verletzt?«

»Ja, hab ich, Rainer! Noch dazu will mich dein Kollege verhaften und einsperren lassen.«

Der Neuzugang reichte Gundermann zur Begrüßung die linke Hand und betrachtete kurz den Finger der rechten. »Sieht schlimm aus. Wie ist denn das passiert?«

»Dieser Mann hat ein Ausstellungsstück gestohlen«, meldete sich der kleine Wärter mit lauter Stimme zu Wort. »Das Kabelstück. Dazu hat er ein Loch in das Glas geschnitten. Ich habe ihn auf frischer Tat ertappt.«

»Haben Sie nicht!«, wehrte sich Gundermann.

Rainer inspizierte kurz das Loch und schüttelte den Kopf.

»Paul. Das ist Johannes Gundermann, der beste Apotheker Nürnbergs und immer wieder gern gesehener Besucher unseres Museums. Er sammelt Briefmarken und Münzen, befasst sich mit Regionalgeschichte und trinkt ab und zu mit mir ein Glas Wein. Aber eines macht er garantiert nicht, nämlich stehlen.«

Singer kniff die Augen zusammen und widersprach seinem Kollegen wortlos.

»Und wenn du ihn hier noch länger verdächtigst, ist der wahre Dieb inzwischen auf dem Weg nach Brasilien! Informier bitte die Chefin! Ich kümmere mich um Johannes.«

Der Mann rührte sich nicht.

»Jetzt geh schon! Ich verbürge mich für ihn!«, half Rainer nach.

Langsam und sichtlich gekränkt drehte Singer sich um und schlich den Gang hinauf.

»Um die Ecke ist ein Verbandskasten«, sagte Rainer. »Bin gleich zurück.«

Nachdem Gundermanns Finger versorgt worden war, wischten sie noch schnell mit einer Mullbinde das Blut vom Boden. Einer Besucherin entfuhr ein Schrei, als sie unvermittelt in die Szene platzte. Bevor sie reagieren konnten, war die Frau mit kleinen Tippelschritten entkommen.

»Seit wann bist du eigentlich hier? Warum hast du dich nicht gemeldet?«, fragte Rainer schließlich.

»Es ist nur ein Blitzbesuch«, antwortete Gundermann. »Mein Vater vertritt mich für eine Stunde.«

»Tapetenwechsel?«

»Ich muss da ab und zu raus. Das weißt du doch.«

»Und warum siehst du dir dann nicht die BHs an? Als Junggeselle? Die Sachen hier kennst du doch längst.«

Gundermann hob verlegen seine Schultern. Damit war das Thema vom Tisch, und sie wandten sich dem Loch zu.

»Vor einer knappen Stunde war das Kabel noch da«, dachte der Wärter laut. »Da bin ich mir sicher. Ich habe zwar nicht darauf geachtet, aber wenn es bei meinem Rundgang vorhin gefehlt hätte, wäre es mir bestimmt aufgefallen.«

»Dann hätte ich den Dieb ja fast erwischt«, stellte Gundermann fest. »Was denkst du, wie lange so etwas dauert?«

»Keine Ahnung. Aber ich glaube, ein Profi macht das im Handumdrehen. Heute ist nicht viel los. Sieh dich um. Und dann ist da noch die neue Sonderausstellung. Er hat einen guten Zeitpunkt gewählt.«

»Aber was will der Dieb mit dem Kabel?«

»Keine Ahnung«, hob der Wärter seine Schultern. »Soweit ich weiß, hat das Ding keinen materiellen Wert. Es ist eben nur ein altes Kabel. Okay, als es verlegt wurde, war es technisch seiner Zeit voraus. Darum wird es hier ja auch ausgestellt. Aber abgesehen davon ist es nichts wert. Komm, soll sich doch die Polizei damit herumschlagen. Wie geht's deinem Finger?«

»Halb so wild«, antwortete Gundermann und sah auf die Uhr. Seine Stunde war gerade abgelaufen. »Ich kann meinen Vater nicht warten lassen, ich hab's ihm versprochen. Ich muss gehen.«

»Musst du nicht. Wenn der Paul zurückkommt, und du bist verschwunden, macht der einen Aufstand. Du kennst ihn nicht. Der sieht alles sehr eng.«

In diesem Augenblick erschien Singer auf dem Gang, noch immer mit zerknitterter Miene, die Museumsleiterin und einen jungen Mann im Schlepptau, der trotz der drückenden Hitze ein Jackett trug.

»Ruf besser an«, riet Rainer und rollte mit den Augen. »Das dauert länger.«

Gundermann zog sein Handy aus der Tasche.

»Lassen Sie das!«, donnerte Singers Stimme durch den Raum. »Rainer! Lass ihn nicht telefonieren! Der will seinen Komplizen warnen!«

»Will er nicht!«, erwiderte Rainer. »Er ruft nur seinen Vater an.«

»Und wenn das sein Komplize ist?«

Singer beschleunigte seine Schritte und traf keuchend bei Rainer und Gundermann ein, der sein Handy vor sich in der Hand hielt, ohne das Display berührt zu haben.

»Mensch, Paul! Sein Vater hat kaputte Gelenke und steht sich in der Apotheke die Beine in den Bauch«, hielt ihm Rainer entgegen. »Und er wartet auf seinen Sohn, der wieder übernehmen soll. Und jetzt hör bitte auf mit dem Quatsch!«

Singer, mit leicht gerötetem Kopf, wollte gerade nachlegen, als die Museumsleiterin sie erreichte. Gundermann sah sie zum ersten Mal, da sie den bisherigen Leiter erst vor ein paar Wochen abgelöst hatte. Sie war in seinem Alter, schlank, trug eine Kurzhaarfrisur und einen dunklen Hosenanzug. Ihr Blick verriet Selbstbewusstsein. Vor diesem Posten hatte sie ein Museum in Berlin geleitet. Das hatte er aus einem Zeitungsartikel in Erinnerung. Hinter ihr lächelte der unbekannte Mann.

»Dr. Karin Bachmeier, die Leiterin des Museums. Und Sie sind der Apotheker, nehme ich an?«

»Johannes Gundermann.«

»Ich habe bereits von Ihnen gehört. Sie sollen sich ja schon länger für unsere Exponate interessieren.«

»Aber nicht so sehr, dass ich sie gleich stehle, Frau Dr. Bachmeier.«

»Aber Sie sind doch auch ein namhafter Sammler?«

»Briefmarken und Münzen. Zugegeben. Aber definitiv keine Kabel.«

»Genau das behauptet allerdings unser Herr Singer. Er will Sie auf frischer Tat ertappt haben.«

»Wohl kaum. Er kam genau in dem Augenblick, in dem ich den Diebstahl bemerkt habe«, erklärte Gundermann mit bewusst gewählter, fester Stimme.

»Ein Irrtum, Frau Dr. Bachmeier, weiter nichts«, pflichtete ihm Rainer bei.

»Aber wer soll es sonst getan haben?«, warf Singer ein.

»Darf ich Ihnen mal eine Frage stellen?«, mischte sich der junge Mann ein und machte einen Schritt auf den Apotheker zu. »Vierzigmann, Kripo Nürnberg, Raub, Einbruch, Diebstahl und was sonst noch alles dazugehört.«

»Sie sind aber schnell«, staunte Gundermann und wusste nicht, ob das plötzliche Erscheinen des Beamten gut oder schlecht für ihn war.

»Wir sind immer schnell«, lächelte Vierzigmann. »Also: Wo waren Sie gestern Nachmittag zwischen sechzehn und achtzehn Uhr?«

»Warum wollen Sie das wissen?«

»Beantworten Sie einfach meine Frage. Bitte.«

»In der Galenos-Apotheke in der Libaviusstraße, und zwar durchgehend.«

»Zeugen?«

»Meine Helferinnen und etwa achtzig Kunden, von denen mir die Hälfte namentlich bekannt ist. Ein Teil ließe sich noch mittels der Rezepte ermitteln. Reicht das?«

»Natürlich, das reicht. Vorerst. Ich bin übrigens nicht wegen des Kabels hier«, wurde der Mann ernster, »sondern wegen des gestrigen Einbruchs.«

»In unser Archiv im Keller«, ergänzte Bachmeier.

»Ich verstehe«, raunte Gundermann. »Sie sehen also eine mögliche Verbindung zwischen den Taten.«

»Das liegt doch nahe«, sagte Vierzigmann. »Zumal der Einbruch im Archiv sehr professionell ausgeführt wurde. Und wie man sieht«, dabei zeigte er auf das Loch in der Vitrine, »war das hier offensichtlich auch kein Anfänger.«

»Was wurde im Archiv gestohlen?«, fragte Gundermann.

»Das kann ich Ihnen leider nicht sagen«, entgegnete Bachmeier.

»Haben Sie Ihren Personalausweis dabei?«, fragte der Kripobeamte höflich.

»Habe ich«, antwortete Gundermann.

»Davon würde ich gerne eine Kopie machen. Und Ihre Aussage brauche ich natürlich auch noch.«

3

»Dann hast du dir die BHs gar nicht genau angesehen?«

»Leider nicht. Hätte ich es bloß getan, dann wäre mir der ganze Ärger erspart geblieben.«

»Ja, dein Vater war wirklich sehr enttäuscht«, bemerkte Gabriele Gundermann und füllte die Kaffeetasse ihres Sohnes. Die ebenso alte wie große Kanne, Hutschenreuther, stellte sie in die Mitte des Tisches.

»Den Ärger meine ich nicht, sondern den im Museum. Dabei hab ich es doch Vati groß und breit erklärt. Die Polizei hat mich da festgehalten.«

»Du hättest wenigstens anrufen können.«

»Es ging aber nicht, Mutti!«

»Dass die Polizei so etwas tut? Eigentlich unmöglich! Noch eine Semmel?«

»Eine halbe. Ich nehme an, Vati schläft noch?«, sagte Gundermann und gab ein Stück Würfelzucker in den Kaffee.

»Was denkst du denn? Der schläft bis zum Mittag. Und so schnell wirst du den in der Apotheke nicht mehr sehen. Nicht nach dem, was gestern passiert ist.«

Gundermann führte die Tasse zum Mund und verzog die Mundwinkel.

»Das wird ja immer schlimmer.«

»Das ist alles deine Schuld!«

»Ich meine den Kaffee«, stöhnte Gundermann. »Unten im Büro haben wir so eine tolle Kaffeemaschine, aber hier oben filterst du diese braune Brühe. Jetzt lass uns endlich auch für oben eine Maschine kaufen.«

»Auf keinen Fall! Dein Vater mag den Automatenkaffee nicht. Und für dich alleine lohnt sich die Anschaffung nicht. Trink sonst doch unten deinen Kaffee.«

Gundermann setzte die Tasse ab und häufte bittere Orangenmarmelade auf eine Semmelhälfte.

»Ist die Zeitung schon da?«

Seine Mutter ging in die Küche, um mit der Zeitung in der Hand zum Esstisch zurückzukehren. Es war ein zweieinhalb Meter langes Ungetüm, nicht ganz so alt wie die Apotheke, an dem er schon als Kind gesessen hatte. Viel zu groß für die kleine Familie. Aber standesgemäß, wie sein Vater oft genug betont hatte. Das galt natürlich für die gesamte Einrichtung, die Schränke, die Anrichte, die Stühle, die Lampen. Der Traum jedes Antiquitätenhändlers. Alles war natürlich unverkäuflich. Noch.

»Im Regionalteil steht etwas über diesen Heimatforscher, der im Aischgrund erschlagen worden ist. Hast du den nicht gekannt?«, fragte seine Mutter auf dem Weg in die Küche.

»Ich habe ihn nicht gekannt, ich habe zwei oder drei Aufsätze von ihm gelesen.«

Gundermann biss in seine bittere Semmel, legte sie zurück und schlug den Regionalteil auf. Ein halbe Seite befasste sich mit dem Mord an dem pensionierten Oberstudienrat. Harald Graf, achtundsechzig, einst am Gymnasium in Neustadt zuständig für Deutsch und Geschichte, war am Rande eines Waldstücks unweit des Dorfes Rauschenberg erschlagen worden. Ein Landwirt hatte ihn in der Nähe eines jener Löcher gefunden, die seit ein paar Wochen immer wieder für regionales Aufsehen gesorgt hatten.

»Er war nicht allein im Wald«, rief seine Mutter aus der Küche. »Es soll noch ein zweiter Mann dort gewesen sein.«

Die Kühlschranktür wurde geschlossen, Teller klapperten, der Wasserhahn lief.

Gundermann schüttelte kurz den Kopf.

»Hörst du? Ein zweiter Mann. Sie haben seine Fußspuren gefunden.«

»Ja, ein zweiter Mann.«

»Seine Brieftasche wurde gestohlen.«

»Das lese ich gerade«, maulte Gundermann.

»Die Tatwaffe haben sie aber nicht gefunden«, soufflierte seine Mutter, kehrte aus der Küche zurück und füllte zum dritten Mal an diesem Morgen seine Kaffeetasse.

»Da bin ich gerade, Mutti. Und sie schreiben auch, dass der Mord wohl nichts mit den Löchern zu tun hat.«

»Am Sonntag findet in Neustadt eine Gedenkfeier für deinen Bekannten statt.«

»Er war nicht mein Bekannter, Mutti.«

»Aber du gehst doch hin? Das bist du ihm schuldig. Der arme Mann. Hat nun nichts mehr von seiner schönen Pension.«

»Mutti, warum sollte ich da hingehen? Ich hab ihn nicht gekannt«, stöhnte Gundermann und versuchte, sich auf den Artikel zu konzentrieren. Das hätte er sich allerdings sparen können, denn der Autor hatte nur spärliche Informationen zu bieten. Entweder tappte die Polizei noch im Dunkeln, oder sie hatte der Presse gegenüber geschwiegen.

»Eine schlimme Sache«, klagte seine Mutter. »Wer macht so etwas? Wegen fünfzig Euro.«

»Ich habe keine Ahnung.«

»Ein ehemaliger Schüler wird es ja wohl nicht gewesen sein? Wo er doch angeblich so beliebt war. Andererseits, was man so alles über die heutigen Schüler liest.«

Seine Mutter wandte sich wieder den Tellern in der Küche zu.

»Ich geh runter«, beendete Gundermann die Spekulationen und das Frühstück. Unterwegs schnappte er sich den weißen Kittel, die Visitenkarte, wie sein Vater meinte, und ging die Treppe hinunter in die Apotheke. Er öffnete die Seitentür für seine Helferinnen, die nach und nach eintrafen. Während sie den Arbeitstag in Bewegung setzten, zog sich Gundermann noch kurz in sein Büro zurück, nicht zuletzt, um die Kaffeemaschine einzuschalten und Wasser und Kaffeebohnen nachzufüllen. Mit einem vertrauten Surren und einer Spülung meldete sich das Gerät zum Dienst. Sofort orderte er bei dem Automaten eine Tasse.

Auf seinem Schreibtisch stapelte sich wie immer die Post der letzten Tage. Er brauchte immer länger, um Rechnungen und Werbung zu trennen, Wichtiges von Unwichtigem, Giftiges von Ungiftigem. Dosis sola venenum facit. Paracelsus' Motto galt nicht nur in der Medizin. Es galt auch für die Bürokratie. Vielleicht sogar für das Leben. Auf jeden Fall für Eltern.

Ohne jeden Elan für den jungen Tag plumpste er in den Drehstuhl, den sein Vater unter der Bezeichnung Chefsessel vor Jahrzehnten erworben hatte, und begann damit, den Papierberg grob zu sichten. Zwischen einer fragwürdigen Langzeitstudie eines neuen Wirkstoffs, der Broschüre eines Schweizer Pharmakonzerns und der Werbung für einen bekannten Gerinnungshemmer stieß er auf eine nicht mehr ganz frische Ausgabe des *Walberla-Boten*, einer kleinen Vierteljahreszeitschrift, die eine Gruppe fränkischer Heimatforscher unter großen Mühen herausgab. Immer wieder hatte er sich vorgenommen, den einen oder anderen Artikel zu lesen, war dann aber doch nicht dazu gekommen. So hatte das Heft den Schreibtisch nicht verlassen.

Der Beitrag von Harald Graf stand auf Seite neun. *Das Verstärkeramt der Reichspost in Neustadt an der Aisch.* Gundermann überflog die erste Seite. Der Text war besser geschrieben als die meisten dieser Art. Der Deutschlehrer war nicht zu übersehen. Als architektonische und technische Angaben überhandnahmen, beendete er die Lektüre. Graf war ein Faktensammler gewesen, jemand, der keine Zusammenhänge herstellte und seinen Gegenstand isoliert betrachtete. Über das Verstärkeramt erfuhr der Leser alles, über dessen Bedeutung so gut wie nichts. Dieser Typus unter den Hobbyhistorikern war Gundermann aber weitaus lieber als der des fantasiebegabten Spekulierers, dem wenige Fakten ausreichten, um daraus eine mehr oder weniger wild wuchernde Erzählung abzuleiten, die dann als Geschichte verkauft wurde.

Er blätterte den restlichen Artikel durch und wollte das Heft schon wieder seinem Schreibtisch anvertrauen, als ihn unvermittelt ein Foto anschrie. Es war nicht größer als eine Streichholzschachtel und schlecht reproduziert. Dennoch erkannte er sofort das Kabelstück wieder, das ihm vertraut war, obwohl er es immer nur beiläufig betrachtet hatte. Die Bildunterschrift machte lediglich die Angaben, die auch im Museum zu finden waren. Ein Stück des von der Reichspost ab 1936 verlegten Koaxialkabels. Das war alles. Sofort verschlang er den gesamten Artikel, fand jedoch nur einen kleinen Absatz, der auf die technische Modernität des Kabels verwies. Graf hatte andere Schwerpunkte gewählt. Das Kabel war nur eine Art Zugabe.

Gundermann legte das Heft aufgeschlagen auf den Schreibtisch und lehnte sich zurück. Es war natürlich nur eine vage Vermutung, aber die kleine Abbildung eröffnete die Möglichkeit, dass zwischen dem Mord und dem Diebstahl im Museum eine Verbindung bestand. Auch wenn er keine Idee hatte, wie diese Verbindung aussehen könnte. Natürlich kam auch ein Zufall in Betracht, so etwas war ja bekanntlich keine Seltenheit. Murphy's Law konnte dafür verantwortlich sein. Oder die Heisenberg'sche Unschärferelation. Oder der Klimawandel. Nein, einfach nur ein Zufall. Schluss. Aus.

Gundermann hob sich langsam aus dem Sessel und schielte über den Schreibtisch.

Es hatte keinen Zweck. Er hatte sich bereits infiziert. Trotz eines nicht geringen inneren Widerstands angelte er sich das Heft und betrachtete das Foto unter der riesigen Leselupe, die sein Vater angeschafft hatte, um das Kleingedruckte von Beipackzetteln besser lesen zu können. Es blieb ein Foto von dem gestohlenen Kabelstück. Und dennoch wuchs seine Überzeugung, dass ein Zusammenhang bestehen könnte. Er schob den Zufall, schob Murphy und Heisenberg zur Seite, sprang von seinem Sessel auf und holte die Visitenkarte, die ihm Vierzigmann gegeben hatte, aus seiner Brieftasche. Zurück am Schreibtisch, wählte er mit nervösem Finger umgehend die Nummer. Der Kommissar meldete sich, als habe er seinen Anruf erwartet.

»Gundermann. Ich habe da zufällig etwas sehr Interessantes entdeckt. Vielleicht hilft Ihnen das ja weiter«, begann der Apotheker und erzählte mit knappen Worten das wenige, was er zu erzählen hatte.

»Herr Gundermann«, erwiderte der Beamte und machte eine kurze Pause. »Machen Sie sich keine Sorgen, ich bin längst davon überzeugt, dass Sie das Kabel nicht gestohlen haben. Auch mit dem Einbruch im Archiv, sofern es wirklich einer war, denn wir sind uns da keineswegs sicher, haben Sie nichts zu tun. Seien Sie unbesorgt, Sie stehen nicht auf der Liste der Verdächtigen, Ihr Ruf ist nicht in Gefahr.«

»Aber darum ist es mir gar nicht …«

»Herr Gundermann. Meine Kollegen vom Mord verfolgen bereits vielversprechende Spuren. Sie weisen, so viel kann ich Ihnen sagen, auf ein Motiv im familiären Umfeld hin. Das Foto in dem Magazin, auf das Sie da gestoßen sind, ist purer Zufall und hat nichts mit dem Mord zu tun. Glauben Sie mir.«

Das Gespräch war beendet. Gundermann brauchte lange, um den Hörer aufzulegen.

Es klopfte. In der Tür erschien Annette, eine seiner Helferinnen.

»Johannes, könntest du mal kommen? Frau Angermeier hat schon wieder ein neues Rezept.«

»Nein«, entgegnete er ungewohnt barsch. »Sie soll am Nachmittag wiederkommen. Ich hab jetzt keine Zeit!«

»Entschuldige die Störung, kommt nicht wieder vor«, parierte die junge Frau mit ironischem Tonfall und verschwand.

Gundermann rang mit seiner Wut.

»So ein Ignorant! Will sich den Artikel nicht einmal ansehen! Und stört auch noch mein Betriebsklima!«

Ein weiteres Mal griff er zu dem Heft, befragte das Foto, meckerte, befragte den Artikel, ohne eine Antwort zu erhalten. Für einen Moment war er sogar bereit, doch noch Vierzigmann zu folgen und zum Zufallsgläubigen zu werden. Für einen kurzen Moment. Dann gewann die Infektion und forderte ein Bekenntnis, einen Entschluss. Plötzlich erfasste ihn ein sonderbares, vergessen geglaubtes Gefühl. Es war eine Art innerer Spannung, eine sonderbare Erregtheit, die er nur wenige Male in seinem Leben gespürt hatte. Gundermann wischte die alten Bilder weg und wunderte sich über seinen Kopf und den Anflug von Sentimentalität.

»Ich werde langsam alt.«

Er legte das Heft wieder aus der Hand und befragte nicht länger Grafs Beitrag, sondern die Suchmaschine, der die Welt, zumindest große Teile davon, tatsächlich gehörte. Diesmal erhielt er Antworten, wenn auch nicht die erhofften. Schon die ersten Angebote sorgten für Klarheit. Das moderne Kabelnetz, das ab 1934 von der Reichspost und den Nazis aufgebaut wurde, war nicht geheimnisumwittert. Es diente vor allem der Übertragung von Fernsehbildern und den Bildern der Bildtelefonzellen, von denen eine auch in Nürnberg gestanden hatte. Vor allem während der Olympischen Spiele 1936 sollte das Bildtelefon, Fernseh-Telefon genannt, ausländischen Besuchern die Modernität des Dritten Reiches demonstrieren. Wie irrational dessen Ideologie war, blieb nicht wenigen verborgen. Wie gut sich wiederum die vermeintlichen Gegensätze – Modernität und Irrationalität – ergänzten, wurde erst viel später klar.

Nein, das Koaxialkabel war eine Fußnote der Geschichte, nicht mehr. Außerdem war der Verlauf des Kabels bekannt. Jeder Grabungsversuch wäre jedoch sinnlos, da es die Alliierten nach Kriegsende hatten ausgraben lassen. Und selbst wenn hier und da noch ein vergessenes Stück lag, war der Materialwert, trotz des gestiegenen Kupferpreises, so gering, dass sich der Aufwand nicht lohnte.

Gundermann klickte noch vier oder fünf weitere Links an, verschlang ein paar Wikipediaseiten und gab schließlich auf. Wenn es auf den besuchten Seiten Hinweise auf ein Motiv gab, so hatten sie die Historiker gut versteckt. Oder er war nicht in der Lage, sie zu finden.

»Ich habe zwar den Heuhaufen gefunden«, dachte er laut, »kann aber nicht nach der Nadel suchen, weil ich nicht weiß, wie sie aussieht.«

Er verließ den Chefsessel und das Büro, würdigte mit keinem Blick seine Helferinnen, auch den alten Herrn Siedler von gegenüber nicht, sondern stieg die Treppe hinauf in die Wohnung. Sein Vater war noch immer nicht aufgestanden, obwohl seine Mutter den Geräuschpegel in der Küche deutlich erhöht hatte. Wie eine moderne Perkussionistin, nicht ganz wie Marilyn Mazur, brachte sie Töpfe, Pfannen und Teller zum Klingen. Vergeblich.

»Wo ist die Zeitung?«

»Aber Hansi, die hab ich doch schon wieder zusammengelegt.«

»Die Zeitung, Mutti!«

»Neben Vatis Sessel.«

Gundermann missachtete die üblichen Bemühungen seiner Mutter, die Zeitung in einen jungfräulichen Zustand zurückzuführen, zog den Regionalteil heraus und durchforstete den Artikel über Harald Graf.

»Jetzt muss ich sie noch mal zusammenlegen«, beschwerte sich seine Mutter. »Und überhaupt, gehörst du um diese Zeit nicht nach unten?«

»Die Gedenkfeier ist am Sonntag.«

»Welche Gedenkfeier?«

»Für Harald Graf.«

»Deinen ermordeten Freund?«

»Ja, für den.«

»Wolltest du da nicht hingehen?«

»Ja, das wollte ich.«

4

Sein Blick wanderte von Augenpaar zu Augenpaar, von Gesicht zu Gesicht. Ab und zu war sogar ein bekanntes dabei, ohne dass ihm ein Name dazu einfiel. Irgendwo, vielleicht auf einem Vortrag, musste er es schon einmal gesehen haben. Die meisten der rund fünfzig Teilnehmer der kleinen Feier, die im *Allee Hotel* in Neustadt stattfand, waren ihm unbekannt. Ihr Durchschnittsalter schätzte er auf etwa sechzig. Gundermann zählte also mit seinen nicht ganz vierzig Jahren zu den Jüngeren. Und noch etwas fiel ihm auf. Nur eine Handvoll Frauen hatten sich unter den Gästen eingefunden.

Eine ausgestreckte Hand flog aus der Menge auf ihn zu.

»Freut mich, Sie hier zu sehen! Auch wenn der Anlass ein trauriger ist.«

Es war Peter Hilbig, wie Graf ein Hobbyhistoriker, der sich jedoch vor allem mit der Geschichte von Wassermühlen befasste. Gundermann hatte eine seiner Veranstaltungen im Bad Windsheimer Freilandmuseum besucht und war anschließend mit ihm ins Gespräch gekommen. Wassermühlen hatten ihn schon immer fasziniert.

»Kannten Sie Harald gut?«

»Ehrlich gesagt, persönlich kannte ich ihn gar nicht. Ich habe nur seine Beiträge gelesen.«

»Über die Bildtelefonzelle der Reichspost in Nürnberg? In den *Nürnberger Nachrichten*?«

»Über das Verstärkeramt in Neustadt. Im *Walberla-Boten*.«

»Ja, den habe ich auch gelesen. Die Geschichte des Telefons. Das war sein großes Thema. Da gab es nichts, was er nicht ausgegraben hat.«

Eine zweite Hand und ein großer, roter Kopf unterbrachen das Gespräch. Beides gehörte Gerald Bittner, einem ehemaligen Mitarbeiter des Bad Windsheimer Freilandmuseums.

»Herr Gundermann! Das ist aber eine Überraschung!«

»Ich hoffe, eine gute.«

»Aber natürlich. Dank Ihnen ist auch Nürnberg auf dieser kleinen Gedenkfeier vertreten. Ich hätte wissen müssen, dass Sie Graf gekannt haben. Wie Sie war er ein regelmäßiger Besucher unseres Museums.«

Gundermann verzichtete auf ein Dementi und nickte.

In diesem Augenblick erhob ein großer Mann mit stattlichem Bauch und grauem Bart seine Stimme und bat die Anwesenden, sich zu setzen. Gundermann ließ die beiden Bekannten zurück und drängelte sich durch die Gäste, um einen Platz in der ersten Reihe zu ergattern, was ihm auch gelang. Vorne war es noch heißer als im hinteren Bereich, denn hier ließen die großen Scheiben die Sonne ungehindert wirken. Nur einige Mutige oder Konservative behielten ihre Jacken an. Der Rest fühlte sich in Hemden wohler. Auch Gundermann hatte sich für ein schwarzes Hemd entschieden. Auf eine Krawatte hatte er verzichtet. Mehrere Teilnehmer fächerten sich mit Speisekarten Luft zu.

Als sich alle gesetzt hatten, stand er wieder auf und tat so, als suche er einen Bekannten in der Menge. Dabei suchte er eine ganz andere Person. Die Chance, dass sie sich unter den Anwesenden befand, stufte er als groß ein. Natürlich glaubte er nicht daran, dass sich der Täter, sollte er denn tatsächlich erschienen sein, durch irgendeine Geste oder Reaktion verriet. Ihm ging es einfach darum, den ungefähren Kreis der Verdächtigen zu ermitteln.

Er hatte die letzten Reihen noch nicht gesichtet, als zwei Fotografen auf dem Podium erschienen, die nach Presse aussahen. Gundermann nutzte die Gelegenheit, stellte sich, wie einige andere auch, neben sie und machte mit seinem Handy ein paar Fotos. Eine der Frauen, etwa in seinem Alter, zückte ebenfalls ihr Handy und schlug sich auf die Seite der Fotografen. Dann kehrte langsam Ruhe ein.

Der graubärtige Riese trat hinter das Rednerpult, begrüßte kurz Grafs Witwe und die Anwesenden, über deren große Anzahl er sich freute, und ließ anschließend das Leben des Toten Revue passieren. Schon die Schwangerschaft, begann er, sei problematisch gewesen, die Geburt eine Hausgeburt in schwierigen Nachkriegszeiten.

Gundermann kannte sich zwar mit Schlafmitteln aus, aber diese Stimme, dieser Duktus waren ihm neu. Er hatte schon etliche langweilige Reden und Vorträge mit anhören müssen, doch diese Ansprache stellte alles bislang Erduldete in den Schatten. Die Erregung, die sich schon kurz nach dem Aufstehen eingestellt hatte, wich innerhalb weniger Minuten einer sonderbaren, tranceartigen Mattigkeit. Die Welt um ihn herum schien sich zu verlangsamen. Gleichzeitig hatte er Mühe, dem Gesagten zu folgen. Wo hatte Graf das Abitur gemacht?

Dann wurde der Redner auch noch leiser, hatte Mühe, sein Manuskript zu entziffern, und korrigierte sich immer öfter. Links neben Gundermann gähnte jemand. Das Leben des Mordopfers versickerte in unwichtigen Details, einem einschläfernden Vortrag und der schwülen Sommerhitze. Am Ende war Gundermann froh, als der Graubärtige auf die Ermittlungen zu sprechen kam und die Polizei aufforderte, den Mord möglichst schnell aufzuklären. Dem zurückhaltenden Applaus gelang es nicht, die Müdigkeit gänzlich zu vertreiben. Dieser Erfolg war Grafs Witwe vergönnt, die mit fester, beherrschter Stimme das Hobby ihres Mannes skizzierte und als seine eigentliche Berufung schilderte. Sie dankte Weggefährten und dem Lehrerkollegium, um dann gleich wieder das Podium zu verlassen.

Als dritter und letzter Redner erschien einer dieser Kollegen und pries die pädagogischen und didaktischen Fähigkeiten Grafs. Es folgten kühle Getränke und Fingerfood an Bistrotischen, von wem auch immer spendiert.

Gundermann war froh, sich wieder bewegen zu können. Er entschied sich für Orangensaft und übte sich in Small Talk, um möglichst viele Teilnehmer kennenzulernen. Neben Lehrern waren es vor allem Menschen, die sich mit Regionalgeschichte beschäftigten.

»Keiner hat so gewissenhaft recherchiert«, versicherte ihm ein pensionierter Lehrer.

»Kennen Sie seinen Aufsatz über die Nipkow-Scheibe?«, fragte ihn ein Mann, der sich nicht namentlich vorstellte.

Während das Bild von Harald Graf immer detaillierter wurde, ließ Gundermann die Witwe nicht aus den Augen. Noch war sie von mehreren Gästen umringt. Er aber wollte sie unbedingt alleine sprechen, daher schielte er immer wieder zu ihr hinüber. Sie war höchstens sechzig, also jünger als ihr Mann, schlank, elegant gekleidet und hatte sich eine gewisse Jugendlichkeit bewahrt. Trotz der Trauer, die man ihr auf dem Podium deutlich angemerkt hatte, sah er sie mehrmals lächeln.

Ein neues Gesicht gesellte sich zu ihm an den Bistrotisch. Ein Mann Ende vierzig mit gepflegtem Dreitagebart, vollem Haar, ernster Miene und einer schwach ausgeprägten Cognacfahne.

»Breitstein. Sind Sie der Apotheker aus Nürnberg?«

»Ja, der bin ich«, antwortete Gundermann.

»Sie kannten Harald?«

»Nein, ich habe nur seine Beiträge gelesen.«

»Und weshalb sind Sie dann gekommen?«

Als Gundermann nicht umgehend antwortete, setzte der Mann ein eigenartiges, überhebliches Grinsen auf.

»Hab ich mir gedacht. Ein Schaulustiger aus der Stadt, ein Gaffer, ein Klugscheißer. Wissen Sie was? Sie haben Ihren Spaß gehabt. Steigen Sie in ihren fetten Apothekerwagen und fahren Sie wieder zurück. Hier sind nämlich nur Freunde von Harald.«

»Lass ihn sofort in Ruhe, Heiner!«, mischte sich nun Gerald Bittner ein. »Der ist in Ordnung.«

»Der ... der ist ein Gaffer. Mehr nicht«, brummte der Mann. »Und er stellt komische Fragen. Das hat mir der Uli gesteckt.«

»Sag mal, spinnst du?«, mischte sich ein weiterer Gast ein, mit dem Gundermann noch nicht gesprochen hatte. »Das hier ist Haralds Gedenkfeier. Hier ist jeder willkommen, der ihn gemocht oder geschätzt hat. Auf welche Art auch immer. Okay?«

»Hm«, brummte Breitstein, bedachte Gundermann mit einem verachtenden Blick, drehte sich um und wechselte den Bistrotisch.

»Tut mir sehr leid«, entschuldigte sich Bittner. »Heiner macht Grafs Tod sehr zu schaffen. Er meint es nicht böse.«

»So kenne ich den gar nicht«, stellte der andere Gast fest.

»Ist schon in Ordnung«, nickte Gundermann. »Feiern dieser Art sind ja auch dazu da, Emotionen zu zeigen.«

»Ich hole uns noch ein Glas«, schlug Bittner vor, doch in diesem Augenblick löste sich das kleine Grüppchen um die Witwe auf.

»Entschuldigen Sie mich bitte«, sagte Gundermann, »ich möchte noch ein paar Worte mit Frau Graf wechseln.«

Er kehrte den beiden Männern den Rücken zu und stand nach wenigen Schritten vor der Witwe, die auch für ihn ein Lächeln parat hatte.

»Johannes Gundermann. Mein herzliches Beileid.«

»Danke. Sie sind der Apotheker aus Nürnberg.«

»Das scheint sich ja schnell herumgesprochen zu haben.«

»Hier kennen sich ja praktisch alle«, erklärte Frau Graf. »Da fällt ein unbekanntes Gesicht sofort auf.«

»Ich bin ein begeisterter Leser der Beiträge Ihres Mannes. Deshalb bin ich gekommen.«

»Das freut mich. Aber das ist doch nicht alles, oder?«

Gundermann kämpfte gegen eine leichte Röte, die er in seinen Wangen spürte.

»Ehrlich gesagt, habe ich eine Bitte.«

»Wenn ich Ihnen helfen kann?«

»Die jüngsten Beiträge, etwa der über das hiesige Verstärkeramt, lassen viele Fragen offen. Daher würde mich interessieren, ob posthum noch weitere Texte zu diesem spannenden Thema erscheinen werden.«

»Da muss ich Sie enttäuschen«, lächelte die schöne Witwe traurig. »Seine Forschungen waren ausschließlich seine Sache. Damit hatte ich nichts zu tun. Ich weiß also nicht, was noch erscheint oder was er noch geplant hatte. Und fragen Sie mich bitte nicht nach seinem Nachlass. Den habe ich bereits dem Heimatmuseum versprochen.«

»Wissen Sie denn, woran er zuletzt gearbeitet hat? Die fränkische Regionalgeschichte ist nun einmal mein Hobby. Nur dass ich nichts darüber schreibe, sondern alles lese, was ich bekommen kann.«

»Auch das kann ich Ihnen nicht sagen«, antwortete Frau Graf. »Ich wusste ja nicht einmal, was er da bei Rauschenberg gesucht hat. Mitten im Wald. Da gibt es nichts zu erforschen, hat Uli gesagt. Da hat nie ein Gebäude gestanden. Und der Uli, der muss es ja wissen.«

»Schade, aber nicht zu ändern. Er hat übrigens einen guten Stil gehabt, Ihr Mann. Es hat Spaß gemacht, seine Texte zu lesen.«

»Ja, das habe ich schon oft gehört. Er konnte wirklich schreiben«, sagte die Witwe mit nachdenklicher Miene. »Dabei fällt mir ein, er war ein paar Tage vor seinem Tod bei Ludwig Dengler.«

»Dengler?«

»Ein pensionierter Postbeamter hier aus Neustadt. Aber was er von dem gewollt hat, kann ich Ihnen nicht sagen. Spielt ja jetzt auch keine Rolle mehr.«

Ihre Miene geriet in Bewegung. Tränen rollten über ihre Wangen, die sie sofort mit einem Taschentuch bekämpfte, das sie einsatzbereit in der Hand gehalten hatte.

Gundermann stand hilflos neben ihr. Er wusste einfach nicht, wie er mit einer derartigen Situation umgehen sollte. Ihm fehlten die erforderlichen Erfahrungen, was ihm durchaus bewusst war. Noch dazu waren die Tränen anderen Gästen nicht entgangen, deren Augen sich nun auf sie richteten.

»Entschuldigen Sie bitte«, schnaufte Frau Graf und bemühte sich vergeblich um ein neues Lächeln.

»Aber das verstehe ich doch«, bemühte sich Gundermann seinerseits und wusste nicht, ob er seinen Arm um sie legen sollte oder nicht. Auf halbem Weg zog er ihn zurück.

Der graubärtige Riese wankte auf sie zu und übernahm die Art des Trostes, die Gundermann nicht möglich gewesen war. Er legte seinen mächtigen Arm um ihre Schulter und drückte sie an sich.

»Auf Wiedersehen, Frau Graf«, flüsterte Gundermann, der die Blicke der anderen Trauergäste fast körperlich zu spüren glaubte. Er entzog sich dem Zugriff der Neugierigen, indem er den Saal durchmaß und auf Gerald Bittner zusteuerte.

»Für sie ist das natürlich eine Katastrophe«, empfing ihn der Museumsmann. »Die Grafs haben keine Kinder. Sie wollten reisen. China und USA. Daraus wird wohl nichts werden.«

»Ja. Es ist eine Tragödie«, stimmte ihm Gundermann zu und reichte Bittner die Hand. »Es wird Zeit für mich.«

»Es hat mich gefreut, dass Sie kommen konnten. Und Frau Graf bestimmt auch.«

Ohne sich von den anderen Gästen zu verabschieden, schlich sich Gundermann aus dem Wintergarten und ließ die Trauer hinter sich, für die ihm die nötige Empathie fehlte. Schließlich hatte er Harald Graf nicht gekannt.

Auf dem Weg zum Wagen gab er den Namen »Dengler« in sein Smartphone ein und erhielt umgehend eine Antwort. Ludwig Dengler wohnte im Lenzenweg 8. Konnte man an einem Sonntagnachmittag einen Rentner spontan besuchen? Gundermann kam zu einem positiven Ergebnis, setzte sich hinters Lenkrad und fuhr, vom Smartphone geleitet, in die Stadt.

Ein typisches Siedlungshaus aus den 1950er-Jahren, klein, kompakt mit verblichenem, zartgelbem Putz, aus dem kleine Fenster auf die schmale Nebenstraße starrten. Der Vorgarten war ungepflegt, die Haustür hatte wohl schon seit Jahren einen Anstrich nötig.

Gundermann drückte auf den Klingelknopf, wartete aber vergeblich. Auf einen zweiten Versuch verzichtete er. Vielleicht hatte sich der Rentner einen Sonntagnachmittagsschlaf gegönnt und wollte nicht gestört werden; vielleicht war er auch einfach nicht zu Hause. Bevor Gundermann in seinen Wagen stieg, warf er einen letzten Blick auf das Haus, das merkwürdig unbewohnt auf ihn wirkte. Eine Wolke, die in diesem Moment der schmalen Straße das Sommerlicht nahm, verstärkte den Eindruck.

Sein Elternhaus besaß entgegengesetzte Eigenschaften. Kaum hatte er die Tür geöffnet, stellte sich ihm seine Mutter in den Weg. Ihre Fragen kannte er, bevor sich ihr Mund öffnete.

»Und? Wie war die Beerdigung? Nun erzähl schon! War jemand da, den wir kennen? Jetzt lass dir doch nicht jedes Wort aus der Nase ziehen!«

»Du lässt mich ja nicht zu Wort kommen«, schnaufte Gundermann. »Außerdem war es keine Beerdigung, Mutter!«

»Keine Beerdigung? Warum bist du dann nach Neustadt gefahren?«

»Es war eine Trauerfeier.«

»Also doch eine Beerdigung! Mit anschließender Trauerfeier.«

»Nein, Mutter. Die Beerdigung liegt schon einige Zeit zurück. Es war eine Trauerfeier, zu der sich Freunde und Bekannte versammelt haben. In einem Hotel in Neustadt.«

Seine Mutter sah ihn kopfschüttelnd an.

»Du warst nicht auf der Beerdigung von deinem Freund? Gehst aber zu dieser Trauerfeier? Was hat denn das zu bedeuten?«

»Er war nicht mein Freund«, versicherte Gundermann.

»Warum warst du dann auf dieser Trauerfeier? Jetzt verstehe ich gar nichts mehr!«

5

»Acetylsalicylsäure, bitte. Zehn Tabletten reichen. Aber das billigste Produkt der Pillenmafia.«

»Gerne«, antwortete Gundermann, drehte sich um und zog routiniert eine unscheinbare Pappschachtel aus dem Regal. »Noch etwas?«

»Danke«, antwortete ein junger Mann, den Gundermann als Student einordnete. Zumindest war es jemand, der den Wirkstoff kannte, der sich in vielen Schmerzmedikamenten verbarg.

»Dann bekomme ich einen Euro neunundachtzig von Ihnen.«

Der Mann warf ihm einen missbilligenden Blick zu, legte eine Zweieuromünze auf den Tresen und steckte die Schachtel in die Hemdtasche, das Wechselgeld in die Hosentasche.

»Ade.«

»Wiedersehen.«

Der nächste Kunde trug eine Uniform. Es war Rainer Dunkel, Mitarbeiter des Museums für Kommunikation.

»Was machst du denn hier?«, wunderte sich Gundermann. »Karin? Kannst du mal übernehmen?«

Während seine Helferin hinter den Tresen trat, führte er seinen Freund mit eiligen Schritten in sein Arbeitszimmer.

»Ich habe nicht viel Zeit«, sagte Dunkel. »Sie haben nichts gefunden.«

»Wer hat nichts gefunden?«

»Mensch! Die Polizei! Sie ist zwar sicher, dass ins Archiv eingebrochen wurde, aber es fehlt offenbar nichts. Spuren haben sie keine gefunden. Bis auf die an der Tür natürlich.

Also am Schloss. Sonst wäre der Einbruch ja gar nicht bemerkt worden.«

»Hm. Und das Kabelstück?«

»Von dem fehlt jede Spur.«

»Das war ja zu erwarten«, sagte Gundermann nachdenklich.

»Was will der Dieb mit dem alten Kabel? Die Bachmeier hat bestätigt, dass es eigentlich völlig wertlos ist. Okay, ein Sammler kommt natürlich immer infrage.«

»Gibt es denn wertvolle Exponate in der Abteilung? In der Nähe vom Kabelstück?«

»Na, da sind schon ein paar wertvolle Stücke«, wusste Dunkel. »Der Schwarze Einser, die erste deutsche Briefmarke, ist auch nicht weit.«

»Also ging es dem Dieb tatsächlich um das Kabel«, sinnierte Gundermann und fixierte die Wand. »Er hätte alles Mögliche stehlen können. Das Loch im Glas beweist, dass wir es mit keinem Anfänger zu tun haben. Der hat einen passenden Moment abgewartet, das Loch geschnitten und ist blitzschnell mit dem Kabelstück verschwunden.«

»Das wissen wir doch längst«, meinte Dunkel enttäuscht.

»Ich wollte nur noch einmal betonen, dass dieses Kabelstück bewusst ausgewählt worden ist. Es muss für den Dieb wirklich wichtig sein. Wichtiger als dein Schwarzer Einser«, dachte Gundermann laut. »Er musste es einfach besitzen. Oder ... er musste es aus der Welt schaffen. Um es den Blicken der Besucher zu entziehen. Oder er wollte ... Aber deswegen bist du ja nicht gekommen, sondern wegen des Archivs. Also, sie haben nichts gefunden, sagtest du.«

»Stimmt«, versicherte der Wachmann. »Die Polizei ist gerade weg, und ich habe Pause.«

»Du hättest doch anrufen können.«

»Dann hätte ich mir aber nicht die Beine vertreten können«, lächelte Dunkel. »Ich muss auch gleich wieder zurück.«

Gundermann sah auf die große Uhr über der Tür, die dort hing, solange er denken konnte. Eine Uhr mit einem runden, hölzernen Uhrenkasten, römischen Ziffern und verschnörkelten, schwarzen Zeigern. Eine Uhr, die längst ins Museum gehörte.

»Die Polizei ist weg, sagtest du?«

Dunkel nickte.

»Meinst du, ich könnte schnell einen Blick ins Archiv werfen?«

Der Wachmann sah ihn an, als hätte er sich in ein Alien verwandelt.

»Du warst mit mir doch schon ein paarmal im Archiv«, legte der Apotheker nach.

»Aber ... aber nicht nach einem Einbruch«, entgegnete Dunkel verunsichert. »Das Archiv ist bis auf Weiteres geschlossen. Hat die Bachmeier angeordnet. Wegen der laufenden Ermittlungen.«

»Ich dachte, da gäbe es nichts mehr zu ermitteln«, konterte Gundermann. »Hat die Polizei das Archiv denn versiegelt?«

»Nein, hat sie nicht.«

»Worauf warten wir dann noch?«, sagte Gundermann ernst und zog ihn am Ärmel zur Tür.

»Aber ...!«

»Mensch, Rainer! Der Einbruch könnte etwas mit dem Mord an Harald Graf zu tun haben. Vielleicht finden wir eine Spur.«

Rainer nickte, machte aber kein begeistertes Gesicht.

»Karin? Wir schließen die Apotheke für eine Stunde. Wegen Inventur. Hast du das Schild?«, sagte Gundermann im

Vorbeigehen zu seiner Angestellten. »Dann häng es bitte an die Tür.«

»Aber ...?«, sagte die Frau im weißen Kittel irritiert.

»Eine Stunde«, wiederholte Gundermann, ohne sich umzusehen, und verließ mit seinem Freund die Apotheke. Bis zum Museum für Kommunikation war es nicht weit. Dunkel leistete zwar verbalen Widerstand, der jedoch nicht ausreichte, Gundermann von seinem Vorhaben abzubringen. Über einen Hintereingang, im Innenhof des Museumsgebäudes gelegen, betraten sie das Haus.

»Keiner da«, stellte Gundermann erleichtert fest.

»Im Sommer ist nicht viel los«, erklärte der Wachmann. »Willst du es dir nicht doch noch einmal überlegen?«

»Nein«, antwortete Gundermann entschlossen und drängte ihn in das labyrinthische Archiv, das er jedoch dank seiner Besuche halbwegs kannte. Zumindest der Weg zum Archiv war ihm vertraut. Ab und zu blieben sie stehen, um nicht einem Mitarbeiter in die Arme zu laufen.

»Wirklich nicht viel los heute«, meinte Gundermann, der das wiederentdeckte Gefühl genoss. Ein Gefühl, das ihm seine Apotheke noch nie vermittelt hatte. Nicht einmal gefälschte Rezepte und der Einbruch vor ein paar Jahren hatten das geschafft. Aber diese Vorfälle waren auch nicht von ihm ausgegangen. Er hatte nur eine passive Rolle gespielt, keine aktive. Das war jetzt ganz anders. Diesmal war er es, der die Handlung vorantrieb, der die Entscheidungen traf. Das hatte er lange nicht mehr getan. Im Kleinen natürlich, nicht aber im Leben, nicht in seinem Leben. Erklären konnte er sich diesen Wandel nicht. Er war nicht dem vorgegebenen Weg gefolgt, sondern hatte eine Gabelung genutzt, um einen anderen Weg einzuschlagen. Der Grund konnte darin bestehen, dass er diesmal die Gabelung, dass er den anderen Weg überhaupt bemerkt hatte. Es war schlicht eine Gelegenheit gewesen, die er genutzt hatte. Vielleicht hatte der Weg für ihn entschieden, und der Rollentausch war gar nicht so ausgeprägt. Entscheidend war, ihm jetzt zu folgen.

Wie viele Menschen wissen, dass sie wirklich leben?

Was für eine Frage. Jim Morrison hatte sie in einem Film gestellt, den Gundermann vor Jahren gesehen hatte. Was man auch immer von dieser Frage hielt, sie war in seinem Gedächtnis hängen geblieben, hatte sich eingebrannt, hatte ihn herausgefordert. Als er mit seinem Freund die Tür zum Archiv erreichte, war er sich sicher, wieder zu jenen Menschen zu gehören, die es wussten.

»Tatsächlich. Kein Siegel«, stellte er beruhigt fest und griff zur Klinke. »Abgeschlossen.«

»Was dachtest du denn?«, schüttelte Dunkel den Kopf.

»Dann schließ bitte auf.«

Der Wachmann sah ihn hilflos an.

»Du hast doch diesen Generalschlüssel.«

»Johannes. Ich kann das nicht machen.«

»Fünf Minuten. Gib mir fünf Minuten.«

Dunkel gab nach und zog den Schlüssel aus der Tasche. Lautlos bearbeitete er den Schließzylinder, bis sich die Tür öffnete.

»Fünf Minuten!«

Gundermann nickte und huschte in den fensterlosen Raum. Mit einem schnellen Griff zur Seite verscheuchte er die Dunkelheit und stand vor Regalen, Schränken und Karteikästen, für deren Inspektion selbst erfahrene Archivare Jahre benötigt hätten. Hier musste man wissen, was man suchte.

Sein Herz klopfte, seine Schläfen pochten.

Er schritt die Schränke ab und überflog die Buchstaben. Bei »b« wie »Bildtelefon« hielt er an und zog die Schublade heraus. Seine Finger tanzten über die Karteireiter und wurden fündig. Der Hängeordner war nicht geleert worden. Er zog ihn aus den Schienen, legte ihn auf den Schrank und schlug ihn auf. Ein Stapel Papier lag in dem Ordner, etwas dicker als ein Schreibblock. Es war ganz gewöhnliches Drucker- oder Kopierpapier, unberührt und weiß.

Ein Lächeln huschte über Gundermanns Gesicht.

»Was ist jetzt?«, mahnte Dunkel von der Tür. »Fünf Minuten! Nicht fünfzig!«

»Ja, ja! Bin gleich fertig.«

Gundermann schloss die Akte und vertraute sie wieder der Schublade an. Sein zweiter Versuch galt dem Buchstaben »k« wie »Koaxialkabel«. Wieder fand er einen intakten und prallen Hängeordner vor, und wieder mit weißem Papier gefüllt.

Ihm wurde schwarz vor Augen.

Jemand hatte das Licht ausgeschaltet.

»Rainer?«, flüsterte er in die künstliche Nacht hinein.

»Still!«, zischte der Wachmann irgendwo in der Finsternis.

Es war nicht schwer zu erraten, was seinen Freund dazu veranlasst hatte, den Lichtschalter zu betätigen. Dunkel macht Dunkel, dachte Gundermann und ertastete mit den Fingern den noch immer aufgeschlagenen Hängeordner. Vorsichtig klappte er den Ordner zu und suchte anschließend nach der dazugehörigen Lücke in der Schublade. Seine Finger hatten den Abgrund schnell gefunden. Er konnte den Ordner folgen lassen. Doch das Manöver missglückte. Er hatte das Konvolut nicht fest genug zusammengehalten. Ein Teil des Papiers rächte sich dafür und fiel heraus.

Gundermann hoffte auf einen leisen Aufschlag. Aber Papier, selbst ein paar Seiten, konnte laut sein. Lauter, als er gedacht hatte.

»Johannes!«, hauchte Dunkel im Dunkeln.

Es folgte eine drückende, abstoßende Stille, die jedoch nicht lange anhielt.

»In Deckung!«, flüsterte Dunkel, dessen Schritte er gerade noch hören konnte. Gundermann schloss die Schublade und duckte sich hinter den Metallschrank.

Ein Schlüssel glitt ins Schloss und drehte sich. Dunkel musste also die Tür von innen verschlossen haben.

Die Tür wurde geöffnet, ein Lichtstrahl schoss in die Dunkelheit.

»Hallo?«, rief eine kräftige Männerstimme in den Raum.

Das Deckenlicht flammte auf.

»Da ist niemand«, sagte eine andere, nicht ganz so kräftige Stimme.

»Ich habe aber etwas gehört«, verteidigte sich die andere Stimme. »Ein merkwürdiges Rascheln.«

Sehen konnte Gundermann keinen von beiden.

»Du bist auch merkwürdig«, meinte die gemütlichere Stimme. »Hier ist niemand. Das siehst du doch. Außerdem war abgeschlossen.«

»Trotzdem.«

»Trotzdem bringen wir jetzt den Karton nach hinten«, sagte der andere.

Schlagartig wurde es wieder dunkel. Die Tür fiel ins Schloss, ein Schlüsselbund flirtete mit dem Türblatt.

Gundermann und sein Freund harrten endlose Minuten in der absoluten Dunkelheit des Archivs aus, bis sie der Stille vertrauten.

»Das war knapp«, hauchte Dunkel.

»Wie wäre es mit Licht?«, flüsterte Gundermann kaum hörbar.

»Wenn ich die Tür finde.«

Dunkel brauchte lange, bevor die Deckenlampen aufflammten und er sich mit der flachen Hand gegen die blendende Helligkeit wehren musste. Auf dem Boden neben Gundermann hatten sich ganze fünf Blätter breitgemacht, die er schnell wieder eingefangen hatte. Er ließ sie sorgsam in den Hängeordner gleiten und verstaute diesen in der Schublade.

»Wir können.«

Dunkel stand an der Tür mit kreideweißer, versteinerter Miene, drehte sich um und schloss unhörbar die Tür auf. Bevor er sie öffnete, löschte er das Licht. Wieder wurde es Nacht. Aber schon spendete der Türspalt Trost.

»Komm jetzt!«

Sekunden später standen sie auf dem Gang und konnten durchatmen.

»Ist dir eigentlich klar, was wir da riskiert haben?«, pustete der Wachmann, jetzt nicht mehr weiß im Gesicht. »Das hätte mich meinen Job kosten können!«

»Ja, ich weiß. Ist meine Schuld«, gab Gundermann zu. »Kommt nicht wieder vor.«

»Bestimmt nicht. Verlass dich drauf«, schnaufte Dunkel. »Hast du wenigstens gefunden, was du gesucht hast?«

»Hab ich«, grinste Gundermann. »Der Dieb hat mindestens zwei Ordner geleert und den Inhalt durch weißes Papier ersetzt.«

»Nicht ungeschickt«, bemerkte Dunkel. »Das fliegt erst auf, wenn jemand sich den Ordner vornimmt.«

»So ist es, mein Freund, so ist es. Daher hat die Polizei auch nichts gefunden. Selbst deine Kollegen hätten lange gebraucht oder viel Glück haben müssen.«

»Aber woher hast du gewusst ...?«

»Sagen wir, es war ein Experiment«, antwortete Gundermann. »Ein Versuch, der mir gelungen ist. Es geht um dieses alte Kabel.«

»Sicher kannst du mir auch das erklären, du Schlaumeier.«

»Das kann ich leider nicht«, gestand Gundermann.

»Wie beruhigend«, atmete Dunkel auf.

»Noch nicht«, lächelte Gundermann. »Aber ich komm schon noch dahinter. Die Antwort steht in den Artikeln von diesem Graf. Glaub mir.«

»Egal. Lass uns jetzt verschwinden. Die suchen mich bestimmt schon«, maulte Dunkel.

»Dann warst du eben auf dem Klo. Kann jedem passieren. Ich muss auch zurück. Die Karin wird sicher schon unruhig.«

»Also dann.«

In der Tür hing tatsächlich das Inventurschild. Gundermann holte seinen Schlüssel aus der Tasche und schloss auf. Mit einem gut gelaunten Griff zog er das Schild von seinem Haken und stellte es zurück an seinen Platz im unteren Bereich des Tresens.

»Karin?«

Nichts rührte sich.

»Karin?!«

Statt seiner Mitarbeiterin erschien seine Mutter, ein altertümliches, hölzernes Klemmbrett in der Hand.

»Was machst du bloß für Sachen, Hansi? Erst überraschst du uns mit einer Inventur, dann lässt du uns damit alleine! Das ist doch ohne dich gar nicht zu schaffen! Fräulein Meier kennt das Programm vom Computer nicht, und ich komme noch immer nicht mit deinem System zurecht, mit diesen neumodischen Karteikärtchen. Wie sollen wir dir denn helfen, wenn du nicht dabei bist?«

»Ach, Mutti! Wir machen doch gar keine Inventur«, rollte er mit den Augen.

»Keine Inventur? Aber Fräulein Meier …?«

»Ich habe die Apotheke nur für eine Stunde geschlossen. Das war alles. Und um Papa nicht wieder zu ärgern, sollte Karin einfach das Schild in die Tür hängen. Wir haben noch nie im Sommer eine Inventur gemacht, Mutti.«

»Keine Inventur?«

»Nein. Keine Inventur. Nur eine kurze Auszeit. Ich musste etwas Dringendes erledigen«, stöhnte er.

»Wir haben aber schon angefangen«, setzte sich seine Mutter zur Wehr. »Und was werden jetzt die Leute sagen, wenn die Apotheke wieder geöffnet hat? Die denken doch, wir machen Inventur?«

»Nichts werden sie denken, Mutti. Sie werden einfach in den Laden kommen und ihre Rezepte auf den Tresen legen.«

Seine Mutter sah ihn verständnislos an, knallte ihr Klemmbrett demonstrativ heftig auf den Tresen, drehte sich um, hob ihr mächtiges Kinn und marschierte davon.

»Mutti! Bitte!«

»So nicht!«, rief sie aus seinem Büro. »So führt man keine Apotheke! Ich weiß noch gar nicht, wie ich das deinem Vater beibringen soll! Er hat sich extra angezogen, um uns zu helfen. Sogar seine weiße Hose. Und jetzt das! Seit 1778 hat es das nicht gegeben! Wenn ich daran denke, wie vorbildlich …«

Mehr war nicht zu verstehen, denn sie hatte die Treppe erreicht. Gundermann wusste aber, dass seine Mutter ihren Monolog auch dort fortsetzen würde. Stufe für Stufe. Bis zu seinem Vater würde sie die Nachricht von seinem Versagen tragen. Er war wieder zu Hause. *There and back again*. Nur war es nicht das Auenland, sondern das Apothekerland. Es gab auch keine Elben, es gab nur seine Eltern. Wenigstens was den Stolz betraf, konnten sie mit den Elben mithalten.

Die Eingangstür.

Eine unbekannte Kundin.

Gundermann baute sich hinter dem Tresen auf und lächelte wie der junge Bilbo Baggins.

»Diese Globuli hätte ich gerne«, sagte die Frau und reichte ihm den abgetrennten Verschluss einer alten Schachtel.

»Gerne.«

6

Er hatte Mühe, den Lenzenweg zu finden, denn sein Navi ignorierte immer wieder Baustellen und Einbahnstraßen. Aber dank seiner ausgefeilten Kurventechnik gelangte er dennoch ans Ziel. Einfamilienhäuser und Doppelhäuser, die meisten davon einstöckig. Ein typisches Wohnviertel am Stadtrand. Gepflegte Gärten, gestutzte Hecken, gefegte Gehwege und Bordsteine.

Aber er war nicht der Erste.

Vor dem Haus des pensionierten Postbeamten parkte ein Rettungswagen, davor ein Einsatzfahrzeug der Polizei. Hier und da hatten sich Nachbarn und Passanten zu kleinen Grüppchen zusammengerottet.

Gundermann fuhr langsamer und parkte seinen Wagen vor dem Haus mit der Nummer 5. Zögerlich näherte er sich einem der kleinen Grüppchen, bestehend aus zwei Frauen und drei Männern, die sichtbar im Ruhestand waren und somit Zeit hatten.

»... hat dann die Polizei angerufen«, wusste eine der Frauen.

»Tragisch, sehr tragisch«, kommentierte einer der Männer.

»Er hat sehr zurückgezogen gelebt, der Ludwig. Den hat man manchmal wochenlang nicht gesehen«, meinte die andere Frau. »Daher hat man ihn auch erst jetzt gefunden.«

»Tragisch, sehr tragisch.«

»Der arme Mann.«

Von der gegenüberliegenden Seite näherte sich eine weitere Frau und schloss sich dem Grüppchen an. Gundermann wahrte Abstand, blieb aber in Hörweite.

»In der Badewanne haben sie ihn gefunden«, wusste der Neuzugang zu berichten. »Ausgerutscht ist er und mit dem Kopf aufgeschlagen. Und dann ertrunken. Ich hab's von der Kühn. Ihr Sohn ist ja bei der Polizei.«

»Der arme Mann.«

»Ein Unfall war's. Er war ja auch schon fast neunzig. Ganz allein hat er gelebt, ganz allein.«

»Unser Bad ist barrierefrei«, rümpfte einer der Männer seine Nase. »Da kann so etwas nicht passieren. War allerdings nicht ganz billig.«

»In der Badewanne?«, fragte eine der Frauen mit skeptischem Ton.

»Das hat die Kühn erzählt«, versicherte der Neuzugang. »Sein Kopf war unter Wasser.«

»Wie beim Barschel«, erinnerte sich einer der Männer.

»Hermann! Wie kommst du denn jetzt darauf? Das hat doch damit nichts zu tun!«, beschwerte sich die Neue.

»Der Ludwig, der hat nie gebadet«, setzte die Frau mit dem skeptischen Ton ihre Überlegungen fort. »Der hat sich immer nur gewaschen. Mit dem Waschlappen.«

»Woher willst du das wissen?«, fragte einer der Männer.

»Vom Erwin Kißkalt.«

»Der Erwin, ja, der muss es ja wissen«, raunte ein anderer Mann.

»Eben.«

»Dann war dieses Bad eben sein letztes.«

»Tragisch, sehr tragisch.«

»Unser Bad ist barrierefrei.«

»Das wissen wir, Karl. Dein Sohn hat es für euch umgebaut. Vor fünf Jahren.«

»Der ist jetzt in Dubai, der Wolfgang. In Dubai. Bei den Scheichs.«

»Das wissen wir doch längst, Karl. Dein Sohn baut Wolkenkratzer in der Wüste. Erzähl uns mal was Neues«, giftete eine der Frauen.

Gundermann wechselte die Straßenseite und pirschte sich an das Unglückshaus heran. Vor der geöffneten Haustür standen zwei Polizisten in Uniform und ein Rettungssanitäter, ein Notarzt und ein Mann in Zivil, den er für einen Kriminalbeamten hielt. Sie unterhielten sich leise, sodass er nichts verstehen konnte.

»Die warten auf den Leichenwagen«, sagte plötzlich ein Mann neben ihm, dessen Kommen er nicht bemerkt hatte.

»Was ist mit dem Rettungswagen?«

»Nichts. Da war nichts mehr zu retten.«

Der Unbekannte schien recht zu haben, denn der Notarzt und der Rettungssanitäter verabschiedeten sich und gingen zum Wagen. Die Polizisten blieben zurück.

»Das kann dauern«, meinte der Mann.

»Wiedersehen«, sagte Gundermann und ging zurück zu seinem Auto. Hier gab es nichts mehr für ihn zu tun. Er hatte seinen freien Mittwochnachmittag umsonst geopfert. Von Dengler hatte er sich einen Tipp über Grafs letzte Recherchen erhofft. Enttäuscht ließ er sich in den Fahrersitz fallen, überlegte kurz und startete den Motor.

Die Fahrt dauerte nicht lange und führte quer durch Neustadt. Er saß noch einige Minuten unschlüssig im Wagen, bevor sein Entschluss endgültig gereift war. Vor der Tür war kein Klingelton zu hören, dafür aber die Schritte, die sich langsam näherten. Die Überraschung war Frau Graf anzusehen, als sie ihm die Tür öffnete.

»Sie sind doch der Apotheker aus Nürnberg?«

»Gundermann. Johannes Gundermann. Darf ich Sie für ein paar Minuten stören?«

Die Witwe zögerte, bat ihn dann aber doch ins Haus. Durch einen überraschend langen Flur gelangten sie in ein großes Wohnzimmer mit einer imposanten Bücherwand.

»Darf ich Ihnen etwas anbieten? Tee? Kaffee?«

»Nein, vielen Dank«, antwortete er und entschied sich für einen kleinen Sessel mit grauem Bezug. »Ich will Sie auch nicht lange belästigen. Nur ein paar Fragen.«

»Wenn es Ihnen um die Unterlagen meines Mannes geht, die habe ich schon vergeben. Die Kartons haben die Leute vom Heimatmuseum bereits abgeholt. Ich kann ja nichts damit anfangen und bin froh, dass es aus dem Haus ist. Mein Mann hat in den letzten Jahren keine anderen Interessen mehr gehabt. Er hat nur noch für seine Forschung gelebt. Von morgens bis abends ist der unterwegs gewesen. Der hat nichts anderes mehr gesehen.«

Der kritische Ton war nicht zu überhören. Frau Graf hatte sich offenbar ein anderes Leben im Ruhestand vorgestellt.

»Er hatte mir versprochen, dass wir gemeinsam reisen. Immer wieder hat er die Planung verschoben. Und jetzt ist es zu spät. Wegen seiner blöden Forschung. Ohne die wäre er doch gar nicht nach Rauschenberg gefahren.«

Gundermann glaubte, eine Träne in einem Auge zu erkennen.

»Berge von Papieren und Karteikarten. Sechs große Kartons voll. Und noch mal so viel Altpapier. Seine Forscherfreunde haben mir geholfen. Alleine hätte ich das gar nicht geschafft. Wenn es Ihnen darum gegangen ist, dann sind Sie zu spät gekommen, Herr Gundermann. Aber Sie können es sich ja im Heimatmuseum im Schloss ansehen.«

»Danke, das werde ich tun«, sagte er mitfühlend und kam zum Thema. »Haben Sie schon von Ludwig Dengler gehört?«

Frau Graf nickte.

»Meine Nachbarin hat es mir gesagt. Schon vor einer Stunde. Der arme Mann. Er war ja auch nicht mehr der Jüngste. Wissen Sie, im Haushalt passieren die meisten Unfälle.«

»Kannten Sie Dengler eigentlich?«

»Nein«, antwortete die Witwe, die auf dem großen Sofa Platz genommen hatte. »Er hat sehr zurückgezogen gelebt. Einzelgänger. Auch da kann ich Ihnen nicht weiterhelfen.«

»Und Sie können sich nicht daran erinnern, was Ihr Mann von Dengler wollte?«

»Ich weiß nur, dass es um das alte Verstärkeramt gegangen ist. Dort hat Dengler wohl seine Ausbildung gemacht. Er war so eine Art Fernmeldetechniker. Das hat mein Mann erst vor Kurzem erfahren. Sonst hätte er ihn schon viel früher aufgesucht. Er war ganz aufgeregt und hat lange gebraucht, Dengler zu überreden, ihm etwas zu erzählen.«

»Aber was er ihm erzählt hat, wissen Sie nicht zufällig?«, fragte Gundermann und beugte sich vor.

»Nein. Ich kann Ihnen nur sagen, dass mein Mann mit dem Gespräch sehr zufrieden war. Von einem Durchbruch hat er gesprochen, als er zurückkam. Ja, das Wort hat er gebraucht. Durchbruch.«

Frau Graf sah ihn an, als würde sie die nächste Frage erwarten. Zunächst fiel ihm keine ein, dann nahm aber doch noch eine in seinem Kopf Form an.

»Hat er sich Notizen gemacht oder das Gespräch aufgezeichnet?«

»Er hat so ein kleines Diktiergerät. Noch mit Kassetten. Später hat er alles am Computer abgeschrieben.«

Gundermann spürte die Aufregung, spürte das Adrenalin.

»Das Diktiergerät haben Sie nicht zufällig zurückbehalten?«

Die Witwe begann zu grübeln.

»Nein, leider nicht. Es ist in einem der Kartons. Und die Kassetten auch.«

»Wissen Sie, ob ich im Heimatmuseum heute jemanden erreichen kann? Ich habe nämlich nur mittwochnachmittags geschlossen.«

»Jetzt bin ich mal neugierig«, sah ihn die Frau skeptisch an. »Warum sind Sie so daran interessiert? Sie sind doch Apotheker?«

»Ein rein persönliches Interesse«, antwortete er artig. »Ich wollte eigentlich Geschichte studieren. Aber da wir eine uralte Apotheke in Nürnberg besitzen ...«

»Ich verstehe«, nickte Graf. »Soll ich für Sie anrufen?«

»Das wäre sehr nett.«

Die Witwe stand auf und verließ das Wohnzimmer, um zu telefonieren. Während er seinen Blick über die üppigen Blumen wandern ließ, die das große Panoramafenster schmückten, ging ihm das Wort »Durchbruch« nicht mehr aus dem Kopf. Graf hatte zahlreiche Artikel zur Geschichte des Bildtelefons und des Verstärkeramtes in Neustadt veröffentlicht. Jahre hatte er in die Erforschung von Details investiert, war aber erst vor wenigen Wochen auf Dengler gestoßen. Einen vereinsamten, kauzigen, marottenreichen, eigenwilligen Greis, fast neunzig, aber noch sehr rüstig und alles andere als dement, wie Gundermann den belauschten Gesprächen der Nachbarn entnommen hatte. Und kaum hatte der Hobbyhistoriker diesem Mann eine offenbar wichtige Information entlockt, waren beide tot. Der eine auf freiem Feld erschlagen, der andere in der Badewanne ertrunken, in der er nie gebadet hatte.

»Es ist jemand da. Herr Erlwein. Er wartet auf Sie«, verkündete Frau Graf, als sie wieder ins Wohnzimmer zurückkehrte. »Aber beeilen Sie sich, er hat nicht mehr viel Zeit.«

»Ich bin Ihnen sehr verbunden«, freute sich Gundermann und wunderte sich zugleich über seine antiquierte Formulierung. Er kreidete sie seinen Eltern an.

Das Museum befand sich im Alten Schloss, einem Bau aus dem 15. Jahrhundert, in dem seit 2008 auch das Aischgründer Karpfenmuseum zu finden war. Es war nicht sein erster Besuch, doch konnte er sich nicht mehr an das Jahr erinnern, in dem er zuletzt im Schloss gewesen war.

Erlwein erwies sich als freundlicher und hilfsbereiter Mann Mitte fünfzig, der ihn umgehend zu den sechs Kartons führte, die in einem kleinen Büro abgestellt waren.

»Ehrlich gesagt, wissen wir gar nicht, was wir damit anfangen sollen«, erklärte Erlwein. »Frau Graf hat sie uns mehr oder weniger aufgedrängt. Über den Inhalt kann ich Ihnen auch nichts sagen. Ich habe noch keinen Blick hineingeworfen.«

»Darf ich …?«

»Gerne. Frau Graf hat es ja erlaubt. Ich muss allerdings in fünfzehn Minuten zusperren. Gegebenenfalls müssten Sie später noch einmal wiederkommen.«

»Danke«, sagte Gundermann und machte sich an die Arbeit. Vier der Kartons enthielten große Aktenordner, die bis zum Bersten mit Fotokopien aller Art vollgestopft waren. Baupläne, Lagepläne, Karten, technische Daten, Personalien, Protokolle, Direktiven, Anordnungen, Notizen. Beim schnellen Durchblättern wurde ihm fast schwindelig. Es würde viele Tage dauern, sich auch nur einen groben Überblick zu verschaffen. Eine alphabetische, chronologische oder thematische Ordnung konnte er nicht erkennen, obwohl Graf nummerierte Trennblätter eingefügt hatte. Aber wofür standen die Nummern?

Seine blätternde Hand stoppte mitten in der Bewegung.

Eine einfache Karte.

Neustadt war das Zentrum.

Eine ähnliche Karte hatte einen von Grafs Artikeln illustriert. Sie zeigte den Verlauf der verschiedenen Kabel des Bildtelefon- und Fernsehsystems der Reichspost in den 1930er-Jahren.

Kreuze und Kreise.

In der Nähe der Kabel hatte Graf mit einem Bleistift Kreuze und Kreise eingetragen. Sie fehlten in der abgedruckten Karte.

Gundermann sah sich um. Erlwein klapperte im Nebenraum.

Kaum hörbar trennte Gundermann die Karte aus dem Ordner, faltete sie und steckte sie in die Innentasche seiner Jacke.

»Haben Sie schon etwas gefunden?«

»Nein«, log Gundermann und stellte den Ordner zurück in den Karton. Ein weiteres Blättern war sinnlos, die Menge der Dokumente schlicht zu groß. Stattdessen suchte er nach dem Diktiergerät, das er auch fand. Im letzten Karton natürlich, inmitten loser Blätter und dünner Broschüren. Seine Hände zitterten beinahe, als er die Auswerftaste drückte. Langsam öffnete sich die kleine Verschlussklappe. Das Fach war leer.

»Herr Erlwein?«

»Ja«, antwortete der freundliche Mann und erschien umgehend im Büro.

»Zu diesem alten Diktiergerät gehören kleine Kassetten. Sehen aus wie Miniaturausgaben von Audiokassetten. Wissen Sie zufällig, wo die geblieben sind?«

»Tut mir leid, Herr Gundermann. Zum Inhalt der Kartons kann ich Ihnen nichts sagen. Die stehen hier, seit sie die Freunde von Herrn Graf angeschleppt haben.«

»Danke.«

Gundermann vergrub sich in die Kartons, doch die Kassetten blieben verschwunden.

»Verflucht noch mal!«, ärgerte er sich. »Da war jemand schneller als ich.«

»Wie bitte?«

»Nichts, Herr Erlwein, nichts. Äh, sagen Sie mal, wer hat alles Zugang zu diesem Büro?«

»Wieso wollen Sie das wissen? Fehlt etwas? Doch nicht diese Kassetten von dem Aufnahmegerät?«

»Genau die, Herr Erlwein.«

»Na, hier kommt nichts weg«, schüttelte er den Kopf. »Hier wird nichts gestohlen. Ausgeschlossen. Bestimmt hat sich die Frau Graf geirrt, und die Kassetten liegen noch bei ihr im Haus. Ganz bestimmt sogar.«

»Bestimmt«, gab Gundermann nach und erhob sich von dem Bürostuhl. »Sie können jetzt abschließen. Ich bin fertig.«

7

Die Karte war eine Fotokopie.

Ein schwarzer Balken führte von Neustadt nach Nürnberg, einer von Neustadt nach Berlin, ein anderer nach München. Die anderen Städte, darunter Hamburg und Leipzig, interessierten ihn nicht. Es waren andere Kabel, die nicht direkt mit Neustadt verbunden waren.

Fernkabel 502.

Vielbandkabel.

Vielbandzwischenverstärker.

Die Karte glich tatsächlich jener Karte, die im *Walberla-Boten* abgedruckt war. Es war eine offenbar allgemein verfügbare Karte, obwohl keine Quelle angegeben war. Grafs Karte aber besaß drei Kreuze und vier Kreise rund um Neustadt. Eine Legende fehlte.

Gundermann ließ die schwenkbare Riesenlupe seines Vaters sinken. Statt zur Lösung beizutragen, hatte die Karte nur Fragen aufgeworfen. Die Kreise und Kreuze konnten alles Mögliche bedeuten. Der Fantasie waren praktisch keine Grenzen gesetzt. Die Zeichen waren nicht sorgfältig eingetragen, sondern sahen für ihn aus wie schnell hingeschmiert. Vage Punkte in der Landschaft, deren Lage allein aufgrund des großen Maßstabs nicht zu ermitteln war. Vage Punkte irgendwo zwischen Neustadt, Nürnberg und Berlin.

Vor ihm hatte er sein Tablet liegen, auf dem er sich die lokalen Nachrichten aus Neustadt anschaute. Denglers Tod war längst das Thema des Tages. Ein Sprecher der Polizei klassifizierte das plötzliche Ableben des betagten Rentners als Unfall, wenn auch unter Vorbehalt. Ein endgültiges rechtsmedizinisches Gutachten stand noch aus.

Gundermann ließ sich in den wuchtigen Bürostuhl sinken, lehnte sich zurück und begann ganz sanft zu schaukeln.

»So ein alter Mann ist schnell in eine Wanne verfrachtet«, dachte er laut. »Da gibt es keine auffälligen Kampfspuren. Das geht ganz schnell. Der Mörder hat nur einen Fehler gemacht, er wusste nicht, dass Dengler schon lange nicht mehr gebadet hat. Aber da dies die Polizei anscheinend auch nicht weiß ... Und die Verbindung zu Graf sieht sie sowieso nicht.«

Er kippte sich wieder in eine aufrechte Position und zog ein Magazin vom Schreibtisch. Der *Walberla-Bote* mit dem Artikel von Graf. Mindestens fünfmal hatte er ihn schon gelesen, ohne auf einen Hinweis zu stoßen, der wenigstens eine homöopathische Dosis Licht in die Sache brachte.

»Es ist nur eine Fußnote der Geschichte«, murmelte er gedankenversunken. »Nichts Geheimnisumwittertes, nichts Sensationelles, nichts Unbekanntes. Ein Telefonnetz, ein Kabelfernsehnetz, ein Verstärkeramt, ein paar Bildtelefonzellen in Berlin, Leipzig, München und Nürnberg. Der erste ernst zu nehmende Versuch mit dieser Technologie. Aber eben nicht mehr. Auf keinen Fall ein Motiv für einen Mord. Wenn es um Smartphones ginge, okay, da gäbe es viele Motive. Alleine die Leute, die selbst im Kino auf ihr Display starren. Doch diese alten Kabel?«

Gundermann stand auf und wanderte durch das Arbeitszimmer seines Vaters, das längst sein Arbeitszimmer geworden war, auch wenn das Interieur anderes vermuten ließ.

»Es muss aber ein Motiv geben. Oder einen Psychopathen. Einen Telefonkabelfetischisten. Nein, es gibt ein Motiv. Es ist nur noch nicht sichtbar. Niemand sieht es. Die Polizei schon gar nicht.«

Das Tablet vor ihm gab preis, dass die Ermittlungen im Fall Graf ins Stocken geraten waren. Die erste Vermutung, es könnte sich um eine Beziehungstat im familiären Umfeld handeln, hatte sich als falsch erwiesen. Der vorbestrafte Verwandte der Grafs, der die Vermutung genährt hatte, besaß ein hieb- und stichfestes Alibi. Von der Tatwaffe fehlte nach wie vor jede Spur. Die Polizei stand vor einem Rätsel.

»Es ist alles eine Frage der Information, eine Frage des Wissens«, sinnierte Gundermann leise. »Ich weiß zu wenig, um das Motiv sehen zu können. Der Einbruch ins Archiv. Er diente nur dazu, allen Neugierigen dieses Wissen vorzuenthalten. Eine reine Vorsichtsmaßnahme des Täters. Ja, das wäre durchaus möglich. Er hat sich keine Informationen beschafft, er hat lediglich dafür gesorgt, dass andere sie sich nicht mehr beschaffen können. Aber vielleicht können sie es doch?«

Gundermann ging zum Schreibtisch, setzte sich und blätterte sich schnell durch die aufgeschlagenen Artikel. Unter einem der Fotos von einer Frau, die 1937 ein Bildtelefonat in der Berliner Bildtelefonzelle, Ecke Hardenberg- und Kantstraße, führte, war eine Quellenangabe vermerkt: Museum für Kommunikation, Berlin.

»Berlin«, las Gundermann. »Da ist doch demnächst diese Tagung. Von der Deutschen Gesellschaft für Experimentelle und Klinische Pharmakologie und Toxikologie. Da war doch neulich etwas in der Post. Wird höchste Zeit, dass ich da mal hinfahre.«

Er legte die Magazine zurück und befragte sein Tablet. Der Termin der Tagung war schnell gefunden, die Anmeldefrist war so gut wie abgelaufen. Gundermann zögerte keine

Sekunde, seine Finger flogen über das Display, füllten Felder aus, gaben Daten und Zahlen ein. Jetzt fehlten nur noch ein Hotel, ein Flugticket und eine Vertretung für die Apotheke.

Was für ein Gefühl.

Berlin.

Am Kurfürstendamm buchte er ein Zimmer in einem Hotel in der Nähe des U-Bahnhofs Uhlandstraße. Ein Superiorzimmer.

Mit einem kurzen, aber lauten »Ja!« beendete er die Eingabe.

Kurz darauf öffnete sich langsam die Tür, und der Kopf seiner Mutter erschien.

»Geht es dir gut, Hansi?«, fragte sie besorgt.

»Bestens«, antwortete er. »Warum fragst du?«

»Da war so ein komisches Geräusch.«

»Ich habe mich nur ein wenig gefreut«, lächelte er.

»Gefreut? Hast du etwa jemanden kennengelernt?«, fragte sie und trat ein. »Darf man erfahren, wie sie heißt?«

»Berlin«, entgegnete er lachend.

»Berlin? Das ist doch kein Name für eine Frau.«

»Es geht auch nicht um eine Frau, sondern um meine Reise nach Berlin.«

Seine Mutter riss die Augen auf: »Du fährst nach Berlin?«

»Ja. Schon nächsten Mittwoch. Zur Tagung der Deutschen Gesellschaft für Experimentelle und Klinische Pharmakologie und Toxikologie. Ich muss an meine Fortbildung denken.«

»Aber mein Junge. Wer soll denn dann die Apotheke führen? Dein Vater auf keinen Fall!«

»Das wird sich schon finden. Ein paar Anrufe, und ich habe jemanden.«

»Den wir nicht kennen«, gab seine Mutter zu bedenken. »Für eine solche Aufgabe kommt nicht jeder x-Beliebige infrage. Und wenn er zehnmal studiert hat. Nein, nein, es dauert seine Zeit, bevor man einen geeigneten und vertrauenswürdigen Kandidaten gefunden hat. Dein Vater wird sich darum kümmern. Er kennt schließlich die hiesigen Apotheker besser als du.«

»Von mir aus«, stimmte Gundermann zu.

»Aber dass dies bis zum Mittwoch zu schaffen ist, das bezweifle ich«, bemerkte seine Mutter mit missmutigem Gesicht. Wie ich schon sagte, so etwas braucht seine Zeit.«

»Dann werde ich mich doch lieber selbst darum kümmern, Mutti«, ging Gundermann auf sie zu und legte seine Hände auf ihre Schultern. »Denn ich fahre am Mittwoch nach Berlin. Ist alles schon gebucht.«

Das Gesicht seiner Mutter sprach Bände. Schon allein, weil er die Entscheidung ohne Rücksprache getroffen hatte, ohne Diskussion und rechtzeitige Ankündigung. Er hatte seine Eltern übergangen.

»Was ist bloß mit dir los, mein Junge?«, fragte seine Mutter sorgenvoll. »Du gefällst mir gar nicht.«

»Mach dir keine Sorgen, mir geht es bestens. Ich muss nur mal wieder raus. Das ist alles. Außerdem ist die Tagung wirklich wichtig. Ich verpasse sonst den Anschluss an die Entwicklung«, versuchte er, sie zu beruhigen.

»Wenn du meinst, Hansi.«

»Geh zurück nach oben. Ich mache noch ein paar Telefonate.«

»Du hättest nicht auf die Beerdigung von deinem Freund gehen sollen«, meinte sie. »Das hat dich schwerer getroffen, als ich gedacht habe. So einen engen Freund zu verlieren, das ist ein Schock. Wenn ich es mir recht überlege, hättest du nicht hingehen sollen. Aber im Nachhinein ist man immer schlauer.«

Seine Mutter drehte sich um, ging zur Treppe und stieg sie langsam hinauf. Langsamer als gewöhnlich. Aber das war ihm egal. Er setzte sich wieder an den Schreibtisch und griff zum Telefon. Klaus, einer seiner Kollegen, hatte ihm vor Monaten von einer guten Vertretung erzählt, von einer Apothekerin, die nichts anderes machte. Warum auch nicht. Er wählte. Keine halbe Stunde später hatte er alles geregelt.

Vor dem Abendessen befragte er noch einmal das Internet. Neue und kombinierte Suchbegriffe führten ihn zu weiteren Artikeln von Harald Graf. Artikel, die er noch nicht kannte. Zwei der Veröffentlichungen kreisten um das Kabelfernsehen der Reichspost. Leider standen sie nicht online zur Verfügung, er musste die Magazine ausleihen oder kaufen. Was gar nicht so einfach war, denn es handelte sich nicht um leicht zugängliche Wissenschaftsmagazine, sondern um Amateurblätter, herausgegeben von Enthusiasten in kleinen Privatverlagen. Er versuchte es per Mail, denn die Kontaktdaten waren ordnungsgemäß angegeben. Vielleicht hatte er ja Glück.

Kaum war er fertig, erschien seine Mutter wieder in der Tür.

»Wenn du möchtest, kannst du zum Essen kommen.«

Was wie ein Angebot, wie ein Vorschlag klang, war selbstverständlich keiner, sondern eine klare Direktive, der er auch Folge leisten wollte. Als er schon in der Tür stand, meldete sich das Telefon. Er zögerte kurz, griff dann aber doch zum Hörer.

»Gundermann.«

»Sie waren heute bei Frau Graf«, sagte eine Stimme, die ihm bekannt vorkam, ohne sie zuordnen zu können.

»Mit wem spreche ich?«

»Mit jemandem, dem es nicht passt, dass Sie bei uns herumschnüffeln. Im Museum waren Sie auch. Ich weiß es vom Willi.«

Langsam dämmerte es Gundermann. Es war der Mann, der ihn auf der Trauerfeier bedrängt hatte.

»Herr Breitstein. Ich schnüffle nicht herum, wie Sie das nennen, ich forsche. Auch ich bin nämlich Heimatforscher. Und Herr Graf …«

»Quatsch! Sie sind ein Stalker, der Leute belästigt. Die Graf war ganz verstört. Die hat gar nicht gewusst, was Sie von ihr wollten, und war froh, als Sie wieder aus dem Haus waren. Dem Willi haben Sie dann unterstellt, er hätte sich diese wertlosen Kassetten unter den Nagel gerissen. So einer sind Sie, Herr Apotheker. Ich gebe Ihnen den freundschaftlichen Rat, uns in Ruhe zu lassen. Vor allen Dingen Frau Graf. Die hat genug gelitten. Also Finger weg! Forschen Sie woanders, aber nicht in Neustadt!«

»Hansi? Kommst du?«, stand schon wieder seine Mutter in der Tür. »Dein Vater wartet.«

»Ja, ich komme gleich.«

»Hansi? Klingt nach Kanarienvogel«, spottete Breitstein hörbar belustigt. »Dann will ich Sie nicht weiter aufhalten. Tun Sie lieber, was Mami Ihnen gesagt hat. Und bleiben Sie von Neustadt fern.«

»Herr Breitstein, Sie haben keinerlei Recht …«, setzte Gundermann zum Gegenangriff an, doch der Anrufer hatte bereits aufgelegt.

»Hansi. Bitte. Du kannst doch nach dem Essen noch telefonieren. Bestimmt wollen deine Freunde jetzt auch zu Tisch.«

»Bestimmt«, stöhnte er. »Und vor allem zu Tisch.«

»Dann kannst du jetzt ja kommen«, sagte seine Mutter mahnend, drehte sich um und ging zur Treppe.

Gundermann folgte ihr widerwillig, während er mental noch mit dem Anruf beschäftigt war. Er sah nur zwei Möglichkeiten. Entweder hatte der Anruf keine Bedeutung, da Breitstein lediglich ein Spinner war, der die Gelegenheit nutzte, sich in Szene zu setzen. Oder aber der Anruf hatte etwas zu bedeuten, da Breitstein irgendwie in die Vorfälle involviert war. Immerhin kannte er das Ehepaar Graf gut.

»Ich hole jetzt deinen Vater«, sagte seine Mutter mit versöhnlichem Tonfall. »Könntest du das Brot schneiden, Hansi?«

Gundermann zog das passende Messer aus dem Block und legte los. Auch nach fortgeschrittener Arbeit konnte er Breitsteins Anruf nicht einordnen – es blieb vorläufig ein Rätsel.

»Aber doch nicht gleich so viele Scheiben! Wer soll das denn alles essen?«, meckerte seine Mutter. »Wo bist du bloß wieder mit deinen Gedanken, Hansi?«

8

»Gundermann. Wir hatten telefoniert.«

»Angenehm, Becher«, reichte ihm eine junge Frau die Hand. »Ich weiß Bescheid. Sie sind der Heimatforscher aus Nürnberg.«

»Der bin ich. Frau Bachmeier, die Leiterin des Nürnberger Museums, hat mir den Tipp gegeben. Sie müsste auch mit Ihnen telefoniert haben.«

»Ja, das hat sie. Ich habe schon alles vorbereitet«, sagte Frau Becher und führte ihn durch mehrere Flure in ein kleines Zimmer, in dem lediglich ein Schreibtisch und ein Stuhl standen. Auf dem Schreibtisch lagen vier prall gefüllte Ordner und ein paar Archivboxen.

»Wir haben noch mehr Material, aber das sollte ja vorläufig reichen. Wenn Sie Fragen haben, ich bin nebenan.«

»Danke.«

Gundermann war ein wenig überrascht, wie reibungslos alles geklappt hatte. Ein paar Anrufe hatten genügt, ihm alle Türen zu öffnen. Auf der Tagung hatte er sich die ersten beiden Vorträge angehört und sich dann still und heimlich verabschiedet, um zum Museum für Kommunikation zu fahren, das einst als Postmuseum gegründet worden war.

Er zog seine dünne Jacke aus und setzte sich an den Tisch, der schon viele Jahrzehnte auf dem Buckel haben musste. Die Tischplatte war mit grünem Linoleum ausgelegt. Ein museumswürdiges Exemplar.

Seine Neugier ließ ihn zuerst zu den Archivboxen greifen. In der ersten befanden sich alte Fotos oder Reproduktionen von alten Fotos. Die meisten zeigten Menschen, die in den Bildtelefonzellen in Berlin, Leipzig, Nürnberg und München telefonierten. Dann gab es Fotos der technischen Anlagen und der Gebäude, in denen die Bildtelefonzellen ab 1936 installiert worden waren. Fotos dieser Art waren auch in den Artikeln von Graf zu finden. Ein Blick in die nächste Archivbox offenbarte weitere Fotos, darunter auch die NS-Größen, die für die neue Technologie warben oder mit der neuen Technologie für sich warben. Wahrscheinlich beides zugleich.

Gundermann schob die Archivboxen nach hinten und nahm sich den ersten Ordner vor.

Kalkulationen. Kosten. Preise. Baumaterial. Arbeitsstunden.

Jedes Detail war vermerkt worden. Nebenbei lernte er, wie das Fernseh-Telefon funktioniert hatte. Jedes Gespräch musste vorher angemeldet werden, damit der Gesprächspartner genügend Zeit hatte, in der Zelle zu erscheinen. Bildtelefonieren anno 1936 war kein Skypen.

Im nächsten Ordner fanden sich Unterlagen und Dokumente zum Fernsehsystem im Dritten Reich. Der geplante Fernseh-Volksempfänger, die öffentlichen Fernsehstuben, die Übertragung der Olympischen Spiele 1936 im Zwischenfilmverfahren. Eine Filmkamera zeichnete die Wettkämpfe auf, der Film wurde umgehend in einem Kamerawagen entwickelt und anschließend elektronisch abgetastet. Erst dann konnte das Signal gesendet werden. Ikonoskop-Röhren-Kameras mit einer 441-Zeilen-Norm standen erst 1937 zur Verfügung. Die Fernsehsendungen sollten via Kabel übertragen werden. Die Kabel, die in Neustadt im Verstärkeramt zusammenliefen, waren lediglich eine Art Pilotanlage. Der Krieg vereitelte den weiteren Aufbau des Systems.

Karten.

Gundermann beugte sich vor, spürte das bekannte Pochen in seiner Brust.

Karten mit unterschiedlichen Maßstäben und Legenden.

Vielbandzwischenverstärker.

Alle 17,5 Kilometer war eine unbemannte, alle 35 Kilometer eine bemannte Verstärkerstelle erforderlich. Sonst wurden die Signale zu schwach. Die Verstärkeranlagen waren in der Regel in kleinen Bunkern untergebracht. Ein Kilometer Kabel kostete inklusive Montage und Verlegung rund 35.000 Reichsmark.

Er überflog die Details, überblätterte die Kalkulationen und Kostenaufstellungen.

Nach Kriegsende, ab 1946, hatten die Alliierten, allen voran die Sowjets, die Kabel größtenteils ausgegraben und sogar die Aluminiumplatten mitgenommen, die als Abschirmung dienten. Das Kabel wurde durch den Ausbau weitgehend unbrauchbar, sie konnten damit nichts mehr anfangen.

Es folgten Karten mit den geplanten Kabelverbindungen nach Frankfurt und Köln. Ein Kabel führte nach Hamburg. Auch Salzburg und Wien standen auf dem Programm, ein Abstecher zum Obersalzberg inklusive.

Weitere Karten.

Gundermann führte seine Hand in die Innentasche seiner Jacke, die über dem Stuhl hing, und zog die Karte heraus, die er in Grafs Unterlagen gefunden hatte. Er verglich sie mit den anderen Karten und kommentierte das Ergebnis mit einem leisen Seufzer. Für die Kreuze und Kreise waren keine Entsprechungen zu finden. Sie lagen zu dicht an Neustadt, um Verstärkerstellen zu markieren, deren Abstände ihm ja nun bekannt waren. Die Kreise und Kreuze mussten eine andere Bedeutung haben.

Fast zornig schlug er den nächsten Ordner auf und fraß sich durch die zum Teil vergilbten Dokumente.

»Neustadt«, murmelte er immer wieder. »Wo bist du geblieben.«

Aber sosehr er sich in die Suche hineinsteigerte, Neustadt tauchte nicht mehr auf. Die Dokumente befassten sich mit Berlin, selbst Nürnberg und München wurden nur am Rande erwähnt. Nach zwei Stunden strich er die Segel. Er hatte die Ordner wieder und wieder durchgesehen, ohne jeden Erfolg. Seine Hoffnungen hatten sich zerschlagen, hatten sich als Wunschtraum erwiesen. Nicht eine Seite hatte auch nur den kleinsten Hinweis auf ein Motiv geliefert. Das Kabel samt Verstärkerstellen war ausgegraben und abmontiert worden. Und selbst wenn nicht, so besaß es vielleicht historischen Wert, jedoch keinen materiellen. Es sei denn, die Aluminiumpreise explodierten ins Astronomische.

»Es ist nicht das Kabel«, raunte er. »Jedenfalls nicht das Kabel selbst. Es muss aber etwas mit der Kabelführung zu tun haben, mit der Kabeltrasse.«

Er klappte den letzten Ordner zu, stand auf und sah auf die Uhr. Wenn er sich beeilte, konnte er den letzten Vortrag noch erwischen. Aber er beeilte sich nicht, sondern klopfte an eine der beiden Türen, die der kleine Büroraum zu bieten hatte.

»Ja bitte?«

»Ich bin fertig«, verkündete er der jungen Frau.

»Haben Sie gefunden, wonach Sie gesucht haben?«

»Leider nicht«, musste er eingestehen. »Haben Sie noch weitere Dokumente zu Neustadt an der Aisch? Zum dortigen Verstärkeramt?«

»Da müsste ich nachsehen«, antwortete Becher. »Sind Sie morgen noch hier?«

»Ich könnte um vierzehn Uhr im Museum sein.«

»In Ordnung. Ich werde sehen, ob ich noch etwas finde.«

»Sehr freundlich, wirklich. Dann hätte ich noch eine Frage. Hat sich in jüngster Zeit jemand ebenfalls diese Unterlagen aushändigen lassen?«

»Warten Sie«, sagte die Frau und suchte in ihrem Computer. »Das sage ich Ihnen aber nur, weil Frau Bachmeier sie angekündigt hat. Vor sechs Wochen war ein Wilhelm Ohnesorge bei uns.«

Gundermann sah die Mitarbeiterin des Museums schmunzelnd an.

»Sagt Ihnen der Name etwas?«, fragte sie verwundert.

»Wilhelm Ohnesorge war von 1937 bis 1945 Reichspostminister. Ich habe seinen Namen gerade ein paarmal lesen dürfen.«

»Sie glauben ...?«

»... nicht an einen Zufall, falls Sie das meinen.«

»Ein falscher Name? Aber warum sollte ein Forscher einen falschen Namen benutzen?«

»Eine interessante Frage. Sind Sie sicher, dass Ihr Archivmaterial noch vollständig ist?«

Die junge Frau wurde blass und verzichtete auf eine Antwort. Dafür hatte Gundermann noch eine Frage.

»Können Sie sich zufällig noch an den Mann erinnern?«

»Es tut mir leid, aber dafür sehe ich täglich zu viele Menschen.«

»Verstehe. Sagt Ihnen der Name Harald Graf etwas?«

»Harald Graf«, wiederholte die Frau noch immer leicht irritiert und starrte auf den Monitor. »Ja, der war sogar zweimal bei uns. Allerdings ist das schon länger her. Im April war er hier. Ich hoffe, der war nicht auch jemand anderes.«

»Nein, Frau Becher, das war bestimmt Harald Graf. Dann bis morgen.«

»Warten Sie mal ... an den kann ich mich erinnern. Der hat sich unentwegt Karten fotokopieren lassen. Richtig genervt hat der mich. Kaum war ich fertig, hatte er schon neue Karten aus den Ordnern geholt. Ein älterer Mann, bestimmt schon in Rente, graue Haare, mittelgroß, schlank.«

Gundermann war Graf zwar nie begegnet, dennoch konnte er bestätigen, dass die Beschreibung tatsächlich auf den Heimatforscher zutraf.

»Nach den Karten zu fragen ist aber zu viel verlangt?«

»Das ist es. Leider. Obwohl, warten Sie mal ... da war eine dabei, die hat so einen blöden Knick. Nur mit großer Mühe konnte ich sie auf die Scheibe vom Kopierer pressen.«

»Einen Moment bitte, ich bin gleich zurück«, sagte Gundermann, ging nach nebenan in den kleinen Raum und kehrte mit einem der Ordner zurück. Er suchte sich ein Stück freies Gelände auf ihrem Schreibtisch und begann zu blättern. Mit grüblerischer Miene verfolgte Becher die Aktion und legte plötzlich per Hand, die ihm die Seiten fuhr, ihr Veto ein.

»Die Karte war nicht aus diesem Ordner. Jetzt fällt es mir wieder ein. Sie ist ... warten Sie mal ... sie ist ... bin gleich zurück.«

Die junge Frau verschwand aus ihrem Büro und ließ ihn allein. Hätte er es auf eine der Karten abgesehen, hätte er jetzt die Gelegenheit. Aber die Karte in seiner Jacke reichte ihm. Wahllos blätterte er in dem Ordner, bis Becher plötzlich grinsend in der Tür erschien.

»Ich hab sie!«, triumphierte sie, als hätte sie einen Preis gewonnen. »Ein Doktorand hatte sie sich reservieren lassen. Zusammen mit anderen Karten aller Art. Hier!«

Gundermann griff sofort zu. Es war eine Karte im Maßstab 1:500.000, also eine Generalstabskarte. Im Zentrum lag das Verstärkeramt von Neustadt, das wohl auch den Anlass gegeben hatte, diese Karte zu erstellen. Es waren Ortschaften verzeichnet. Gundermann zog Grafs Kopie aus seiner Tasche, deren Ursprung er nun kannte.

»Dies ist eine der Kopien, die Sie gemacht haben«, erklärte er. »Ich habe sie von Harald Graf.«

Die Frau machte große Augen, als er die Karten verglich.

»Haben Sie einen Scanner, Frau Becher?«

»Na klar.«

»Dann scannen Sie doch bitte beide Karten ein.«

»Gerne.«

Gundermann sah sich um und lächelte. Er war in Berlin. Er recherchierte, er ermittelte, er war in einer anderen Welt.

»Schon fertig«, rief Becher ihm zu. »Kommen Sie zu mir.«

Er konnte sich jegliche Erklärung sparen. Seine neue Partnerin legte die Karten übereinander und skalierte sie, bis ihr Maßstab identisch war.

»Rauschenberg«, hauchte Gundermann überrascht und wies mit dem Finger auf eines der Kreuze. »Und hier: Gutenstetten, Wachenroth, Markt Erlbach.«

»Haben Sie jetzt etwas gefunden?«, freute sie sich mit ihm.

»Ja«, nickte er. »In diesen Orten wurden Löcher gegraben, deren Sinn völlig im Dunkeln liegt.«

»Jetzt nicht mehr?«

»Doch, doch, ihr Sinn ist mir immer noch unklar, aber ich weiß jetzt immerhin, dass sie etwas mit dem Koaxialkabel zu tun haben. Harald Graf muss etwas gewusst haben.

Sonst hätte er diese Kreuze und Kreise nicht eingezeichnet. Und sonst wäre er nicht in unmittelbarer Nähe eines der Löcher erschlagen worden.«

»Was?«, entfuhr es der Frau. »Er wurde ermordet?«

»So leid es mir tut. Ja, er wurde erschlagen. Und das Motiv hat etwas mit dieser Karte zu tun.«

»Ich dachte, Sie sind Apotheker?«

»Das bin ich. Aber ich bin auch Heimatforscher und Anhänger der guten alten Aufklärung. Und ich will wissen, warum Harald Graf ermordet wurde.«

»Was ist mit den polizeilichen Ermittlungen?«

»Ich möchte es einmal so formulieren: Die Polizei verfolgt ganz andere Spuren.«

»Verstehe.«

»Gut.«

Gemeinsam fixierten sie wortlos eine Weile die beiden eingescannten Karten. Gundermann jonglierte mit Vermutungen, kam aber nicht weit.

»Was kann es in der Nähe eines derartigen Kabels Wertvolles geben?«, fragte er schließlich. »Was könnten die Nazis da vergraben haben?«

»Ich bin keine Kabelexpertin«, bemühte sich Becher um eine Antwort. »Aber mit der Technik der Reichspost kenne ich mich schon ein bisschen aus. Soweit ich weiß, ist da nichts. Auch das Kabel selbst stellt keinen großen Wert dar. Altmetall, wenn Sie so wollen. Nein, da ist nichts von Wert. Und hier, sehen Sie mal, die Kreise und Kreuze markieren Stellen, an denen weder eine Verstärkerstation noch etwas anderes gewesen ist. Freie Strecke. Sonst nichts.«

»Jetzt kennen Sie mein Problem.«

»Wenn Sie möchten, kann ich mich im Haus ein bisschen umhören. Frau Melzke müsste sich da genauer auskennen.«

»Ein Angebot, das ich nicht ausschlagen kann. Hier ist meine Karte«, freute er sich und reichte ihr eine seiner nicht mehr ganz frischen Visitenkarten. »Danke. Und bis morgen.«

9

Das Loch war etwa fünfzig Zentimeter tief und maß an seiner breitesten Stelle fast einen Meter. Den Aushub hatte der Erdarbeiter im Halbkreis um das Loch verteilt.

»Wie lange hat er wohl dafür gebraucht?«, fragte Gundermann, der in das Loch gestiegen war.

»Bei dem Boden?«, antwortete der Eigentümer des Maisfelds, Manfred Haberbacher, ein Landwirt aus Dachsbach. »Zwei Stunden. Wenn er alleine war.«

Gundermann ging in die Knie und besah sich die Sedimente. Der Boden entsprach der im Aischgrund üblichen Flussmarsch. Aus dem Schichtprofil schloss er laienhaft, dass an dieser Stelle bislang keine größeren Erdbewegungen stattgefunden hatten. Der unbekannte Grabungsleiter hatte, so wie es aussah, weitgehend jungfräulichen Boden erwischt, den der Fluss an dieser Stelle hinterlassen hatte. Gundermann strich mit den Fingern über die Wand des Lochs. Er konnte keine Spuren früherer Erdarbeiten entdecken, keine Hinweise auf eine Ausschachtung für ein Erdkabel.

»Kommen Sie, ich helfe Ihnen«, sagte der Landwirt und zog ihn aus dem Loch. »Ein entflohener Irrenhäusler, wenn Sie mich fragen.«

Gundermann nickte und klopfte sich Erde von den Fingern und der Hose. Das Loch lag am Rand eines Maisfelds, die Aisch schlängelte sich in Sichtweite durch das Flusstal. Das nächste Gebäude war mindestens einen Kilometer entfernt.

»Haben Sie beim Pflügen mal Steine ans Licht gebracht? Keine Natursteine, sondern Steine oder Bruchstücke aus Beton? Gebrannte Steine? Klinker?«

»Nein. Nicht seit ich hier das Feld bestelle«, antwortete der Landwirt. »Dort oben, wo der Hügel anfängt, da gibt es immer mal einen Stein. Ein Stück Felsen. Aber hier nicht. Ist zu nah am Fluss.«

Gundermann drehte sich langsam um die eigene Achse und kaschte dabei die Sonne mit der flachen Hand ab. Sie stand bereits niedrig, blendete aber noch immer.

»Wo liegt Rauschenberg?«

»Dort«, antwortete Haberbacher und wies mit dem Finger auf eine bewaldete Anhöhe.

Gundermann sah zu den Bäumen hinüber und holte die Karte aus der Tasche, die Frau Becher für ihn in Berlin ausgedruckt hatte. Es waren nicht alle bekannten Löcher darauf verzeichnet, dafür aber die Kreise von Graf, die er als mögliche Orte für Löcher deutete. Das aktuelle Loch, das der Landwirt vor ein paar Tagen entdeckt hatte, bestätigte seine Annahme.

»Was meinen Sie?«, fragte Haberbacher mit vor der Brust verschränkten Armen.

»Zu viel Arbeit für einen Spaß. Einmal abgesehen davon, dass ich keinen Spaß erkennen kann. Mehr weiß ich auch nicht.«

»Also doch ein Irrenhäusler.«

»Wahrscheinlich«, gab ihm Gundermann recht, dem nicht an ausführlichen Erklärungen gelegen war.

»Brauchen Sie mich noch?«

»Nein. Danke für Ihre Zeit.«

Der Landwirt nickte und marschierte am Rand seines Maisfelds entlang zurück zu seinem Wagen. »Irrenhäusler«, wiederholte er nach ein paar Metern.

Gundermann sah auf seine Uhr und seine Karte. Drei Kreise waren noch offen. Einen oder vielleicht sogar zwei konnte er schaffen, bevor es dunkel wurde. Er verstaute die Karte und folgte dem Landwirt. Als er den Feldweg erreichte, war Haberbacher bereits weg.

»Dieser Ohnesorge, das muss ein Hobbyhistoriker oder ein Heimatforscher sein«, dachte er laut in seinem Auto. »Einer ... oder mehrere.«

Der nächste Kreis lag in der Nähe von Wilhermsdorf. Genauer ließ sich das nicht sagen, denn der Bleistiftkreis umfasste ein relativ großes Gebiet. Gundermann parkte seinen Wagen am Rand eines Feldwegs, in der Hoffnung, die Karte richtig gelesen zu haben. Er suchte sich eine gute Position und sah in die Okulare seines Feldstechers.

Wieder ein Flusstal. Die Zenn.

Im Osten lag Langenzenn, im Westen Markt Erlbach.

Felder, Äcker, hier und da ein paar Bäume.

Der Rangau.

Das Gebiet war übersichtlich.

Gundermann blieb auf dem Feldweg, bevor dieser sich gabelte. Er entschied sich für den östlichen Weg, also auf Langenzenn zu. Ab und zu sah er auf den Boden, der jedoch sämtliche Spuren für sich behielt. Die sommerliche Hitze hatte die im Frühjahr noch weiche Erde, erkennbar an den ausgetrockneten Pfützen, in Stein verwandelt. Wenn hier vor Kurzem ein Traktor oder Auto gefahren war, dann ohne ein Reifenprofil zu hinterlassen.

Der unbefestigte Feldweg endete an einer Wiese, deren Gras sich längst gelblich gefärbt hatte. Sie war schon länger nicht mehr gemäht worden. Wieder konnte Gundermann keine Spuren entdecken. Die Halme standen aufrecht. Auch der Blick durch den Feldstecher offenbarte keine Hinweise. Laut Karte befand er sich jetzt im Zentrum des Kreises.

»Sinnlos«, schnaufte er. »Der Mörder muss eine bessere Karte haben. Eine deutlich bessere. Ich kann mir nicht vorstellen, dass er einfach irgendwo anfängt zu graben.«

Er schaute sich noch einmal in alle Richtungen um, machte dann kehrt und ging zurück zum Auto. Es war spät geworden, die Sonne rückte dem Horizont auf den Leib. Aber bis zum nächsten Kreis war es nicht mehr weit. Den Stadtrand von Cadolzburg konnte er fast sehen.

»Reicht noch«, sagte er zu sich selbst und fuhr los. Sein Navi lotste ihn über Stinzendorf und Gonnersdorf nach Cadolzburg. Bevor er die Stadt erreichte, bog er nach rechts ab und tauchte in ein Waldstück ein. Er parkte seinen Wagen und überprüfte ein weiteres Mal seine Position anhand der Karte.

»Müsste passen«, murmelte er und warf einen kritischen Blick nach oben. Fichtenzweige ließen der Abendsonne kaum noch eine Chance. »Egal.«

Gundermann beeilte sich, wollte die Zeit nutzen, wollte wenigstens einen Blick auf das von Graf eingekreiste Terrain werfen. Zur Sicherheit steckte er auch die kleine Taschenlampe ein, die bislang im Handschuhfach vergeblich auf einen möglichen Einsatz gewartet hatte.

Er folgte einfach dem Waldweg und schüttelte schon bald den Kopf. Er konnte sich nicht vorstellen, dass hier das Kabel von Neustadt nach Nürnberg verlegt worden war. Allerdings schienen ihm die Bäume jünger als sechzig Jahre zu sein. Dennoch glaubte er nicht daran. Das Gelände war ihm zu natürlich.

Der Waldweg bog nach rechts ab, die Bäume standen dichter, der typische Waldgeruch wurde intensiver. Obwohl der Sommer ein ausgesprochen trockener und heißer war, spürte er, wie von Meter zu Meter die Temperatur sank. Es roch nach feuchtem Waldboden, nach Moos, alten Nadeln und Zapfen. Irgendwo tuckerte noch ein Traktor. Der Wald selbst war verblüffend schweigsam. In größeren Abständen gab ein unsichtbarer Vogel einen seltsamen Laut von sich.

Es ging bergauf. Vielleicht bot ihm der sanfte Hügel, der sich unter den Bäumen verbarg, einen besseren Überblick. Er beschleunigte die Schritte und hatte die kleine Anhöhe bald erreicht. Laut Karte war dies zugleich das Zentrum des Bleistiftkreises.

»Na toll«, sagte Gundermann und ließ, wie nun schon üblich, seinen Blick im Uhrzeigersinn kreisen. Nadelbäume, fast ausschließlich Fichten, die in der Dämmerung zu einer dunkelbraunen Masse verschmolzen, hier und da gestört von einem Lichtstrahl.

»Feierabend«, entschied Gundermann enttäuscht und machte sich an den Abstieg. Nach wenigen Metern blieb er unvermittelt stehen und drehte seinen Kopf ruckartig nach links. Seine Ohren waren auf ein sonderbares Geräusch gestoßen. Als ob jemand gehustet hätte.

Er hielt kurz die Luft an.

Nichts.

Kein Laut.

Bis auf den Vogel, den er schon beim Wagen gehört hatte.

Gundermann hob kurz seine Schultern und ging weiter. Es wurde auch Zeit, er musste sich auf den Waldboden konzentrieren, um nicht vom Weg abzukommen. Am Boden der kleinen Anhöhe blieb er erneut abrupt stehen. Das sonderbare Husten war nicht zu überhören. Aber es war kein Husten. Er spitzte seine Ohren, um die Richtung zu ermitteln.

Da war es wieder.

Er zog seinen kleinen Kompass zurate. Das Geräusch kam aus dem Westen. Gundermann entschied sich, vom

Weg abzuweichen und sich durchs Unterholz zu schlagen. Schon beim ersten Schritt knackte ein toter Zweig. Wieder erstarrte er.

Das ferne Husten verstummte.

Noch hatte er keine Vorstellung von dessen Ursprung. Er wusste nur, dass es kein wirklicher Husten war. Umständlich fummelte er die kleine Taschenlampe aus seiner Brusttasche und richtete den Lichtkegel auf den Boden.

Das Husten.

Gundermann setzte sich wieder in Bewegung, diesmal, ohne auf Zweige zu treten. Der Boden war eben, er kam gut voran. In kurzen Abständen blieb er stehen, um kleine Kurskorrekturen vorzunehmen. Das Husten, das keines war, wurde deutlicher.

Kein Tier, dachte er und schlich weiter.

Es wurde heller, einzelne Bäume lösten sich aus der Masse, der Wald ging in eine Lichtung oder ein Feld über. Gundermann schaltete die Taschenlampe aus und hielt auf das rote Abendlicht zu, das einen weiteren Sommertag ankündigte. Wie ein Indianer spielendes Kind huschte er von Baum zu Baum, bis er den letzten erreicht hatte.

Das Husten war wieder verstummt.

Aus seiner Deckung heraus suchte er nach dem Urheber. In seinem Blut zirkulierte das Adrenalin, er spürte seinen Puls in den Schläfen pochen. Natürlich hatte er Angst. Aber sie war nicht unangenehm, er hatte eher das Gefühl, sie zu genießen, so seltsam das auch klingen mochte.

Er ließ sich Zeit. An den Rückweg dachte er nicht mehr, seine Neugier nahm ihn völlig ein. Er wollte, er musste wissen, was jenseits des Waldrandes passierte. Aber es blieb still, das Husten hatte sich endgültig verabschiedet. Vorsichtig, langsam, sich nach allen Seiten umschauend, verließ er seine Deckung, löste sich aus der Obhut des Waldes und trat in die letzten roten Strahlen der Sonne, die schon nicht mehr über den Horizont schaute. Die Lichtung war ein bereits abgeerntetes Getreidefeld.

Schon nach wenigen Sekunden sah er es. Rechts neben ihm, keine fünf Meter entfernt, war das Loch, seinerseits keine fünf Meter vom letzten Baum entfernt. Der Aushub hatte es verraten. Das nächste Loch. Das Husten war weiter nichts gewesen als die Arbeit des Spatens. Er musste den Grabenden um Haaresbreite verpasst haben.

Noch zögerte er, sah sich um, sicherte das Terrain, sofern es noch zu sehen war. In leicht gebückter Haltung überwand er die wenigen Meter und nutzte den Hügel des Aushubs als neue Deckung.

Es blieb ruhig.

Der Wald schwieg.

Gundermann aktivierte seine Taschenlampe und richtete den Lichtkegel in das Loch. Weit war der Erdarbeiter nicht gekommen. Höchstens dreißig Zentimeter hatte er an einer Stelle geschafft. Die Fläche war keinen Quadratmeter groß. Die einsetzende Dunkelheit musste ihn zum Abbruch bewogen haben. Schon sah sich Gundermann am nächsten Abend auf der Lauer liegen, bewaffnet mit einer entsprechenden Kamera. Er könnte außerdem ...

Im letzten Augenblick vernahm er das Geräusch und warf sich zur Seite. Dennoch traf ihn der Spaten, jedoch nur an der linken Schulter. Der Schmerz war nicht besonders heftig, er konnte noch agieren, sah den Schatten, sprang aus der Hocke zur Seite, sodass ihn der nächste Hieb komplett verfehlte. Gundermann zählte nicht zu jenen Apothekern, die hinter ihrem Tresen eingerostet waren.

Der schwarze Schatten reagierte umgehend und machte sich zum nächsten Schlag bereit. Gundermann wich ihm nicht aus, sondern sprang auf ihn zu. Der Spaten flog über ihm ins Leere und ließ den Angreifer straucheln. Die Wirkung verpuffte schnell, denn schon war der Schatten wieder auf den Beinen. Die Zeit aber hatte für Gundermann ausgereicht, eine kleine, handliche Dose aus seiner linken Brusttasche zu ziehen, die er seit einem unschönen Ereignis immer bei sich trug. Er zielte großzügig auf die schwarze Silhouette des Spatenschwingers, hielt sich die linke Hand vor die Augen und drückte ab.

Der Schrei ertönte fast zeitgleich und klang unnatürlich verzerrt, wie durch eine Motorradmütze hindurch. Das würde auch die komplett schwarze Erscheinung des Angreifers erklären. Der Schrei klang nach einem verletzten, sterbenden Tier, klang nicht wirklich menschlich, obwohl er dies natürlich war. Der schwarze Schatten nahm diesen Schrei mit sich in die Dunkelheit, ergänzt durch Geräusche, die seine Schuhe auf dem staubtrockenen Feld erzeugten. Nach ein paar Sekunden war der Spuk vorbei.

Der Wald schwieg wieder.

Nur Gundermann keuchte.

Mit dem Zeigefinger fuhr er sich kurz durchs rechte Auge. Der laue Wind musste eine winzige Dosis Pfefferspray für ihn zurückbehalten haben, die jedoch folgenlos blieb. Er richtete sich auf, steckte die Dose wieder ein und fasste sich mit der rechten Hand an die linke Schulter. Der Oberarm rief sich in Erinnerung, der Schmerzpegel stieg spürbar an, sobald er den Arm bewegte. »Ah!«, stöhnte er kurz in die Nacht, ließ sich zu Boden sinken und kroch auf allen vieren in das Loch. Auf dem Boden lag seine kleine Taschenlampe und beleuchtete die erdfarbenen Wände. Ohne Licht wäre der Rückweg zu einer Odyssee geworden. Nun aber brauchte er nur auf seinen Taschenkompass zu leuchten und nach Osten zu gehen.

Schon nach wenigen Minuten kam ihm der Weg endlos vor. Trotz Kompass bedrängte ihn die Frage, ob er tatsächlich in die richtige Richtung ging. Sein Arm schmerzte immer heftiger, der Waldboden war unwegsam, die Bäume schienen sich ihm absichtlich in den Weg zu stellen, eine hinterhältige Baumwurzel ließ ihn stolpern. Mühsam stand er auf. Er musste weiter. Immer nach Osten. Zu seinem Auto.

Ein Geräusch.

Gundermann hielt an und knipste die Lampe aus.

Es konnte ein Tier sein. Schwarzwild. Ein Dachs. Oder ein Wolf. Waren nicht auch in Franken schon Wölfe gesichtet worden?

Andererseits wusste er, dass die Wirkung seines Pfeffersprays begrenzt war. Es war ja kein Profispray, sondern nur eine kleine Dose für die Damenhandtasche. Und falls der Angreifer tatsächlich eine Motorradmütze getragen hatte?

Gundermann lauschte argwöhnisch in die Nacht.

Aber der Wald schwieg, behielt jedes Geheimnis für sich.

»Ich muss hier weg!«, flüsterte er und knipste die Taschenlampe wieder an, die er nun dichter am Boden hielt. Erst jetzt wurde ihm bewusst, wie leicht er in der Dunkelheit auszumachen war. Ein einsames Irrlicht, das durch den Wald geisterte.

Wieder hörte er etwas. Wieder löschte er das Licht. Wieder war das ferne Geräusch nicht zu identifizieren.

Gundermann spürte seinen Arm. Er machte wieder Licht und sah auf den Kompass. Er war auf dem richtigen Weg.

»Also los!«, sagte er nach einem letzten Lauscher und beschleunigte seine Schritte. Von jetzt an kümmerte er sich nicht um den Lärm, den er machte, trat auch auf trockene Zweige und tanzte mit den Fichten.

Es ging eine Anhöhe hinauf. Er hatte den sanften Hügel erreicht. Keine Minute später stand er auf dem Waldweg, dem er wie in Trance folgte. Erst als sein Auto im Lichtkegel der kleinen Taschenlampe auftauchte, hielt er an. Schnell ließ er das Licht um sich kreisen, dann zog er den Schlüssel aus der Tasche, stieg ein und verriegelte die Türen. Mit geschlossenen Augen holte er tief Luft und sammelte seine Gedanken. Draußen war die Nacht so schwarz wie Kaminruß.

Nach einem Griff an seinen schmerzenden Oberarm startete er den Motor, machte die Scheinwerfer an und fuhr los, ohne dass sich ihm ein Wolf oder ein Vermummter in den Weg stellte.

10

»Zeig mir mal deinen Arm«, sagte Gerhard Stanger.

Gundermann kämpfte kurz mit seiner Jacke, bevor es ihm gelang, den Ärmel herunterzuziehen.

»Nicht schlecht. Ein Hämatom, wie es im Buche steht. Grün und Blau wie die letzte Frisur meiner Jüngsten.«

»Der Arzt meint, ich hätte Glück gehabt. Das Blatt hätte mich auch von der Seite treffen können. Damit hätte er mir wahrscheinlich den Arm gebrochen«, berichtete Gundermann. »Aber ich sage dir, es tut immer noch verflucht weh.«

»Was wäre denn passiert, wenn er dir den Arm ...?«

»Das weiß ich nicht«, antwortete er ehrlich. »Zum Spray hätte es vielleicht noch gereicht. Mit dieser Art Gegenwehr hatte er nicht gerechnet. Ebenso wenig wie mit meinem Besuch. Ich vermute, es ist Harald Graf nicht viel anders ergangen.«

»Nur hatte der kein Spray dabei.«

»Komm, lassen wir die Spekulationen«, sagte Gundermann und wies mit dem rechten Zeigefinger auf das Loch, das sich nicht verändert hatte. »Was kannst du mir als Geologe sagen?«

Während Gundermann seinen linken Arm umständlich in den Ärmel verfrachtete, stapfte einer seiner besten Freunde aus der Oberstufe in das Loch auf dem leeren, knochentrockenen Feld irgendwo zwischen Gonnersdorf, Cadolzburg und Zautendorf.

Stanger, so alt wie Gundermann, aber größer und umfangreicher, bückte sich und wischte mit der Hand über das verblüffend glatte Schichtprofil.

»Viel ist da nicht zu sagen. Der typische Lehmboden. Auenlehm, genauer gesagt. Kein besonders guter, aber Auenlehm. In etwas besserer Qualität wäre er ideal für die Herstellung von Ziegeln.«

»Die Ziegeleien in Langenzenn«, warf Gundermann ein, dessen linker Arm wieder im Ärmel steckte.

»Du sagt es, Johannes.«

»Könnten irgendwelche wertvollen Mineralien in diesem Lehm schlummern?«

»Meinst du Bauxit, Hämatit, Chalkosin oder ein anderes Erz? Oder denkst du an Opale, Diamanten und Nuggets?«, fragte er ironisch.

»Ganz egal. Könnte in diesem Boden irgendetwas von Wert lagern?«

Der Geologe bückte sich ein zweites Mal, strich über das Profil und tauchte wieder auf.

»Nur wenn du es dort vergräbst. Keine Diamanten, kein Gold, keine Erze. Tiefer sieht es natürlich ganz anders aus. Sehr viel tiefer. Aber dazu reicht ein Spaten nicht. Übrigens ein zäher Bursche, dein Schaufler. Der Boden ist steinhart. Da muss einer schon sehr überzeugt von seinem Vorhaben sein.«

»Das ist er auch«, war sich Gundermann sicher.

»Und du willst wirklich nicht zur Polizei?«

»Ich glaube nicht, dass das viel bringen würde. Soweit ich weiß, sehen die noch immer keinen Zusammenhang zwischen den Löchern und dem Mord.«

»Ich meinte nicht deine krude Theorie, ich meinte deinen Arm«, sagte der Geologe und trat aus dem Loch.

»Dann müsste ich ihnen doch auch alles erklären, vor allem, was ich hier nachts gemacht habe. Woher ich die Karte habe und so weiter und so weiter. Nee, nee, du, das lass ich lieber. Ich brauche erst etwas Konkretes, Beweisbares.«

»Du musst es wissen«, sah ihn sein Schulfreund kritisch an. »Wo ist das nächste Loch?«

»Bei Rauschenberg. Halbe Stunde von hier.«

Der Weg von dem kleinen fränkischen Dorf zu dem Loch, in dessen unmittelbarer Nähe Harald Graf erschlagen worden war, kannte auch Gundermann noch nicht. Aber er hatte nicht nur Karte und Kompass, sondern auch einen Geologen an seiner Seite. Sie hangelten sich an einem Waldstück entlang, überquerten ein abgeerntetes Feld und sahen auch schon das Flatterband der Polizei.

»Das werden die vergessen haben«, meinte Stanger. »Die sind doch bestimmt längst fertig.«

»Bestimmt.«

Außer dem Flatterband fanden sie keine Spuren. Die Schuld gaben sie dem harten Boden. Nicht einmal die Stelle, an der Graf gelegen haben musste, konnten sie identifizieren.

»Die arme Spurensicherung«, kommentierte der Geologe.

»Wie sieht es hier aus?«, fragte Gundermann.

Wieder stieg Stanger in das Loch, das jedoch größer und tiefer war. Er bückte sich und wischte mit der Hand über das Schichtprofil.

»Okay, hier ist die Struktur ein wenig anders. Aber etwas Nennenswertes gibt es auch hier nicht. Mineralogisch betrachtet ist der Boden wertlos. Weiter unten ist er lange nicht mehr bewegt worden ... nur hier im oberen Bereich. Landwirtschaftliche Nutzung, wie unschwer zu erkennen ist. Insgesamt so uninteressant wie das andere Loch.«

Nach einer letzten Inspektion, einem letzten Wischer stieg der Geologe wieder aus dem Loch und fragte: »Sag mal, ganz dicht ist dein Mörder schon, oder?«

»Ich denke, ja. Auch wenn es nicht danach aussieht.«

»Du hast wirklich keine Ahnung, wozu diese Löcher dienen? Du hast ja gesehen, hier gibt es nichts zu holen.«

»Genau das wollte ich ja von dir wissen«, antwortete Gundermann. »Ich wollte einfach ein paar Möglichkeiten ausschließen.«

»Okay. Und wie geht's weiter?«

»Wenn ich das wüsste«, gab Gundermann zu. »Mit etwas Glück hilft mir Frau Becher weiter.«

Stanger fragte wortlos.

»Eine Mitarbeiterin des Museums für Kommunikation in Berlin. Die konnte ich infizieren.«

»Die Ärmste. Wollen wir?«

»Gleich. Sehen wir uns noch etwas um. Graf war ja nicht wegen des Lochs hier. Über das muss er mehr oder weniger gestolpert sein. So viel wusste seine Frau immerhin.«

Die beiden Freunde ließen das Flatterband flattern und wandten sich dem kleinen Waldstück zu, während sie dem Maisfeld den Rücken kehrten. Fichten. Kein Mischwald. Reiner Nutzwald.

»Die Bäume sind noch nicht alt«, stellte der Geologe schnell fest. »Was hier vorher war, kann ich dir natürlich nicht sagen.«

Sie vergrößerten den Abstand untereinander und gingen langsam und konzentriert durch das kleine Waldstück.

»Eine Kiefer«, stellte Gundermann fest. »Die muss sich verirrt haben.«

»Eine Lichtung«, entgegnete Stanger und verließ den Schatten der Bäume.

»Was für eine Entdeckung! Eine Lichtung! Und das mitten im Wald. Sehr selten, wirklich, äußerst selten«, bemerkte Gundermann ironisch und folgte ihm.

Sie hatten die Lichtung fast überquert und hatten bereits ein weiteres Waldstück vor Augen, als Stangers Blick an einem Gebüsch haften blieb.

»Warte mal.«

Die Freunde änderten ihre Laufrichtung und blieben vor einer kleinen, von verschiedenen Pflanzen überwucherten Erhebung stehen.

»Was meinst du? Ein Felsen?«

»Nein«, antwortete der Geologe. »Nicht auf dieser Lichtung. Vielleicht Schutt. Bauschutt. Der wurde früher oft im Wald entsorgt.«

»Früher?«, bemerkte Gundermann ironisch.

Stanger näherte sich dem sonderbaren Gebilde aus Blättern, Zweigen, späten Sommerblumen und Gräsern. Mit seinen Händen verschaffte er sich Zugang zum Innenleben.

»Nichts für arachnophobe Menschen«, lachte er.

»Und?«

»Schwer zu sagen. Steine und Rost. Sieht aber nicht nach Schutt aus. Hier hat mal etwas gestanden. Aber frag mich nicht, was.«

Gundermann vergrub seine Hände ebenfalls in dem Dickicht und verscheuchte weitere Spinnen, die nun neue Netze spinnen mussten. In einem Wechselspiel aus Licht und Schatten konnte er Klinker und Beton erkennen, gespickt mit ein paar rostigen Eisenstangen. Der Rest eines Bauwerks.

»Was war das? Wozu hat es gedient?«

»Keine Ahnung«, antwortete Stanger. »Könnte ein Transformatorenhäuschen gewesen sein.«

»Hier? Auf einer Lichtung?«

»Ist ja auch nur so eine Idee. Vielleicht ein Hochstand?«

»Ein Hochstand? Aus Stein und Beton?«

»Hast du einen besseren Vorschlag?«

»Nein«, gestand Gundermann. »Wie sieht es denn mit dem Alter aus? Was meint der Geologe?«

»Schwer zu sagen.«

»Dann gib dir gefälligst ein bisschen mehr Mühe! Wozu hast du eigentlich studiert?«

»Jetzt hetz mich nicht. Eine wissenschaftliche Analyse dieser Größenordnung braucht Zeit«, sagte Stanger und drang tiefer in das Dickicht ein. »Ich würde sagen ... ja, ich würde sagen ... doch ja ...«

»Jetzt mach es nicht so spannend.«

»Also gut. Erosion und Korrosion sowie die Beschaffenheit des Betons lassen darauf schließen, dass dieses ehemalige Bauwerk, was immer es auch gewesen sein mag, mindestens ... sagen wir ... sechzig Jahre alt ist.«

»Könnten es auch achtzig sein?«

»Durchaus. Aber keine hundert. Grob geschätzt, natürlich. Reicht dir das?«

Gundermann zog sich aus dem Grün zurück und stand wieder im Licht der Spätsommersonne. Blinzelnd zog er seine Sonnenbrille aus der Brusttasche.

»Reicht. Danke. Dann könnte dies tatsächlich Grafs Ziel gewesen sein.«

Auch Stanger kam jetzt aus dem fränkischen Dschungel gekrochen. Die Spinnen waren derweil noch immer auf der Flucht.

»Na, dann krieg mal raus, was das für ein Bauwerk war. Das kann ja nicht so schwer sein.«

Gundermann zog seine Karte zurate. Ein Kreuz war an dem Ort, an dem sie standen. Ungefähr jedenfalls.

»Was auch immer es ist, dieses Ding muss er gesucht haben.«

»Ich glaube aber nicht, dass er es gefunden hat«, entgegnete der Geologe. »Sieh dir mal unsere Spuren an. Das braucht seine Zeit, bis die verschwinden. Vor uns war sicher lange niemand hier. Unberührte Natur, wenn du mich fragst. Der ganze Bewuchs, die Wicken, die Akelei, die Königskerze.«

»*Verbascum thapsus*. Die Kleinblütige Königskerze«, erklärte der Apotheker.

»Von mir aus. Trotzdem hab ich recht. Hier war niemand. Auch vor zwei oder drei Wochen nicht. Trockenes Gras richtet sich nicht wieder so auf.«

»Ich stimme dir ja zu. Er war nicht hier. Entweder ist er so gekommen wie wir. Aber dann hätte er seinen Mörder schon von Weitem sehen müssen.«

»Vielleicht hat er ihn ja gekannt?«

»Das ist gar keine schlechte Idee«, sagte Gundermann nachdenklich. »Stell dir vor, er entdeckt den geheimnisvollen Schaufler, erkennt ihn, geht zu ihm hin, stellt ihn zur Rede ...«

»... und der zieht ihm eins mit dem Spaten über.«

»Oder aber er ist durch das Waldstück gekommen, er hat diese Lichtung passiert und das Schaufeln gehört. Wie auch immer, er hat wohl sein Ziel verfehlt.«

»Der Schaufler aber auch«, gab Stanger zu bedenken.

»Das wundert mich am allermeisten. Der hat doch bestimmt auch eine Karte. Ich bin sicher, dass er sogar eine sehr gute Karte hat. Aber er kommt nicht auf diese Lichtung, er legt nicht diesen Schutthaufen frei, nein, er gräbt am Rande des Maisfelds.«

»Also doch ein Irrer.«

»Bestimmt nicht«, entgegnete Gundermann. »Der weiß, was er tut. Ein Irrer fährt nicht nach Berlin, um sich unter dem Namen Wilhelm Ohnesorge äußerst spezielle Karten zu besorgen.«

»Wilhelm Ohnesorge?«

»Reichspostminister unter den Nazis.«

»Dann haben die hier irgendetwas vergraben, und dieser Typ sucht danach.«

»Aber was sollen die hier vergraben haben?«, fragte Gundermann. »An derart vielen Orten? Die haben Kunstschätze in Stollen versteckt und Gold in Seen versenkt. Sicher. Aber die haben bestimmt keine Ringe einzeln vergraben.«

»Das Bernsteinzimmer?«

»Bestimmt. Und für jeden Bernstein ein extra Loch.«

»Das wäre mal wirklich raffiniert«, grinste Stanger.

»Das schon, aber es ist trotzdem blanker Unsinn.«

»Ist es. Natürlich. Aber mal Spaß beiseite. Was könnten die wirklich vergraben haben?«

»Gerhard, ich weiß es nicht. Wenn ich es wüsste, wäre der Fall wahrscheinlich innerhalb kürzester Zeit gelöst. Aber ich habe nicht den kleinsten Hinweis gefunden. Nur dass es etwas mit diesem Kabel zu tun haben muss.«

»Ach ja, das Telefonkabel«, erinnerte sich der Geologe. »Das hätte ich fast vergessen. Es hat hier wohl eher nicht gelegen. Das Gelände ist meiner Meinung nach ungeeignet. Nein, die Trasse müsste weiter ...«

»Wir kennen die Trasse«, unterbrach ihn Gundermann. »Jedenfalls ungefähr.«

»Okay«, sagte Stanger und dachte nach. »Die Löcher sind sehr klein. Ich bezweifle, dass er so genaue Angaben aus den Dreißigerjahren besitzt. Die müssten ja auf den Meter genau stimmen. Oder es sind so eine Art Sondierungsgrabungen.«

»Gerhard, das habe ich mich alles auch schon gefragt, ohne eine Lösung zu finden. Aber du kannst auf jeden Fall von einer genaueren Karte ausgehen.«

Die Freunde umrundeten die überwucherten Trümmer und überquerten die Lichtung, ohne auf weitere Spuren zu stoßen. In einem großen Bogen kehrten sie schließlich zu dem Loch zurück, dessen Sinn und Zweck sie nicht verstanden. Gemeinsam nahmen sie sich zum wiederholten Mal die Karte vor, die Gundermann aus Berlin mitgebracht hatte. Sie suchten nach Mustern, nach einem System, nach einem Bild.

»Es bleibt nur dieses blöde Kabel, das nicht mehr da ist«, musste der Geologe eingestehen. »Es ist die einzige Verbindung.«

»Mein Reden. Eins Richtung Nürnberg, eins Richtung Leipzig, eins Richtung München.«

Wieder krallten sich die beiden Augenpaare in der Karte fest, versuchten, eine Antwort zu erzwingen, wanderten zum Loch, kehrten zur Karte zurück.

»Scheiße!«, fluchte Stanger.

Dann marschierten sie wortlos zum Auto zurück.

11

»Ist die Zeitung schon da?«

»Frau Albrecht? Die kommt doch erst am Freitag«, antwortete Gabriele Gundermann aus der Küche.

»Die Zeitung! Ich meine die Zeitung! Nicht deine Frau Albrecht!«

»Was willst du denn von Frau Albrecht?«

»Nichts, Mutti.«

»Warum schaust du nicht in die Zeitung?«, tönte es hell aus der Küche.

»Weil ich nicht weiß, wo sie ist«, antwortete Gundermann, der sich einen Marmeladenklecks mit einer Stoffserviette von seinem Hemd wischte.

»Frau Albrecht?«

»Die Zeitung!«

»Die Polizei hat jetzt doch eine Spur im Museum gefunden«, hörte er aus der Küche.

Gundermann stand auf und ging zu seiner Mutter, die ihre übliche Schürze trug und damit beschäftigt war, das Geschirr vorzuspülen. Das machte sie derart gründlich, dass sie eigentlich auf einen anschließenden Spülgang im Geschirrspüler verzichten konnte. Die Zeitung lag auf der großen Fensterbank vor den Blumentöpfen, bereits gelesen, aber professionell wieder zusammengelegt.

»Fingerabdrücke haben sie gefunden«, wusste seine Mutter zu berichten. »Von einem Unbekannten.«

Gundermann nahm sich die Zeitung mit ins Esszimmer und setzte sich wieder. Ein zweiter Kaffee, gefiltert, lauwarm und fast ohne Aroma, und eine zweite Brötchenhälfte warteten noch auf ihn. Mit schnellen Griffen blätterte er die Seiten um.

»Fingerabdrücke von Unbekanntem gefunden«, las er halblaut die Schlagzeile. Seine Mutter hatte sich nicht geirrt. Eine Mitarbeiterin des Museums war im Archiv zufällig auf einen der Hängeordner mit dem ausgetauschten Inhalt gestoßen. Auf zwei der leeren Seiten hatte die Polizei die Fingerabdrücke gefunden.

»Die sind von mir!«, murmelte er und wurde blass. »Das muss passiert sein, als ich die Blätter wieder aufgehoben habe, die mir auf den Boden gefallen sind.«

»Jetzt werden sie den Einbrecher bald haben«, meinte seine Mutter, als sie aus der Küche kam. »Dass diese Gangster immer noch nicht wissen, dass man Handschuhe tragen muss. So ein Dummkopf. Verstehst du das?«

»Nein, Mutti.«

»Ich glaube, die Gangster waren früher auch klüger als heute.«

»Bestimmt.«

»Sei bitte vorsichtig mit der Zeitung. Du weißt doch, dass dein Vater keine gelesenen Zeitungen mag.«

»Seit ich ein Kind war, Mutti«, antwortete er ebenso beiläufig wie routiniert, ohne die Augen von dem Artikel zu lassen. Mit keinem Wort wurde erwähnt, welche Dokumente entwendet und ausgetauscht worden waren. Der Autor kam immer wieder auf den Zufallsfund und die Fingerabdrücke zurück. Das ganze Archiv sollte nun auf den Kopf gestellt werden. Die Ermittler wollten Klarheit.

»Was will so ein Gangster bloß mit einer alten Akte?«, fragte seine Mutter, während sie die Topfblumen von welken Blättern und Blüten befreite. »Damit kann man doch gar nichts anfangen. Bei neuen Akten, ja, das wäre etwas ganz anderes. Eine Personalakte, zum Beispiel, das könnte ich verstehen. Aber so eine historische Akte aus längst vergangenen Zeiten? Soll ich dir noch einen Kaffee machen, mein Junge?«

»Nein, vielen Dank. Ich trinke im Büro noch einen. Dieser ist sowieso schon kalt.«

»Von mir aus. Obwohl deinem Vater der Filterkaffee besser schmeckt. Er ist auch bekömmlicher.«

»Bestimmt, Mutti«, sagte er und stand auf. Die notdürftig zusammengelegte Zeitung ließ er auf dem Tisch liegen.

»Bevor du gehst, was wolltest du eigentlich von Frau Albrecht?«, fragte seine Mutter, die von den Blumen abließ und sich umgehend die Zeitung vornahm. »Du magst sie doch eigentlich gar nicht?«

»Nichts, Mutti. Du hast von ihr gesprochen.«

»Ich?«, sagte sie verwundert. »Was sollte ich ...?«

»So, ich muss jetzt.«

Gundermann floh aus dem Esszimmer in das kleine Treppenhaus, das hinunter in die Apotheke führte. Als er die linke Hand auf den Handlauf legte, spürte er seinen Oberarm. Das Hämatom hatte inzwischen seine Farbgebung gewechselt, war nicht mehr blau, sondern grünlich-gelb. Nur bestimmte Bewegungen riefen die nächtliche Begegnung noch in Erinnerung. Zu seiner eigenen Verwunderung hatte sich der Maskierte noch nicht in seinen Träumen gemeldet. Im Gegenteil, die Nächte seit dem Zwischenfall hatte er ruhig geschlafen. Die kleine Spraydose hatte er entsorgt und durch eine neue ersetzt. Man konnte ja nie wissen.

Der Tag sah nach Routine aus. Ein Tag wie jeder Tag. Auf die Uhr sehen. Die Tür öffnen. Karin begrüßen, die sich umgehend an ihre Arbeit machte. Die ersten Kunden bedienen. Seine anderen Helferinnen kamen später. Internetnutzern erklären, dass sie falsch lagen. Ratsuchenden erklären, dass sie falsch lagen.

»Aber das hat bei meiner Tante immer geholfen.«

»Das mag ja sein. Aber leiden Sie denn auch unter Asthma?«

»Asthma? Meine Tante hatte doch kein Asthma! Jetzt geben Sie mir bitte dieses Mittel.«

»Beschreiben Sie mir erst einmal die Symptome.«

»Hier tut es weh. Im Oberbauch. Nach dem Essen.«

»Dann ist es wohl kaum Asthma. Am besten, Sie gehen zum Arzt.«

»Das brauche ich nicht. Und jetzt geben Sie mir endlich das Mittel.«

Ein Tag wie jeder Tag eben. Ahnungslose. Hilfesuchende. Klugscheißer. Eilige. Zuzahlungsempörte. Unentschlossene. Hypochonder. Unauffällige.

Kurz vor der Mittagspause stürmte Rainer Dunkel in die Apotheke. Wieder einmal. Aufgeregt und mit rotem Kopf.

»Hast du es schon gehört?«

»Nein«, antwortete Gundermann. »Aber gelesen. Falls du die Fingerabdrücke meinst.«

Sein Freund nickte.

»Komm. Gehen wir nach hinten. Karin? Übernimmst du?«

Seine Helferin nickte desinteressiert.

Im Büro spulte Rainer Dunkel noch einmal ab, was sich im Museum ereignet hatte, berichtete hektisch von dem zufälligen Fund, von der Polizei, von den Fingerabdrücken.

»Ich hab gewusst, dass das nicht gut geht. Ich hab's gewusst.«

»Noch ist doch nichts passiert«, versuchte ihn Gundermann zu beruhigen. »Außerdem sind es wahrscheinlich meine Fingerabdrücke. Du hast das Papier ja nicht angefasst.«

»Wenn das rauskommt ... Dann bin ich auf jeden Fall meinen Job los.«

»Es kommt aber nicht raus. Die Polizei hat doch meine Abdrücke nicht in ihrer Datei.«

»Noch nicht«, unkte Rainer. »Aber da braucht dieser Kommissar nur einen kleinen Geistesblitz zu haben, und schon lädt er dich aufs Präsidium ein.«

Sein Freund hatte recht. Auf die Idee war er noch gar nicht gekommen. Sie hatten zwar seine Abdrücke nicht, konnten dies aber jederzeit ändern.

»Siehst du!«, sah ihn Rainer verunsichert an. »Wir stecken ganz schön in der Scheiße! Wie bist du bloß darauf gekommen?«

»Ganz ruhig. Die müssen nicht gleich hier anrufen. Die suchen ja nicht mich, sondern einen Einbrecher. Einen Gangster, wie meine Mutter sagt.«

In diesem Augenblick klingelte das Telefon.

»Gundermann.«

»Vierzigmann. Kripo Nürnberg. Sie erinnern sich?«

»Ja«, antwortete er blass, während sein Magen begann, mit ihm unbekannten Gefühlen zu experimentieren.

»Gut. Könnten Sie vielleicht ein paar Minuten Ihrer wertvollen Zeit für mich entbehren? Es ist wirklich dringend.«

»Äh, ja. Warum ... nicht? Wann, wann denn?«

»Am liebsten wäre es mir jetzt gleich. Bis zum Präsidium ist es ja nicht weit. Bestimmt machen Sie eine Mittagspause. Das würde doch gut passen. Es dauert auch nicht lange.«

»Ja, dann ...«

»Bestens. Dann bis gleich. Der Pförtner erklärt Ihnen den Weg.«

Im Zeitlupentempo legte Gundermann den Hörer auf die Gabel und sah Rainer mit leicht geöffnetem Mund an.

»Was ist mit dir? Was hast du?«, fragte Rainer.

»Es war dieser Kommissar.«

»Nein!«, rief sein Freund und sprang aus dem Sessel. »Mach bitte nicht solche blöden Witze.«

»Das ist kein Witz. Er hat mich zu sich bestellt. Jetzt. Sofort.«

Rainer Dunkel öffnete seinen Mund und starrte ihn entsetzt an. So hatte Gundermann ihn noch nie gesehen.

»Das war's. Ich bin meinen Job los. Meine Frau erschießt mich. Es sei denn ...«

»Es sei denn ...?«

»Du bist doch Apotheker. Da kann man doch bestimmt etwas machen.«

»Was meinst du? K.-o.-Tropfen für den Kommissar?«

»Deine Fingerkuppen«, raunte sein Freund und streckte seinen rechten Zeigefinger aus. »Kann man diese ... diese ... Dinger da, diese Linien ...«

»Papillarleisten.«

»Genau die. Kann man die nicht irgendwie wegätzen? Mit Säure? Du hast doch bestimmt Säuren in deiner Apotheke? Salzsäure, Schwefelsäure und so ein Zeug.«

»Ja, ich habe Säuren«, antwortete Gundermann. »Sogar sehr aggressive Säuren. H_2SO_3 zum Beispiel. Aber ich werde meine Finger bestimmt nicht in diese Säuren tauchen, falls du das meinst. Das kannst du gleich wieder vergessen. Ich brauche meine Finger nämlich noch.«

»Und ich meinen Job!«

»Das weiß ich. Aber du musst ja nicht dabei gewesen sein. Lass uns ganz ruhig überlegen. Wir finden schon eine Lösung.«

»Ich hab's! Du bist ein Einzeltäter!«, strahlte Rainer. »Du arbeitest immer alleine. Ohne einen Komplizen.«

»Eine ... eine gute Idee. Keine Sorge, du bist also raus aus der Nummer. Ich bin ein Einzeltäter. Okay?«

Erleichtert fiel sein Freund zurück in den betagten, speckigen Ledersessel. Gundermann strich sich nachdenklich mit seiner rechten Hand über den Mund. Allzu lange konnte und wollte er den Kommissar nicht warten lassen. Was er brauchte, war eine plausible Erklärung. Im Archiv waren seine Fingerabdrücke ja ohnehin zu finden, da er schon ein paarmal ganz offiziell dort recherchiert hatte. Es war also nicht schwer, dort auf seine Fingerabdrücke zu stoßen. Aber wie waren sie auf das Kopierpapier gekommen? Wie er aus der Zeitung wusste, waren nur seine Fingerabdrücke gefunden worden. Der Einbrecher war also nicht so dumm gewesen, wie seine Mutter vermutet hatte.

»Ich muss los«, sagte er. »Und mach dir keine Sorgen, ich halte dich da raus. Versprochen. Geh zurück ins Museum und lass dir nichts anmerken.«

»Leicht gesagt.«

»Jetzt mach schon. Du hast nichts damit zu tun.«

Mit verlegenem Gesichtsausdruck stemmte sich Rainer aus dem Sessel.

»Hau schon ab!«

Ohne ein weiteres Wort zu verlieren, schlich sich sein Freund aus dem Büro, sandte ihm noch einen Augengruß zu und ließ die Tür ins Schloss fallen. Gundermann stieg die Treppe nach oben, wechselte sein Hemd und entschied sich für eine seiner besseren Jacketts. Er wollte so seriös wie möglich wirken, wollte ganz den angesehenen Apotheker geben, den Amateurhistoriker, der gar nicht als Täter infrage kam, da er ja ohnehin freien Zugang zum Archiv besaß. Ein Ehrenmann, ein Mann von Welt, ein polyglotter Kosmopolit, ein …

»Hansi? Wie siehst du denn aus? Ist etwas passiert? Doch kein Todesfall, wie neulich dein Freund?«, kam ihm seine Mutter auf dem Flur entgegen.

»Nein, es ist nichts passiert. Ich muss nur noch etwas … Offizielles erledigen.«

»Etwas Offizielles? Doch nicht etwa das Finanzamt? Diese Wegelagerer! Banditen! Raubritter!«, echauffierte sich seine Mutter. »Wie haben sie deinem armen Vater zugesetzt. Dieser geschundene Mann. Unentwegt diese Steuerprüfungen. Also wenn die jetzt schon wieder …«

»Nein, Mutti, es ist nicht das Finanzamt. Der Kommissar, den ich neulich kennengelernt habe, der braucht meine Hilfe. Das ist alles«, lächelte er gequält. »Er braucht nur ein paar Informationen.«

»Ach so«, seufzte sie erleichtert. »Ich dachte schon, es wäre etwas Schlimmes passiert. Ein Todesfall, das Finanzamt.«

»Keines von beiden. Karin schließt zu. Ich bin in einer halben Stunde zurück. Mach dir keine Sorgen.«

Aber Gundermann machte sich Sorgen. Auf dem Weg ins Polizeipräsidium am Jakobsplatz spielte er ein Szenario nach dem anderen durch, wobei er den Zufall als beste Lösung ansah. Er war doch vor einiger Zeit oben unterm Dach bei der Sekretärin gewesen. Konnte er da nicht zufällig das Papier …? Aber dann musste der Täter …

Er verlangsamte die Schritte. Nein, diese Lösung war keine. Gab es im Archiv einen Kopierer? Bestimmt hatte der Täter das Papier nicht mitgebracht. Doch so intensiv er sich auch den Raum vorstellte, er konnte sich nicht an einen Kopierer erinnern. Oder auf dem Gang? Stand da nicht ein Kopierer? So ein kleiner, grauweißer Kopierer?

Ohne eine befriedigende Lösung gefunden zu haben und mit einem bislang unbekannten Bauchgefühl betrat er das Präsidium und ließ sich den Weg zeigen. Er musste improvisieren, notfalls sogar die Wahrheit sagen, von Berlin, von den Löchern erzählen, seinen Arm zeigen. Dazu würde die Mittagspause kaum reichen. Seinen Vater würde er nicht bitten einzuspringen. Karin würde die Apotheke schließen müssen.

»Freut mich, dass Sie so schnell kommen konnten, Herr Gundermann«, begrüßte ihn der Kommissar freundlich.

Gundermann reichte ihm in einem leeren Büro mit gespielter Selbstsicherheit die Hand. Das Lächeln des Kommissars missfiel ihm.

»Nehmen Sie doch Platz. Sie wundern sich über die verwaisten Tische? Auch wir haben eine Mittagspause. Von mir einmal abgesehen. Daher hatte ich gehofft, dass Sie ... Aber kommen wir zur Sache.«

»Ja, um was geht es denn?«, fragte Gundermann von einem harten Stuhl aus, der vor dem überladenen Schreibtisch des Kommissars stand. Sein Magen wäre gerne an einem anderen Ort gewesen.

»Sie haben mich doch vor einiger Zeit angerufen.«

Gundermann nickte.

»Nun, wir wissen jetzt, was aus dem Archiv im Museum für Kommunikation entwendet worden ist. Dokumente, die dieses sonderbare Kabel betreffen. Da ist mir vorhin Ihr Anruf wieder eingefallen. Sie erwähnten doch einen Artikel von diesem ermordeten Heimatforscher, diesem Harald Graf?«

»Ganz genau.«

»Können Sie mir da helfen? Ich habe ausgerechnet an diesem Tag in Geschichte gefehlt.«

»Gerne«, antwortete Gundermann erleichtert. Maßlos erleichtert.

12

»Nichts, gar nichts. Nein, du kannst ganz beruhigt sein. Nein, keine Fingerabdrücke, keine Nachforschungen. Nur ein paar Informationen zu Grafs Artikeln. Ja, mit etwas Glück habe ich ihn sogar auf die richtige Fährte geführt.«

Gundermann war zurück in seinem Büro. Trotz des Fehlalarms brauchte er seine ganze Überredungskunst, um seinen Freund Rainer zu beruhigen. Er legte den Hörer auf die Gabel. Mit einem leichten Seufzer und Kopfschütteln ging er zur Tür zum Verkaufsraum der Apotheke, hielt aber plötzlich inne. Durch den Türspalt sah er ein Gesicht. Den dazugehörigen Mann hatte er nie getroffen, aber das Gesicht erkannte er sofort wieder. Er hatte es bisher nur in Schwarz-Weiß gesehen.

Endlich hatte er eine Idee, schloss die Tür und ging zurück an seinen Schreibtisch. Hastig blätterte er in den Magazinen zur Regionalgeschichte und wurde tatsächlich fündig. Unter einem der Artikel lächelte ihn das Gesicht an, jünger, schmaler, aber leicht zu erkennen. Karlheinz Nahr, Frühpensionär, Heimatforscher, multipler Sammler und Hobbyastronom aus Bad Windsheim. Sein Artikel thematisierte den fränkischen Arzt Georg Wilhelm Steller und die nach ihm benannte Seekuh. Warum auch nicht.

Gundermann ging zur Tür und öffnete sie einen Spalt. Noch immer sprach Nahr mit Annette, einer seiner Helferinnen. Was machte Nahr in Nürnberg in seiner Apotheke? Bestimmt war er nicht auf der Suche nach der Steller'schen Seekuh, die in der zweiten Hälfte des 18. Jahrhunderts ausgerottet worden war.

Er lauschte, konnte aber nichts verstehen, da noch zwei andere Kunden im Laden waren.

Der Mann, Ende fünfzig, hatte offenbar nichts gekauft, drehte sich nun aber um und verließ die Apotheke. Gundermann kam aus seinem Versteck und stürzte sich auf Annette.

»Was wollte er? Was wollte dieser Mann?«

»Ein Medikament. Ein mir unbekanntes Medikament. Per... Perdo... Perda... Ich konnte es nicht finden.«

Gundermanns Blick folgte Nahr durch die Glastür auf die Straße.

»Ich bin gleich zurück. Falls nicht, schließt die Apotheke.«

»Wieder Inventur?«, fragte Annette.

»Guter Vorschlag.«

Er sprang fast aus der Tür, um den Mann noch zu erwischen, der bereits hinter einer Hausecke verschwunden war. Aber als Gundermann um die Ecke linste, spazierte Nahr in aller Ruhe in Richtung Opernhaus. Oder in Richtung Germanisches Nationalmuseum. Noch gab es mehrere Optionen. Selbst der Bahnhof war möglich, vielleicht um zurück nach Bad Windsheim zu fahren.

Gundermann hielt den Abstand groß. Es sah tatsächlich aus, als steuere der Mann das Germanische Nationalmuseum an. Nahr verlangsamte seine Schritte, wurde offenbar unsicher und stoppte vor dem Museum. Gundermann nutzte eine der Betonsäulen in der Straße der Menschenrechte als Deckung.

Nein, das Museum war doch nicht das Ziel. Der Heimatforscher ging weiter. Es war nicht die U-Bahn, nicht der Bahnhof, nicht das Opernhaus, es war die Lessingstraße. Gundermann wusste jetzt, wohin es ging. Zum Museum für Kommunikation. Er sah auf die Uhr, machte aber nicht kehrt, sondern verfolgte weiterhin den Heimatforscher. Gundermann wartete vor dem Eingang und trat erst selbst an die Kasse, als Nahr den Eintritt bezahlt hatte und weitergegangen war. Der Mann an der Kasse begrüßte ihn freundlich und ließ sich seinen Dauerausweis zeigen. Nahr war schon auf der Treppe, die in den ersten Stock führte. Noch kam das DB-Museum in Betracht. Vielleicht galt seine Neugier ja der Eisenbahn. Nein, er bog nach links ab. Gundermann hatte nichts anderes erwartet. Jetzt war er auf vertrautem Terrain. Nahr erweckte hingegen einen ganz anderen Eindruck. Aus seinem Verhalten, seinem mäandernden Gang von einer Seite zur anderen, von einem Exponat zum anderen, schloss Gundermann, dass dies Nahrs erster Besuch im Museum war. Oder sein erster Besuch nach der Neugestaltung.

An diesem Nachmittag waren nur wenige Besucher im Museum. Gundermann musste also vorsichtig agieren, um nicht von Nahr bemerkt zu werden. Da half wieder nur gebührender Abstand. Postkutschen und Postautos mussten hier als Deckung herhalten. Nahr hatte Zeit mitgebracht. Vor einem Klappenschrank, einst modernste Vermittlungstechnologie, blieb er ganz zehn Minuten stehen. Andere Exponate würdigte er mit keinem Blick. Sein Verfolger wurde nicht schlau aus ihm.

»Was hat der vor? Was will der hier?«, dachte Gundermann und huschte zu einem Pfeiler. Was Nahrs Interesse auf sich gezogen hatte, konnte er jedoch von seiner Position aus nicht erkennen. Gerade hatte er sich entschlossen, seine Deckung aufzugeben, als sich eine Hand auf seine Schulter legte. Gundermann zuckte erschrocken zusammen und drehte sich reflexartig um.

»Was soll es denn diesmal sein?«, fragte ihn ein kleiner Wärter, dessen Vornamen er nicht vergessen hatte: Paul. Paul Singer.

»Es war auch beim letzten Mal nichts, wie die Polizei eindeutig festgestellt hat.«

»So? Hat sie das?«

»Ja, das hat sie. Ich habe mit dem Diebstahl nichts zu tun. Und jetzt lassen Sie mich bitte in Ruhe.«

»Ich behalte Sie im Auge«, sagte der Mann mit finsterer, filmreifer Privatdetektivmiene. »Meine Zeit kommt noch.«

Gundermanns wurde indes knapp. Die Apotheke war wieder einmal wegen Inventur geschlossen, Nahr war verschwunden. Ohne sich noch einmal nach dem Wärter umzusehen, beschleunigte er und versuchte, ihn im Labyrinth der Gänge und Exponate aufzuspüren. Er fand den Heimatforscher direkt vor dem mit einer Hartfaserplatte verschlossenen Loch, das Gundermann entdeckt hatte. Das Kabelstück fehlte natürlich nach wie vor.

»Sieh mal einer an«, murmelte Gundermann leise.

Der große, kräftige Mann, der nicht den Eindruck eines Frühpensionärs machte, ging langsam in die Knie, um sich die Hartfaserplatte näher anzusehen. Aber er war nicht der Einzige. Eine Mutter mit Kind näherte sich und zeigte ebenfalls deutliches Interesse an dem geflickten Loch.

»Wie auf dem Foto in der Zeitung«, kommentierte die Frau die Hartfaserplatte.

»Eine komische Geschichte«, sagte Nahr. »Sehr merkwürdig.«

Gundermann spürte erneut eine Hand auf seiner Schulter und zuckte unwillkürlich zusammen. Als er sich umdrehte, erblickte er nicht das Gesicht von Paul, sondern das von Rainer.

»Habt ihr das bei irgendeiner Fortbildung gelernt?«, fragte Gundermann.

»Was denn?«

»Na, euch so euren Besuchern zu nähern.«

»Wie?«

»Ihnen die Hand auf die Schulter zu legen. Dein Kollege Paul war allerdings nicht ganz so sanft.«

»Was machst du eigentlich hier?«, fragte Rainer erstaunt.

»Ich möchte wissen, was dieser Mann hier sucht«, erklärte er.

»Welcher Mann?«

Gundermann drehte sich blitzartig um. Vor dem verschlossenen Loch standen noch immer die Mutter und ihr Kind.

»So ein Mist! Los, komm!«

Er zupfte seinen Freund kurz am Ärmel und beschleunigte ein weiteres Mal. Der Wärter folgte ihm unschlüssig.

»Wer ist denn das?«

»Ein Heimatforscher aus Bad Windsheim.«

»Und woher kennst du ihn?«, keuchte Rainer hinter ihm.

»Nur von einem Foto.«

»Aha.«

Sie betraten einen Raum, tauchten in ein neues Thema ein. Aber Nahr war nicht zu sehen.

»Wo könnte er sein? So schnell?«

»Und wenn er gar nicht hier lang gegangen ist, sondern zurück?«, gab sein Freund zu bedenken.

»Mensch, warum sagst du das nicht gleich?«, ärgerte sich Gundermann und lief an dem Wärter vorbei in Gegenrichtung. Der hatte Mühe, ihm zu folgen. Im nächsten Raum passierten sie Singer, der sie erstaunt ansah, ihnen aber nicht folgte.

»Moment«, sagte Gundermann und hielt an. Aber sein Freund hatte bereits reagiert und befragte seinen Kollegen. Der aber zuckte mit den Achseln.

»Hier ist niemand durchgekommen«, berichtete Rainer, als er zu Gundermann aufschloss.

»Das gibt es doch nicht. Der kann sich doch nicht in Luft auflösen!«

»Warum verfolgst du ihn denn überhaupt? Hat er etwas mit dem Mord zu tun?«

»Ich weiß es nicht. Eine Eingebung. Er war bei mir in der Apotheke. Da bin ich ihm einfach gefolgt.«

»Klingt nach einer guten Idee. Ist der denn auch an dem Thema dran? Worüber schreibt er denn?«

»Über Seekühe«, antwortete Gundermann.

»Alles klar. Dann wäre ich ihm auch sofort nachgegangen«, nickte der Wärter. »Und die Löcher hat er gegraben, um sie mit Wasser zu füllen und sie darin zu züchten. Verstehe.«

»Mensch, Rainer! Es war nur so eine spontane Idee«, wehrte sich Gundermann vergeblich. »Weil er bei mir im Laden war.«

»Ist ja auch egal. Komm, lass uns gemeinsam den Weg zu Ende gehen. Wenn du schon Inventur machst.«

Sie kehrten also wieder um und gingen zurück, ohne die Hoffnung zu hegen, Nahr doch noch zu erwischen. Dafür erwischten sie Singer, der vor der Hartfaserplatte in die Knie gegangen war.

»Die sieht der doch jeden Tag«, wunderte sich Gundermann und hielt an.

»Vielleicht, weil er dich hier angetroffen hat«, meinte Rainer.

»Kann schon sein. Er ist noch nicht lange hier, oder?«

»Was willst du damit sagen?«

»Nichts«, antwortete Gundermann und setzte sich wieder in Bewegung. Singer bemerkte sie erst, als sie unmittelbar hinter seinem Rücken vorbeigingen. Er stand auf und folgte ihnen, ohne sich ihnen zu nähern.

»Er hält mich für den Dieb.«

»Ich weiß«, bestätigte Rainer. »Er hat alle Kollegen vor dir gewarnt. Mich natürlich nicht.«

»Komischer Typ. Was hat der vorher gemacht?«

»Kann ich dir nicht sagen. Er hat nichts erzählt.«

Sie erreichten den Ausgang. Ihre Tour war beendet. Von Nahr keine Spur.

»Der ist längst beim Bahnhof«, meinte Rainer.

»Bestimmt«, lächelte Gundermann gequält und verabschiedete sich.

Als er das Museum erreicht hatte, brummte sein Smartphone. Die Nummer war ihm nur zu vertraut.

»Mutti? Was gibt es?«, sagte er betont arglos.

»Wir machen ja schon wieder Inventur. Keine richtige natürlich. Aber für unsere Kunden sieht es danach aus. Was sollen die bloß von uns denken? Ich kann deinen Vater gar nicht beruhigen, Hansi.«

»Das brauchst du auch gar nicht, denn ich bin gleich wieder da.«

»Was gab es denn so Eiliges? Musstest du noch mal zur Polizei?«

»So etwas Ähnliches. Es hatte mit dem Einbruch ins Museum zu tun.«

»Ach so«, sagte seine Mutter, ohne den Zusammenhang zu verstehen. »Trotzdem können wir nicht alle paar Tage die Apotheke schließen.«

»Das tun wir auch gar nicht, Mutti.«

»Denk bitte auch an Vatis Arthrose und seine schlechte Gesundheit. Der Arzt hat ihm schon mehrmals geraten, sich nicht aufzuregen.«

»Dieses Problem ist schnell gelöst. Er soll einfach aufhören, mit seinen Gedanken noch immer unten im Laden zu stehen. Das ist vorbei. Er ist im Ruhestand.«

»Das sagst du so leicht.«

»Dann erzähl ihm nicht immer gleich alles«, schnaufte Gundermann, der schon fast die Libaviusstraße erreicht hatte. »Er braucht ja nicht zu wissen, wenn ich mal kurz unterwegs bin.«

»Das sagst du so leicht.«

Gundermann ging schneller, grüßte eine Bekannte, bog in die Libaviusstraße ein, ärgerte sich. Seine Mutter zählte seit jeher zu jenen Charakteren, die einfach nichts, aber auch gar nichts für sich behalten konnten. Sobald es auch nur ein winziges Detail zu berichten gab, stürmte sie auch schon los, tuschelte, telefonierte, petzte, geheimniskrämerte. Familienfreundschaften, Beziehungen waren daran schon zerbrochen. Wenn er es sich richtig überlegte, war sie an der Trennung von Simone auch nicht ganz unschuldig gewesen. Aber das war Schnee von gestern. Er sah sie vor sich. Wie sie von Karin oder Annette erfahren hatte, dass er kurz unterwegs war. Keine Minute später hatte sie schon seinem Vater Bericht erstattet, den sie, wie üblich, mit der Floskel »Jetzt stell dir bloß mal vor …« begonnen hatte.

Gundermann sah auf die Uhr. Er hatte weniger Zeit für seinen Ausflug investiert, als er befürchtet hatte. Der Großteil des Nachmittags lag noch vor ihm. Er verlangsamte seine Schritte, warf hier und da einen Blick in die Auslagen der Geschäfte, verlor seine Eile. Beim Bäcker ließ er sich ein Stück Käsekuchen einpacken. Für seine Pause, auf die er nicht verzichten wollte. Ein Café oder Biergarten kam für ihn nicht infrage. Er wollte zurück in sein Büro.

Die Galenos-Apotheke kam in Sichtweite. Der Name stammte von dem Gründer und durfte nicht geändert werden. Ein Familienheiligtum, eine Ikone. Ein Mann stand vor der verschlossenen Tür. Ein großer, schlanker Mann. Vielleicht ein Kunde, den er noch erwischen konnte. Gundermann ging wieder schneller, stoppte dann abrupt und verbarg sich hinter der Litfaßsäule vor Meyers Modellbauladen. Der Mann war Karlheinz Nahr. Er marschierte ein paarmal auf und ab, starrte immer wieder auf das Inventurschild in der Tür und gab schließlich auf. Mit schnellen Schritten marschierte er die Libaviusstraße hinauf in Richtung Burg. Gundermann wartete noch eine Weile und schloss dann die Tür auf. Er musste sich eingestehen, einem spontanen Einfall gefolgt zu sein, einer vagen Idee, Nahr könnte eine Spur sein. Jetzt, nach seiner Rückkehr aus dem Museum, hatte ihn der Elan verlassen. Hätte er Nahr ansprechen sollen? Einen Mann, den er nicht persönlich kannte und der ein Medikament in seiner Apotheke hatte kaufen wollen? Und vielleicht noch immer kaufen wollte?

Gundermann schüttelte den Kopf. Die Inventur war beendet.

13

»Drei neue Löcher. Der Mann ist fleißig.«

»Die Angst treibt ihn an«, analysierte Gundermann. »Und die Zeit läuft ihm davon.«

»Die Angst?«

»Na klar. Die Angst, dass sein Geheimnis aufgedeckt wird. Denk an das Interview in den *Nürnberger Nachrichten* mit Vierzigmann. Der Täter weiß jetzt, dass die Polizei das Motiv für den Einbruch ins Archiv kennt.«

»Dieses blöde Erdkabel«, sagte Gerhard Stanger. »Na klar. Wenn er nicht bald findet, was er sucht, findet ihn die Polizei.«

»So ungefähr.«

»Drei neue Löcher. Und das bei dem Boden. Nötigt einem fast schon Respekt ab«, meinte der Geologe, der neben ihm auf dem Beifahrersitz saß.

»Es ist ein Besessener. Vergiss das nicht. Einer, der über Leichen geht.«

»Du sagtest, keines der neuen Löcher ist auf deiner Karte?«

»Keines. Er muss nicht nur eine genauere Karte haben, sondern auch eine detailreichere, auf der weitere Verstärkerstationen eingetragen sind. Danke übrigens, dass du mitkommst und deinen Samstagnachmittag opferst.«

»Ich kann dich ja nicht noch mal dabei allein lassen«, lachte Stanger. »Du wirst sehen, bald hast du auch eine bessere Karte. Vielleicht entdecken wir ja doch ein Muster.«

»Schön wär's.«

»Mit GPS ist das kein Thema. Da vorne muss es sein!«

Gundermann bog von der schmalen Straße auf eine noch schmalere ab, die zu einem kleinen Hof im Aischgrund führte. Ein Fachwerkbau aus dem 19. Jahrhundert, das Dach mit einfacher Biberschwanzdeckung und Schindeln. Ein Haus ohne Zukunft. Ein Hof ohne Zukunft. Auf dem Misthaufen kratzten Hühner, eine Ziege kaute Baumrinde.

»Museal, aber nicht romantisch«, meinte Stanger.

Sie hatten das Auto noch nicht geparkt, als ihnen schon eine alte Frau mit Schürze und Kopftuch entgegenkam. Gundermann schätzte sie auf gute achtzig.

»Grüß Gott. Sie müssen die beiden jungen Männer sein, die angerufen haben«, begrüßte sie die Frau mit erstaunlich fester Stimme.

»Das sind wir, Frau Betzold.«

Sie stellten sich vor, reichten ihr die Hand und fühlten sich wie Zeitreisende. Dass er die Frau einfach hatte anrufen können, schien Gundermann jetzt nicht mehr selbstverständlich. Die kleine Tür, deren graue Farbe ermattet war, stand weit offen. Hier gab es für Diebe keine lohnende Beute. Neben dem Haus schwitzten Kaninchen in ihren Ställen, ein alter Hund döste vor einem leeren Fressnapf vor sich hin und interessierte sich nicht für die Neuankömmlinge.

»Es ist hinterm Haus«, sagte die Frau und ging voraus. Am Misthaufen vorbei gelangten sie auf die Nordseite. Hier hatten Holunder, Brennnesseln und hohes Gras das Grundstück erobert.

»Früher haben wir hier Meerrettich angebaut«, erklärte Betzold. »Aber seit mein Mann tot ist ... Sie sehen ja selbst. Da hinten ist es.«

Neben einem stattlichen Holunderbusch, fast schon ein Baum mit dickem Stamm, klaffte ein annähernd quadratisches Loch im Boden. Ein großes Loch, größer als die anderen.

»Das Gras ist nicht zertreten. Er muss über den Hof gekommen sein«, stellte Stanger fest.

»Wie haben Sie das Loch bemerkt?«, fragte Gundermann.

»Ich pflücke hier jeden Tag ein paar Blätter für die Kaninchen. Hier wächst viel Löwenzahn. Am Nachmittag war es noch nicht da.«

»Und Ihnen ist nichts aufgefallen?«

Die Frau schüttelte den Kopf.

»Der Benno ist zu alt. Der schlägt nicht mehr an. Gänse habe ich keine mehr. Dann hätte ich es gemerkt.«

»Er hat es in der Nacht gegraben«, sagte Gundermann. »Wie die anderen auch. Hinterm Haus war er ungestört. Er hat eine Lampe aufgestellt und in die Hände gespuckt.«

Stanger stieg in das Loch und inspizierte fachmännisch das Grabungsprofil.

»Der Boden ist hier weicher. Er hat nicht lange gebraucht. Sagen Sie, Frau Betzold, wie lange wohnen Sie hier schon?«

»Seit meiner Heirat.«

»Ah, gut. Und wann war die?«

»1955. Das Haus haben wir von der Familie meines Mannes bekommen.«

»Wissen Sie etwas über ein Erdkabel, das hier gelegen haben soll? Ein dickes Kabel?«, fragte Gundermann.

Die Frau schüttelte den Kopf.

»Hier hinterm Haus?«

»Es kann auch weiter weg gewesen sein«, fügte Stanger hinzu. »Hier irgendwo in der Nähe. Oder hat vielleicht jemand davon erzählt? Es wurde nach Kriegsende ausgegraben. Männer wurden dafür aus ihren Häusern geholt.«

Das faltige Gesicht der Frau veränderte sich, geriet in Bewegung, neigte sich zur Seite.

»Der Hartmut Gerch, der hat da mal was erzählt.«

»Wo finden wir den?«

»Auf dem Friedhof. Der ist ... 1997 gestorben. An Lungenentzündung.«

Gundermann und Stanger sahen sich an.

»Wissen Sie noch, was er erzählt hat, Frau Betzold?«

Die Frau dachte konzentriert nach, vergrub sich in die Vergangenheit, über die sie reichlich verfügte.

»Graben haben sie müssen, die jungen Burschen. Wie Sie es gesagt haben. Der Hartmut Gerch war auch dabei. Aber fragen Sie mich nicht, wann das war. Nach dem Krieg. Das weiß ich gewiss. Nach dem Krieg.«

»Und wo?«

»Na, hier. Hier irgendwo. Der Hartmut Gerch hat ja hier gewohnt. Ein paar Kilometer von hier.«

Gundermann und sein Geologe ließen ihre Blicke über den Aischgrund wandern. Anhand der zahlreichen Weiden war der Verlauf des Flusses leicht auszumachen. Wie eine Riesenschlange wand sich die Aisch durch das alte Flusstal, das sie selbst erschaffen hatte.

»Es war aber nicht hinter Ihrem Haus?«

»Na!«, schüttelte sie den Kopf. »Da ist ja der Meerrettich gewachsen. Schon immer.«

Stanger betrachtete kritisch den Bewuchs, der durchaus unterirdische Bauten verraten konnte.

»Eine Drohne müsste man haben. Mit entsprechender Kameraausrüstung«, stellte er fest. »So ist erst einmal nichts zu sehen. Aber das kann täuschen. Der Boden wäre jedenfalls gut für eine Trasse geeignet. Meiner Meinung nach.«

Gundermann sah auf seine Karte und trug das Loch ein. Die genauen Positionsangaben notierte er sich am Rand.

»Sicher?«

»Ich kenn mich damit aus, keine Sorge«, sagte sein GPS-Experte. »Die Angabe stimmt.«

»Das war es auch schon, Frau Betzold. Vielen Dank«, sagte Gundermann, als sie wieder beim Auto angekommen waren.

»Ade.«

Das nächste Loch, von dem sie aus der Zeitung erfahren hatten, befand sich keine acht Kilometer entfernt am Rande eines kleinen Waldstücks. Neustadt war nicht weit. Diesmal war es nicht so einfach, denn die Angaben waren nur sehr vage. Aber nach einer guten Stunde hatten sie ihr Ziel erreicht.

»Ein Förster hat es entdeckt«, wusste Gundermann aus dem Radio. »Auch er hat es gleich gemeldet. Inzwischen sind die Leute ja ... sagen wir mal ... sensibilisiert.«

»Wieder ein großes Loch«, stellte sein Geologe fest. »Noch größer als das bei Frau Betzold.«

»Weil er nicht gestört worden ist. Es gibt weit und breit kein Haus, kein Dorf. Wir sind hier fast schon im Steigerwald. Der konnte nach Herzenslust graben.«

»Na, dann wollen wir mal wieder«, sagte Stanger und kletterte in das Loch.

»Glück auf!«, wünschte Gundermann, dann tauchte sein Schulfreund in den Untergrund ab. Ein weiteres Mal bewunderte er die Präzision, die der Suche des Täters zugrunde liegen musste. GPS gab es ja 1936 noch nicht. Es kamen nur Längen- und Breitengrade als Angaben infrage sowie Landmarken oder andere Hinweise, die er vielleicht nicht zu deuten wusste. Bei der alten Frau war dies noch sehr einfach. Hatte man das Haus gefunden, wusste man auch, wo zu graben war. Aber hier? Mitten im fränkischen Niemandsland?

»Ich hab was!«, tönte es hohl aus dem Loch. Stanger tauchte wieder auf und übergab ihm mit spitzen Fingern eine Scherbe von der Größe eines Fingernagels. Zuerst dachte Gundermann an eine Tonscherbe, doch sie war zu dünn und besaß einen eigentümlichen Glanz. Auch die Bruchkanten passten nicht zu Steingut.

»Bakelit. Das ist Bakelit«, hauchte er plötzlich.

»Was ist das?«, tönte es aus dem Loch.

»Bakelit. Einer der ersten Kunststoffe. Ein Phenoplast. Wurde vor gut hundert Jahren erfunden. Früher hat man Lichtschalter und Telefonapparate daraus gemacht. Sehr widerstandsfähig. Ist da noch mehr?«

»Nein. Aber das hier.«

Die Finger reichten ihm diesmal ein Stück Papier, eine abgerissene Ecke, nicht viel größer als die Bakelitscherbe.

»Ölpapier«, analysierte der Chemiker im Apotheker. »Darin hat man früher alles mögliche eingewickelt, das nicht rosten sollte.«

»Dann ist da noch so ein weißes Pulver.«

»Finger weg!«, rief Gundermann. »Hast du es schon angefasst?«

»Johannes. Ich bin Geologe.«

»Also hast du.«

»Wird schon nicht so giftig sein«, hoffte sein Freund. »Dein Schaufler ist ja wohl kein Fallensteller.«

»Das kann man nicht wissen. Dem traue ich alles zu. Zeig mal!«

Eine Hand erhob sich aus dem Loch, in dem Stanger auf Knien hockte. Auf den Fingerspitzen konnte Gundermann ein weißes Pulver erkennen.

Nach kurzer Überlegung und einem Geruchstest sagte er: »Ich rate mal. Talkum. War früher in Babypuder. Hält die

Haut trocken. Und ist ein gutes Trennmittel. Findet Verwendung bei manchen Kondomen.«

»Hier unten? Was ist denn das für ein Typ?«

»Nicht hier, die Kellerassel«, grinste Gundermann. »Wenn ich mich richtig erinnere, und du kennst mein Gedächtnis, dann wurde es auch für technische Belange genutzt. Um Verklebungen zu verhindern.«

»Etwa bei Kabelbäumen«, schlug Stanger vor.

»Sieh noch mal genau nach!«, trieb ihn Gundermann an. »Ist da noch mehr? Wie sieht der Boden aus? Wie die Wände? Jetzt sag schon!«

»Immer mit der Ruhe. Hast du deine Taschenlampe?«

»Im Auto.«

»Da liegt sie gut. Okay, die Sonne muss reichen. Geh mal einen Schritt zur Seite.«

Von oben konnte Gundermann nur einen Rücken samt Kopf sehen, der sich unentwegt in dem Loch bewegte.

»Soll ich mal …?«

»Auf keinen Fall«, entgegnete der Geologe und kehrte endlich aus dem Hades in die Oberwelt zurück. »Nichts. Aber da sind Reste von einer Art Abdruck. Ich schätze, fünfzig mal achtzig. Da hat etwas gestanden. Viel ist nicht mehr zu sehen. Als ob der Abdruck abgekratzt wurde. Aber mit den Fingern kann man ihn noch gut ertasten.«

»Er ist also fündig geworden!«, raunte Gundermann.

»Und er hat sich große Mühe gegeben, die Spuren zu beseitigen«, fügte Stanger hinzu. »Den Splitter und den Fetzen Papier muss er übersehen haben. Du, vielleicht ist er in einem der anderen Löcher auch schon mal fündig geworden?«

»Das schießt mir auch gerade durch den Kopf. Am Ende ist seine Suche gar nicht so erfolglos, wie wir die ganze Zeit gedacht haben.«

»Aber was hat er aus dem Loch geholt?«, fragte Stanger. »Ein Kabel jedenfalls nicht. Hier liegt kein Kabel. Eher eine Kiste. Bakelit. Was ist aus Bakelit und so groß?«

»Der Volksempfänger war aus Bakelit. Aber der war viel zu klein«, antwortete Gundermann, der keinerlei Vorstellung von dem hatte, was der Unbekannte aus dem Loch geborgen hatte. Kein Objekt, das Harald Graf in seinen Artikeln beschrieben hatte, passte auf ihren Fund. Und wo war das Kabel verlegt worden? Um dies festzustellen, war seine Karte zu ungenau.

»Wie geht es jetzt weiter?«, fragte sein Schulfreund und kletterte aus dem Loch.

»Na, wie schon? Auf zum nächsten Loch!«

Das dritte Ziel an diesem Samstagnachmittag war leicht zu finden. Es lag nur wenige Meter von der Bundesstraße 470 entfernt auf mehr oder weniger freiem Gelände. Das Auto parkten sie an einer Straßenkreuzung und gingen den Rest zu Fuß. Das Loch war deutlich kleiner als die ersten beiden.

»Sieht unfertig aus«, rief Gundermann gegen den Straßenlärm an.

»Das ist es wahrscheinlich auch!«, antwortete Stanger. »Soll ich?«

Gundermann nickte, worauf sein Freund wieder in den Untergrund ging. Der Aufenthalt währte jedoch nicht lange. Schon nach wenigen Minuten krabbelte er aus dem Loch.

»Nichts. Keine Spuren. Kein Bakelit, kein Talkum.«

»Vielleicht ist er gestört worden? Vielleicht hat ihn ein Autofahrer gesehen, ist langsamer gefahren und hat ihn verscheucht?«

»Wahrscheinlich.«

»Das ist aber auch ein blöder Ort!«, rief Gundermann. »Selbst nachts ist hier einiges los. Ich schätz, da muss man bis morgens um zwei warten, um halbwegs ungestört zu sein.«

»Und das kostet Kraft!«, sagte Stanger. »Der hat aufgegeben, sag ich dir. Sonst wäre der am nächsten Morgen nicht mehr aus dem Bett gekommen.«

»Wer weiß, ob der überhaupt einen Job hat?«

»Aber wir haben einen. Und wir machen jetzt Feierabend und Wochenende!«

»Denk aber bitte an die Analyse.«

»Hm«, maulte der Geologe.

14

»Herr Gundermann? Julia Becher. Vom Museum für Kommunikation in Berlin.«

»Ach, ja. Natürlich, Frau Becher.«

»Sind Sie noch an Ihrer Story dran?«

»Bin ich, ja«, sagte er erwartungsvoll. »Haben Sie noch etwas gefunden? Eine bessere Karte vielleicht?«

»Das nicht. Da müssten Sie an anderer Stelle recherchieren. Aber ein Internetforum. Eine Kollegin hat mich darauf aufmerksam gemacht.«

»Besser als nichts«, reagierte er enttäuscht. »Geben Sie mir die Adresse.«

»Damit ist es nicht getan. Sie müssen sich einloggen. Das Forum ist passwortgeschützt.«

Gundermann ließ sich die Internetadresse geben, bedankte sich und setzte sich gleich an den großen Rechner in seinem Büro. Er legte sich eine virtuelle E-Mail-Adresse zu, mit der er sich bei dem Forum anmeldete, und generierte ein Passwort. Als Benutzername wählte er »Bakelit«. Das Forum nannte sich »Koax« und kannte nur ein Thema.

»Das gibt es doch nicht!«, staunte er und begann, wahllos durch die endlosen Einträge zu scrollen. Nichts fehlte. Kabelkarten, Fotos von Bildtelefonzellen, Standorte, Verstärkerstationen, Fernsehgeräte von Telefunken, Filmausschnitte, Hinweise auf Artikel und Netzfunde. Den Pseudonymen entnahm er, dass der Kreis der Diskutanten und Autoren ein kleiner war. Vielleicht dreißig Personen. Der Wortführer war zugleich der Initiator und nannte sich wie sein Forum: Koax. Das Impressum gab eine Firmenadresse in den USA an. Es würde Stunden dauern, alle Einträge zu lesen, aber vielleicht fand er hier den entscheidenden Hinweis. Für den Anfang klickte er einfach drauflos, doch schon das bescherte ihm die eine oder andere Spur. In einem Eintrag verwies ein Teilnehmer namens Orkus auf gleich zwölf Artikel in verschiedenen Blättern und Onlinemagazinen, die sich mit dem Kabel und den Verstärkerstationen befassten. Artikel, die ihm unbekannt waren. Noch dazu war auch ein Artikel von Harald Graf darunter: »Zum inneren Aufbau der Zwischenverstärker«. Erschienen 2015 in einem Gundermann unbekannten Magazin. Es musste einer von Grafs letzten veröffentlichten Artikeln sein. Gundermann notierte sich die Quelle. Irgendwo im Netz würde er schon ein Exemplar auftreiben.

Er scrollte weiter, konnte gar nicht mehr aufhören.

Dann stieß er auf den Disput. Es ging um die Verstärkerstationen. Natürlich. Gundermann überflog die Positionen. Ein gewisser RadarMan verwies auf die gängigen und bekannten Quellen. Alle 17,5 Kilometer war eine unbemannte, alle 35 Kilometer eine bemannte Verstärkerstelle. Dem widersprach Koax, der eben diese Quellen als bewusst von den Nazis manipuliert ansah, um die genaue Zahl der benötigten Verstärkerstationen zu verbergen. Denn in Wahrheit, so Koax, seien viel mehr davon erforderlich gewesen. RadarMan verlangte Beweise, die Koax offenbar nicht liefern konnte. Außerdem zitierte RadarMan ein altes Lehrbuch für Fernmeldetechniker. Demnach hatten die Verstärkerstationen sehr wohl ausgereicht. Koax konterte mit einer eingescannten Materialliste unbekannter Provenienz aus dem Jahr 1937. Angeblich belegte sie den Materialbedarf für die Verstärkerstationen zwischen Neustadt, Nürnberg und München. RadarMan wiederum ...

Eintrag folgte auf Eintrag. Beide Kontrahenten bekamen bald Verstärkung. Rabulist schloss sich RadarMan an, während Koax von Phaser unterstützt wurde. Gundermann sah auf das Datum des Eintrags: 4. August 2012. Der Schlagabtausch im Netz währte schon lange. Er scrollte weiter. 16. Dezember 2015. Rabulist hatte RadarMan offenbar als Wortführer abgelöst und setzte sich detailliert mit den technischen Eigenschaften des Koaxialkabels auseinander. Die Abschirmung bestand nicht etwa aus einem durchgängigen Metallmantel, sondern aus einer Vielzahl kleiner Kupfersegmente, die das Kabel biegsam machten. Normale Telefongespräche, Bildtelefongespräche und Fernsehprogramme konnten gleichzeitig übertragen werden. Koax hielt dagegen. Für das Kabel mochten die Kupferteilchen ausgereicht haben, nicht aber für die Verstärkerstationen. Belegt mit eigenhändig angefertigten Zeichnungen und Berechnungen sowie einem unscharfen Schwarz-Weiß-Foto, auf dem faktisch nichts zu erkennen war außer ein paar Bäumen im Hintergrund. Ein fotografischer Rorschachtest.

Eine ermüdende Lektüre. Gundermann lehnte sich in seinem Bürosessel zurück und gähnte. Sein anfänglicher Optimismus war verflogen. Sensationen erwartete er nicht mehr. Außerdem stand für ihn fest, dass dieser Disput wissenschaftlichen Kriterien in keiner Weise genügte. Es gab zu wenige Quellen, von denen auch noch zu viele zweifelhafter Natur waren. Es gab zu viele Spekulationen, zu viele Schlüsse, die nicht plausibel waren. Zu den Quellen, auf die regelmäßig verwiesen wurde, zählten die Veröffentlichungen von Harald Graf, von denen Gundermann nur eine Handvoll kannte.

»Immerhin. Die brauche ich alle«, entschied er und loggte sich aus. »Ätzend. Wie kann man sich hinsetzen und jahrelang im Netz über die Anzahl dieser blöden Verstärkerstationen streiten?«

Es war tatsächlich kein Problem, ein Exemplar des Magazins aufzutreiben, in dem Grafs letzter Artikel zu finden war. Bei E-Bay stieß er auf einen Anbieter, der den Nachlass eines Verwandten zu Geld machte. Ein paar Euro reichten, und das Magazin gehörte ihm. Er brauchte nur noch auf die Post zu warten. Nach einer guten Stunde hatte er alle noch fehlenden Artikel aufgetrieben.

Im Netz selbst wurde er auch fündig. Einer von Grafs Artikeln stand als PDF-Datei zur Verfügung: »Das Verstärkeramt in Neustadt«. Wieder einmal. Diesmal hatte er sich das Gebäude selbst vorgenommen, die Baumaterialien, die Räumlichkeiten, die bunkerähnliche Ausstattung. Es war wohl bereits auf den kommenden Krieg hin geplant worden. Nichts Überraschendes also. Neue Informationen blieben aus.

»Verflucht!«, schimpfte Gundermann.

Er googelte noch einmal ausgiebig, rief Seiten von Historikern auf, stieß auf eine Dissertation zum Thema Fernsehen im Dritten Reich, las Auszüge, durchforstete Fachliteratur zur Geschichte des Telefons. Das Koaxialkabel wurde zwar immer wieder erwähnt, aber ebenso oft nur als kleine Episode der Geschichte wie der Technikgeschichte eingestuft. Auch das war ihm längst bekannt.

»Da gibt es nichts«, beschwerte er sich laut. »Jedenfalls nicht für die Damen und Herren Historiker. Die Sache ist erledigt. Vielleicht noch ein paar Detailfragen, aber das war's dann auch. Tot, aus, vorbei.«

In seiner rechten Hand wog er den Bakelitsplitter, schwarz glänzend, rätselhaft.

Es klopfte. Seine Mutter.

»Kommst du zum Abendessen, Hansi?«

»Ja, ich komme.«

»Dass du so spät am Wochenende noch arbeitest. Das hast du früher nicht getan? Gibt es Probleme in der Apotheke? Vielleicht mit den Vertretern der Pharmaunternehmen? Die sind sonst immer sehr freundlich. Vor allem dieser Graf ... wie heißt er noch gleich ...? Von Lengenfeld. Genau. Ein überaus netter Mann.«

»Nein, Mutti, es gibt keine Probleme. Ich arbeite auch nicht, es geht um mein Hobby.«

»Aber ich sehe gar keine Briefmarken oder Münzen auf deinem Tisch?«, wunderte sich seine Mutter und drang tiefer in den Raum ein. »Du hast doch so schöne Briefmarken.«

»Hab ich, Mutti, hab ich. Aber jetzt geht es um etwas anderes.«

Seine Mutter wurde auf den großen Monitor aufmerksam. Ein Lächeln huschte über ihr Gesicht, als wäre sie Chefstewardess Beatrice an Bord des Traumschiffs.

»Ist das eines dieser neuartigen Institute, Hansi?«

Gundermann schwenkte den Kopf und sah auf den Monitor, ohne seiner Mutter folgen zu können.

»Das ist Google, eine Suchmaschine.«

»Die im Fernsehen heißen anders«, grübelte sie. »Paarschiff oder so ähnlich. Oder dieses Dings mit den Eliteleuten. Das machen jetzt wohl alle so.«

Jetzt war alles klar.

»Du meinst eine Partnerbörse im Internet.«

»Wie schön, dass du nun auch diese neuartigen Möglichkeiten nutzt«, strahlte seine Mutter, trat an ihn heran und nahm seinen Kopf in den Arm. »Es wird auch langsam Zeit, weißt du? Wer soll denn die Apotheke übernehmen, wenn du mal alt bist? Und dein Vater würde so gerne noch erleben, wie du Vater wirst. Er wünscht sich so sehr Enkel. Das hat er mir erst letzte Woche …«

»Mutter! Bitte! Du hast versprochen, nicht mehr darüber zu reden! Wer verscheucht hier denn immer die Bewerberinnen?«

»Aber Hansi! Das tue ich doch gar nicht! Ich möchte nur sicherstellen, dass du nicht …«

»Genau das ist es ja. Also. Wechseln wir das Thema«, sagte er ruppig und entzog sich ihrem Klammergriff.

»Du hast doch damit angefangen. Mit diesem Paarschiffen im Internet. Sag mir wenigstens, ob du dir schon eine ausgesucht hast. Da kann man sich bestimmt auch Fotos ansehen.«

»Mutti! Ich suche keine Frau. Im Moment jedenfalls nicht. Und wenn ich eine finde, werde ich sie so lange wie möglich von dir fernhalten! Und das weißt du auch! So, und jetzt lass uns essen und über etwas anderes sprechen.«

»Das finde ich sehr schade, mein Hansi. Aber wie du willst«, sagte seine Mutter mit spürbarer Enttäuschung. »Sag bitte deinem Vater nichts davon.«

»Werde ich nicht.«

Nach dem Abendessen mit einem nicht anwesenden Vater und einer nervösen Mutter setzte sich Gundermann wieder an seinen Rechner. Ihm war zwar sein Tablet lieber, aber der große Monitor war eben ein großer Monitor und bot natürlich die Möglichkeit, entspannt zu sitzen und sich auch mal zurückzulehnen. In Ruhe ein Glas Wein trinken konnte man auch. Kurz hatte er noch überlegt, das Haus zu verlassen, ins Kino oder sein Stammlokal zu gehen, hatte sich dann aber für sein Arbeitszimmer entschieden. Für sein Refugium.

Beim Essen war ihm noch eine Idee gekommen. Er ließ sich von E-Bay die Bakelitangebote zeigen. Es waren fast 1500 Lichtschalter, Steckdosen, Telefonapparate, Farbbanddosen, Föne, Toaster, Lampen, Rührgeräte, Aschenbecher. Der alte Kunststoff war noch immer beliebt. Vor allem bei Retroanhängern.

Er besah sich den Splitter aus dem Loch, drehte ihn um, spielte mit ihm und gab es dann auf, ihm Informationen entlocken zu wollen. Ein sinnloses Unterfangen. Er loggte sich bei E-Bay aus und bei Koax wieder ein. Wozu gab es eine Suchmaske? In die gab er Bakelit ein. Lediglich dreimal wurde der Begriff in den unzähligen Einträgen erwähnt. Als Material für Telefonapparate.

»Immerhin«, urteilte Gundermann, denn die Einträge stellten keinen Zusammenhang zum Koaxialkabel oder den so heiß diskutierten Verstärkerstationen her. »Es gehört also woanders hin.«

Das Telefon, alt, aber nicht aus Bakelit, meldete sich. Es war Stanger.

»Hast du die Ergebnisse?«

»Habe ich. Die meisten jedenfalls«, antwortete der Geologe. »Leider nichts Auffälliges. Jede Menge Nitrat. An Gülle herrscht dort jedenfalls kein Mangel. Ansonsten genau das, was ich dir schon vor Ort gesagt habe. Überwiegend Auenlehm. Das weiße Zeug ist tatsächlich Talkum. Aber sonst …«

»Ich danke dir trotzdem. Hier gibt es auch nichts Neues. Eigentlich nur Echos von dem, was wir schon wissen. Aber das erzähle ich dir in Ruhe.«

»Bei einem Dornfelder, nicht zu kalt, nicht zu warm. Bei uns ist heute Frauenabend.«

Gundermann sah auf den Monitor, las unten rechts die Uhrzeit, dachte an die Wünsche seiner Eltern, an die Apotheke, die ihm an diesem Abend keinen Dienst auferlegt hatte, setzte sich mit seinem inneren Schweinehund auseinander.

»Du hast mich überredet. In einer halben Stunde.«

»In einer halben Stunde«, freute sich der Geologe.

15

Die Nachtluft war warm.

Irgendwo spielte jemand Klavier.

Ein Hund bellte.

Die Sterne kamen ihm heller vor als sonst. Weiter unten trat er auf glatte Kopfsteine.

Gundermann lächelte.

Das letzte Glas Dornfelder war wohl zu viel gewesen. Egal, sie hatten einen Zustand erreicht, den seine Mutter als ausgelassen bezeichnen und verurteilen würde. Sie hatten in Erinnerungen geschwelgt. Erinnerungen an das letzte Schuljahr, an das Abitur, an ihre Naivität. Sie hatten damals tatsächlich geglaubt, nach dem Abitur frei zu sein, sie hatten geglaubt, die Welt stehe ihnen offen, liege ihnen zu Füßen, würde ausgerechnet auf sie warten. Auf Gerhard und Johannes.

Jetzt konnten sie darüber lachen.

Sein Schulfreund hatte Karlheinz Deschner zitiert, der davon überzeugt gewesen war, »dass alles im Leben so freiwillig geschieht wie unsre Geburt, dass kein Mensch freier ist als ein Kettenhund, nur die Kette länger«.

Dennoch hatten sie gelacht.

Und schnell das nächste Glas bestellt.

Freiwillig natürlich. Wie die eigene Geburt.

Gundermann kämpfte mit der Steigung und dem Kopfsteinpflaster. Das Gehen wurde schwieriger, es ging bergauf.

Bergauf?

Er blieb stehen und sah sich um. Er stand auf dem Paniersplatz in Sichtweite des Jazzstudios, dessen unterirdische Räume er gut kannte. Unzähligen Konzerten hatte er hier beigewohnt. Albert Mangelsdorff, John Scofield, Ronnie Graupe. Sein Blick schwenkte nach oben. Über ihm thronte der Sinwellturm und beherrschte die Stadt.

»Oh, Scheiße.«

Er war in die falsche Richtung gegangen. Das letzte Glas war definitiv zu viel gewesen, denn er hätte einen entgegengesetzten Kurs einschlagen müssen. Auf den Hauptmarkt zu. Der aber lag nicht dort, wo Gundermann sich jetzt befand, also kurz vor der Jugendherberge. Er holte tief Luft und konzentrierte sich.

Vorsichtig absolvierte er eine Kehrtwende und ging langsam wieder bergab. Untere Söldnergasse und dann die Burgstraße. Das konnte doch so schwer nicht sein. Im Grunde immer nach Süden. Er sah zum Himmel und suchte den Polarstern. Ein kühler Lufthauch half ihm, sich von der Ausgelassenheit zu lösen, die noch immer in ihm loderte. Ein Blick nach unten sorgte für eine weitere Erdung. Nicht die Welt hatte ihm je zu Füßen gelegen, es war nur das Kopfsteinpflaster seiner Stadt, die er nie wirklich verlassen hatte.

»Halb drei«, hauchte er. So spät war es lange nicht geworden. Die Straßen waren leer. Er ging durch Nürnberg, nicht durch Hamburg oder Berlin. Hier und da fuhr ein Auto, ab und zu kreuzte ein Pärchen oder ein Einzelgänger seinen Weg.

Irgendetwas war mit seinem Kopf.

»Dieser hinterhältige Weingeist. C_2H_6O. Da ist wohl ein Kater fällig«, sprach er mit sich. »Oder auch nicht. Wozu bin ich Apotheker.«

Die Burgstraße. Es ging abwärts. Allerdings langsam, denn das Kopfsteinpflaster hatte es in sich. Zumindest für ihn in seinem Zustand. Aber er hatte ja Zeit. Niemand wartete auf ihn, niemand würde ihm Vorhaltungen machen, nicht einmal seine Mutter, die einen tiefen Schlaf hatte.

Als er die Stöpselgasse passierte, hatte er zum ersten Mal das Gefühl, nicht alleine zu sein. Es war nur ein Gefühl, eine Ahnung, ein Verdacht, für den er zunächst den Weingeist und die frühe Stunde verantwortlich machte. Nachts um drei macht jeder mal spitze Ohren und kommt auf paranoide Ideen, dachte er und ging weiter.

Ein Auto. Er musste sich für eine Seite entscheiden und wählte die linke. Vielleicht war doch mehr los, als er geglaubt hatte. *The City That Never Sleeps*. Nein, das war der Slogan einer ganz anderen Stadt.

Der Rathausplatz war nicht mehr weit, als ihn erneut das sonderbare Gefühl beschlich. Er blieb vor einem Fenster stehen und versuchte, die Scheibe als Spiegel zu benutzen. Ohne Erfolg, das Licht der Straßenlaternen reichte nicht aus. Ihm blieb nur die Möglichkeit, sich schnell umzudrehen.

Ein großer Schatten flog über eine Hauswand.

Aber wessen Schatten war das? Sein eigener?

Trotz seines Schädels, der immer heftiger mit dem letzten Glas haderte, startete er einen Lauschangriff. Aber die Stadt emittierte dann doch zu viele Geräusche, Fahrgeräusche, Laufgeräusche, Tiergeräusche, Hintergrundgeräusche – selbst um diese Uhrzeit. Wummernde, basslastige Automusik einsamer junger Männer, die ihr Gehör riskierten, um von Unbekannten bemerkt zu werden.

Falscher Alarm.

Gundermann tastete sich weiter von der Burg in die Stadt. Schon kam der Hauptmarkt in Sicht, die Pegnitz war nicht mehr weit. Das Gehen fiel ihm leichter, nur sein Kopf rebellierte immer heftiger.

Am Schönen Brunnen, einer Touristenattraktion, holte ihn das Gefühl wieder ein. Schritte waren ihm auf der Spur. Ein Schatten war ihm auf der Spur. Erst jetzt kamen ihm die Morde, kamen ihm seine Recherchen in den Sinn, fiel ihm Karlheinz Nahr ein, der plötzlich in seiner Apotheke gestanden hatte.

Er bog abrupt nach rechts in die Tuchgasse ein und beschleunigte seine Schritte. Es war zwar die falsche Richtung, doch diesmal hatte er sie bewusst gewählt. Um von seiner Spur, von seinem Ziel abzulenken. Auch wenn dies vielleicht nicht rational war. In der Winklerstraße stoppte er, lauschte in die Stadt. Die Schritte folgten ihm, waren ebenfalls schneller geworden. Jemand musste sich auf seine Fährte gesetzt haben.

Gundermann riskierte einen Blick um die Hausecke. Ein Schatten kam auf ihn zu, wurde schneller, hatte ihn aber noch nicht eingeholt.

Aber er war sportlich. Nicht so ein großer, dicker Waldbär wie Stanger. Daran konnte auch sein rebellierender Kopf nichts ändern. Er lief die Winklergasse hoch und bog nach rechts in die Waaggasse ein. Schon stand er wieder vor dem Schönen Brunnen. Und wartete. Er wollte sichergehen.

Aus der urbanen Geräuschkulisse tauchten die Schritte auf wie ein U-Boot aus den Wellen. Gundermann ging nach Osten und legte in der Obstgasse eine weitere Pause ein. Diesmal war sein Verfolger schneller, schien seine Route geahnt zu haben. Vielleicht, weil jetzt die Richtung stimmte, weil die Libaviusstraße nicht mehr weit war. Also änderte er die Richtung und hielt wieder auf die Burg zu.

Es wurde dunkler. Die Straßenbeleuchtung war kaputt. In einem der Hauseingänge war es stockdunkel. Ohne lange zu überlegen, verkroch er sich in die Dunkelheit, schmiegte sich an die Tür an, als wäre er Harry Lime im zerbombten Wien. Die Schritte wurden schwächer, ohne zu verstummen. Sie stoppten, gingen weiter, stoppten. Dann versickerten sie in der Geräuschkulisse. Sein Schatten hatte ihn verloren.

Gundermann wartete eine gute Minute, bevor er ins diffuse Licht zurückkehrte. Auf leisen Sohlen ging er auf Südkurs, denn er hatte genug von dem Versteckspiel. Er wollte nach Hause, wollte eine Tablette schlucken und dann ins Bett. Das verlangte vor allem sein Kopf. Auf leisen Sohlen schlich er zur nächsten Hausecke. Die Stadt rührte sich nicht. Noch einmal wartete er, lauschte, drehte seinen riesigen Kopf und schlug den direkten Weg zur Libaviusstraße ein.

»Na bitte«, murmelte er erleichtert.

Gleich zwei Autos tauchten plötzlich auf, kreuzten seinen Weg, fuhren viel zu schnell durch das schlafende Nürnberg. Als die Fahrgeräusche verhallt waren, blieben die vertrauten Schritte übrig.

Er hielt an und drehte seinen Kopf.

Es waren die Schritte. Noch waren sie nicht in seiner Nähe, aber sie waren da. Als ob der Verfolger sein Ziel kannte.

Sie wurden lauter. Lauter und schneller.

Gundermann rollte mit den Augen und setzte sich in Bewegung. Er wich von seinem Heimweg ab und ging mit schnellen Schritten nach Osten in Richtung Judengasse. Plötzlich keimten Zweifel auf. Hörte er tatsächlich dieselben Schritte? Oder waren es ganz andere? Er blieb stehen, wartete, bis sich die Schritte genähert hatten, und versuchte, ihre spezifischen Merkmale zu bestimmen.

»Nein, es ist derselbe Mann«, hauchte er und ging weiter.

Eine Litfaßsäule. Harry Lime kam ihm wieder in den Sinn. Gundermann konnte zwar nicht hineinsteigen und im Untergrund verschwinden. Aber er konnte sich verbergen, zugleich aber jederzeit wieder verschwinden. Eine Litfaßsäule besaß unzählige Hinterausgänge.

Sein Magen. Bislang hatte sein Kopf sein körperliches Befinden bestimmt. Nun aber verlangte auch sein Magen, von ihm beachtet zu werden. Ihm wurde flau. Er hatte plötzlich das Gefühl, als würde sein Magen wegsacken. Durch die Gedärme hindurch direkt auf die Straße. Schweißperlen standen auf seiner Stirn. Kalter Schweiß. Sein Kreislauf hatte die Lust verloren, wollte nun auch nach Hause, wollte ins Bett.

Gundermann umarmte die Litfaßsäule, klammerte sich fest, keuchte, kämpfte. Für einen Moment verlor er die Kontrolle über die Schritte. Als er sie wiedererlangte, waren sie verstummt. Die Autos waren da, die urbane Klangkulisse, ferne Musik, nicht aber die Schritte.

Langsam drehte er sich um, eine Hand noch immer an der Säule.

Geparkte Autos, Häuserfronten. Niemand stand hinter ihm.

Er umrundete die Säule, auf der ein riesiges Plakat für eine Partnerbörse im Internet warb. Unentwegt, pausenlos, permanent und allen gesellschaftlichen Widrigkeiten zum Trotz, so versprach die Werbung, würde sich jemand online verlieben. *Love Is All Around* von den Troggs kam ihm in den Sinn. Schon sehr bald, so schien es, würde es keine Singles mehr geben. Eine aussterbende Spezies.

Die schöne Frau auf dem Plakat. Er war zurück, hatte die Säule einmal umrundet, ohne etwas oder jemanden entdeckt zu haben. Die Schritte blieben stumm. Dafür hatte er jetzt eine Ahnung, wie es dazu kam, dass in der Presse ab und zu von Betrunkenen die Rede war, die Litfaßsäulen umrundeten, als würden sie nach einem Ausgang suchen. Er hegte die Hoffnung, dass seine Umkreisung nicht bemerkt worden war. Er löste sich von seinem Halt, von der jungen Frau, die nicht gerade den Eindruck machte, auf einen Onlinedienst dieser Art angewiesen zu sein.

»Du bist ein Idiot«, ging er mit sich ins Gericht. »Ein paranoider Idiot.«

Auch nach einem Häuserblock meldeten sich die Schritte nicht zurück, blieb der Schatten im Verborgenen. Gundermann ging also nach Süden und erreichte unbehelligt die Libaviusstraße. Sein Magen hatte sich auch ein bisschen beruhigt und signalisierte inzwischen eher Appetit als Unwohlsein. Sein Kopf war allerdings noch immer groß wie eine Wassermelone. Seine Hand ertastete die Türschlüssel für den privaten Seiteneingang. Er hatte es fast geschafft, blieb aber vorsichtig. Vor der kleinen Parfümerie blieb er stehen und zog sich kurz in den Eingangsbereich zurück. Er wollte nicht auf den letzten Metern noch überrascht werden. Die kleine Straße, an deren Ende die Apotheke lag, war ruhig. Selbst die Hintergrundgeräusche schienen hier leiser zu sein als in der übrigen Stadt. Es war eben eine schöne Straße, zentral und doch wie eine Insel.

Gundermann lächelte wie Harry Lime und trat ans Licht. Mit nun wieder sicheren Schritten bewältigte er den Rest des Weges und stand endlich vor der Tür. Er zog die Schlüssel aus der Tasche und steckte den ersten ins Türschloss. Das zweite Schloss befand sich in der Mitte der Tür und gehörte zu einem Panzerriegel. Apotheken waren beliebte Einbruchsobjekte.

Als er den Schlüssel drehte, spürte er den Atem. Ein lauter, kräftiger Atem. Er drehte sich um. Der Schatten hatte ihn doch noch erwischt. Der Schweiß kehrte auf der Stelle zurück, sein Magen wollte ihn verlassen, wollte ihn zurücklassen. Kein Wunder, denn der Schatten war ein mächtiger. Er gehörte einem Geologen, der ihn mit großen Augen ansah.

»Mensch, Gerhard! Hast du mich erschreckt!«

»Das war nicht meine Absicht.«

»Wie kommst du denn hierher?«

»Zu Fuß. Genau wie du. Was soll die Frage?«

»Ich meine, was machst du hier?«, fragte Gundermann vorwurfsvoll, dessen Magen noch nicht wieder zurück war.

»Ich bringe dir deine Brieftasche. Die hast du vorhin liegen lassen«, antwortete Stanger und reichte ihm das schwarze Leder.

»Dann bist du mir durch die halbe Stadt gefolgt?«

»Dir folgen? Wie denn? Als ich dir nach bin, warst du verschwunden. Okay, hab ich gedacht, dann bringst du sie ihm eben morgen. Dann ist mir eingefallen, dass morgen meine Schwiegereltern kommen und ich kochen muss. Ist ja eh eine kurze Nacht. Da hab ich gedacht, ich bringe sie dir gleich. Aber du warst nicht da.«

»Ich war bei der Burg.«

»Was hast du denn da gemacht?«

»Das ist eine lange Geschichte. Erzähle ich dir mal bei Gelegenheit.«

»Na gut. Ich bin dann also wieder zurück. Ich muss ja sowieso in diese Richtung. Und plötzlich glaubte ich, dich zu sehen. Auf dem Hauptmarkt. Aber du bist abgehauen. Wie ein Wiesel. Oder warst du das gar nicht?«

»Keine Ahnung«, log Gundermann. »Ich bin einfach nur nach Hause. Hab nicht auf den Weg geachtet.«

»Der Dornfelder«, grinste Stanger. »Du bist nicht im Training. Stimmt's?«

»Mag sein. Aber wie ...?«

»Ich bin dir gefolgt. Oder dem Mann, den ich für dich gehalten habe. Aber ich habe ihn verloren. Da bin ich einfach direkt hierher. Irgendwann musstest du ja kommen.«

»Stimmt. Danke.«

»Keine Ursache«, strahlte Stanger, der als trinkfest bekannt war und noch nie über einen Kater geklagt hatte. »Ich hau mich jetzt aufs Ohr. Lohnt sich eigentlich kaum noch, aber besser als nichts.«

»Dann gute Nacht. Bis die Tage.«

»Bis die Tage«, lächelte Stanger, als könne er in Gundermanns Kopf sehen, und wurde wieder zum Schatten. Seine Schritte waren noch lange zu hören. Ob es aber die waren, die Gundermann verfolgt hatten, wusste er nicht, und es war ihm in diesem Moment auch egal.

Er schloss die Tür hinter sich und kroch in sein Schlafzimmer. Ohne eine Tablette, ohne sich auszuziehen, ohne Imbiss ließ er sich auf sein Bett fallen.

16

Gundermann sah auf dem Tresen die Post durch, übergab die Hälfte dem Altpapier, sortierte Geschäftliches und Privates, Rechnungen und Werbung. Ein werktägliches Morgenritual.

Ein großer Umschlag. Format C4. Er schlitzte ihn sofort mit dem Brieföffner auf. Das *Buchner-Magazin*, benannt nach seinem Herausgeber. Eine kleine Amateurzeitschrift, die vierteljährlich erschien. Darauf hatte er seit Tagen gewartet. Seite 18. Harald Graf, Neustadt an der Aisch: »Zum inneren Aufbau der Zwischenverstärker«.

»Karin? Ich bin hinten.«

Mit dem Magazin in der Hand verschwand er in sein Büro und warf sich in den Sessel. Ein langer Beitrag. Fast acht Seiten. Eine Zeichnung war auch abgedruckt, offenbar von Graf selbst angefertigt. Ein Querschnitt durch eine der unbemannten Verstärkerstationen.

Der Autor begann mit dem längst Bekannten, erklärte zunächst Grundlegendes. Das Fernkabel 502. Die Vielbandzwischenverstärker. Das Bildtelefon. Das Verstärkeramt. Für Gundermann war es das Echo vom Echo, das er nicht mehr hören wollte. Nach drei Seiten stand er kurz davor, das Magazin zur Seite zu legen, blieb aber diszipliniert. Auf der fünften Seite wurde es dann doch noch spannend. Er quälte sich nicht länger durch die Sätze, er verschlang den Text, denn die Wiederholungen hatten ein Ende. Endlich betrat Graf Neuland.

»... muss bezweifelt werden, dass Aluminiumplatten tatsächlich als Abschirmung für die kleinen Anlagen ausgereicht haben. Das einzig geeignete und zudem auch noch leicht verformbare Metall für den gewünschten Effekt ist Gold, während Blei und Kupfer aus den bereits genannten Gründen ausscheiden.«

Über Gundermanns Gesicht huschte ein Lächeln.

Er las weiter.

»War das Projekt für die Reichspost und die Nationalsozialisten wichtig genug, um das Problem auf diese Weise zu lösen? Meiner Ansicht nach war es das. Der Welt sollte im Zuge der Olympischen Spiele 1936 ein technisch hochmodernes Deutschland präsentiert werden. Die Fernseh-Telefonzellen waren für diesen Zweck bestens geeignet. Daher ist anzunehmen, dass der Reichspost die erforderlichen Mittel, die immer wieder auftretenden Störungen zu beheben, bereitgestellt wurden. Goldreserven standen ohnedies genügend zur Verfügung. Jedoch musste auf größte Geheimhaltung geachtet werden, denn die zahlreichen Verstärkerstationen konnten nicht Tag und Nacht bewacht werden. Man beließ es also bei der offiziellen Version, dass Aluminium verbaut worden war. Das ist auch der Grund, warum in den erhalten gebliebenen Dokumenten Hinweise auf das Gold fehlen. Aber es hat an anderer Stelle Spuren hinterlassen. So etwa ist der Verbleib von zwei Tonnen Gold aus den Beständen der Reichsbank, die dort am 12. Juni 1935 als …«

Die Tür zum Laden flog auf.

»Johannes, könntest du mal kommen? Hier hat jemand ein Rezept, das ich nicht verstehe.«

»Jetzt nicht, Karin. Es geht gerade wirklich nicht.«

Mit bitterer Miene verschwand seine Helferin wieder.

»Nach Golde drängt, am Golde hängt doch alles. Ach wir Armen!«, zitierte Gundermann. »Das ist es also. Natürlich.

Unser Täter ist ein Schatzsucher, ein Goldgräber. Er sucht nach den Verstärkerstationen. Nach denen, die nicht ausgegraben wurden, die vergessen wurden, nach denen, die es auf den bekannten Karten gar nicht gibt.«

Gundermann wühlte in den Papieren, Magazinen, Heften, Unterlagen auf seinem Schreibtisch, fand endlich seine Karte und betrachtete die Kreuze.

»Und trotzdem. Da passt was nicht zusammen. Wo der gegraben hat, da hat das Kabel nicht gelegen. Es sei denn, diese Karte ...?«

Er setzte sich an den Rechner und loggte sich bei Koax ein. Kaum hatte sich das Forum geöffnet, gab er Gold in die Suchmaske ein. Gleich dreiundzwanzigmal tauchte das Edelmetall in den Einträgen auf.

»Na bitte. So einfach ist das. Man muss nur die richtigen Fragen stellen.«

Er war mitten in einem heftigen Schlagabtausch gelandet. Diesmal ging es nicht um die Anzahl der Verstärkerstationen, sondern um die Abschirmung und Grafs Schlussfolgerungen. RadarMan hielt die Goldtheorie für einen simplen Irrtum des Autors.

»... ist hier Graf, der ansonsten sehr sauber arbeitet, einer falschen Spur gefolgt. In keinem Fall wäre der Reichspost für dieses Projekt Gold in dieser Größenordnung überlassen worden. Graf überschätzt ganz einfach die Bedeutung des Kabels für die Nazis.«

Phaser hingegen hatte keinen Zweifel am Gold. Im Gegenteil, erst jetzt schienen ihm die historischen Zusammenhänge plausibel.

»Der Grund für die widersprüchlichen oder fehlenden Dokumente ist nun dank Herrn Graf aufgeklärt. Die Verwendung von Gold für die Abschirmung in den Verstärkerstationen musste unter allen Umständen geheim bleiben, sonst wäre das ganze Projekt gefährdet gewesen. Graf hat die Bedeutung nicht über-, sondern unterschätzt. Mithilfe des Koaxialkabels sollte eines Tages das ganze Deutsche Reich mit Fernsehprogrammen versorgt werden, die vom Feind nicht manipuliert werden konnten. Darum ging es. Darum war das Gold für die Versuchsstrecken so wichtig.«

Rabulist unterstützte RadarMan, pochte auf die bekannten Karten, die bekannten Dokumente. Phaser konterte umgehend, sprach beiden jegliche Kompetenz ab.

»... typisch für diese Art der bornierten Argumentation. Wo ein Dokument fehlt, da war auch nichts. Als ob Geschichte nicht stattgefunden hat, wenn Unterlagen fehlen. Sie hat aber stattgefunden. Das Kabel wurde verlegt, die Stationen wurden gebaut. Das hat doch nichts damit zu tun, dass bestimmte Vorgänge nicht dokumentiert wurden. Ganze antike Städte werden ausgegraben, deren Entstehung nicht dokumentiert wurde. Und dennoch existieren sie. Erbsenzähler wie RadarMan würden sie sofort wieder eingraben lassen. Die armen Archäologen müssten erst einmal ...«

Dann verstummte der Disput zunächst. Andere Themen wurden wichtiger. Die Fernsehsprechzellen, die Abtastung, das Prozedere, der mögliche Einsatz der Technologie im Krieg. Erst nach vier Monaten meldete sich Phaser wieder zu Wort. Mit einer neuen, noch unbekannten Karte, die er in einem Privatarchiv entdeckt hatte.

»... kommt einer Sensation gleich und belegt Grafs Theorie eindrucksvoll. Allein im Neustädter und Nürnberger Raum sind 14 bislang unbekannte Stationen vermerkt. Auch die Führung des Kabels durch das Gelände ist eine andere als auf den bekannten Karten. Es ist daher völlig klar ...«

Die Antworten von Rabulist und RadarMan ließen nicht lange auf sich warten. In scharfem Ton griffen sie Phaser an, verlangten Auskunft über das Privatarchiv, über die Karte, über alles.

»... spricht auch noch dagegen, dass die Alliierten bei Ausgraben der bekannten Verstärkerstationen das Gold entdeckt hätten. Das war für sie bestimmt kein Grund, die Grabungen zu beenden. Ganz im Gegenteil, sie hätten mit Sicherheit ...«

Rabulist bezeichnete Phaser als »Spinner«.

Zunehmend fanden Beschimpfungen Eingang in den Disput. Ein regelrechter Wutausbruch von Phaser war die Folge. Jetzt, da er Dokumente geliefert habe, würden RadarMan und Rabulist ihre wahren Gesichter zeigen. Sie seinen weiter nichts als Ignoranten.

Wenige Einträge später hatten die Kontrahenten die gängigen Regeln einer derartigen Auseinandersetzung vollends aufgegeben und tauschten nur noch Schimpfwörter und Drohungen aus. Dann meldete sich Koax höchstpersönlich zu Wort und forderte die Parteien auf, den Streit zu beenden und das Thema zunächst ruhen zu lassen. Als letztes Mittel bliebe noch die Sperrung, der Ausschluss aus dem Forum. Der Appell zeigte Wirkung, Phaser, Rabulist und RadarMan lenkten ein.

Der Begriff Gold tauchte nicht mehr auf.

Auf Gundermanns Stirn versammelten sich für Sekunden ein paar Falten. Er vermisste etwas. Einen Namen, eine Meinung, einen User. Als er Koax eingab, fand er seinen Verdacht bestätigt. Koax war überall zu finden, beteiligte sich an jeder Diskussion, bezog zu fast jedem Thema Stellung, insbesondere, wenn RadarMan mit von der Partie war. Zum Gold aber hatte er beharrlich geschwiegen und die Eskalation genutzt, um die entsprechende Diskussion zu unterbinden. Dabei war es dann auch geblieben. Niemand hatte das Thema später wieder aufgegriffen. Es war aus dem Forum verschwunden. Ohnehin hatte es nur ein paar Teilnehmer interessiert. Ein Nebenthema, das anderen wohl doch zu spekulativ war.

»Warum hat er geschwiegen?«, dachte Gundermann laut und kraulte sich das Kinn. »Weil ihn das Thema nicht interessiert? So wie die anderen? Nein, nein. Umgekehrt wird ein Schuh draus. Es interessiert ihn sogar brennend. Das soll nur niemand merken. Bestimmt hat er geschwitzt, als sich Phaser mit der Karte zurückgemeldet hat. Aber löschen konnte er sie nicht. Damit hätte er sich verdächtig gemacht. Er hat nur geschwiegen und dann die Gunst der Stunde genutzt. Der Streit hat ihm bestens in den Kram gepasst.«

Er lehnte sich zurück, verschränkte die Arme hinter seinem Rücken und starrte auf die große Uhr an der Wand.

»Koax, mein Freund, du bist kein Dummkopf. Du hast dir dieses Forum nicht ohne Hintergedanken einfallen lassen. Wetten? Du hast es dir einfallen lassen, um das Thema zu besetzen, um die Szene zu kontrollieren. Nein, dumm bist du wirklich nicht. So weißt du immer, was läuft. Und was die anderen wissen. Sofern sie es preisgeben, natürlich. Aber sie tun es ja, wie man sieht. Doch das Gold hat dich jetzt verraten. Du hättest mitmachen sollen, mein Freund. Ganz so schlau bist du also doch nicht.«

Gundermann ließ seinen Blick über den chaotischen Schreibtisch schweifen, über die Magazine und Artikel, von denen einige auf dem Teppich gelandet waren.

»Du warst es, Koax. Du hast Graf und Dengler auf dem Gewissen. Du hast sie aus dem Verkehr gezogen, damit das Gold nicht wieder auftaucht. Du hast Angst gehabt, dass es die Szene verlässt, dass die *Nürnberger Nachrichten* oder

der *Bayerische Rundfunk* darüber berichten. Das Frankengold in der *Frankenschau*. Was für ein Albtraum. Alles wäre für dich verloren gewesen. Darum hast du auch alle Hinweise im Museum beseitigt. Wer weiß, was du in Berlin hast mitgehen lassen. Und Grafs Nachlass hast du auch gesichtet. Da brauche ich mir gar keine Mühe mehr zu geben. Die Auseinandersetzung mit der Witwe oder diesem Erlwein kann ich mir ersparen.«

»Mit wem sprichst du?«

Gundermann fuhr zusammen und aus seinen Gedanken. In der Tür zur Treppe stand seine Mutter mit vorwurfsvollem Blick.

»Mit niemandem. Ich habe nur laut gedacht.«

»Geht es dir auch gut, Hansi?«

»Bestens, Mutti.«

»Das sagst du so leicht. Aber stimmt es auch? Ich mache mir Sorgen, mein Kind. Du hast dich verändert in letzter Zeit. Du bist anders als früher.«

»Zum Glück«, lächelte er sie an und stand auf. »Menschen müssen sich verändern.«

»Aber doch nicht so! Sieh dir mal den Schreibtisch an. Bei deinem Vater sah der ganz anders aus. Die Papiere waren sortiert. Alles hatte seinen Platz. Der Locher. Der Klammeraffe. Die zwei Telefonapparate. Das Adresskarussell. Wie schön das immer aussah. Und jetzt? Wie bei einem Philosophiestudenten!«

»Es ist ja auch nicht Papa, der hier arbeitet, sondern ich. Und ich komme bestens damit zurecht«, ärgerte sich Gundermann. »Es ist eben meine Art von Ordnung.«

»Deine schönen Briefmarken siehst du dir auch nicht mehr an«, legte seine Mutter nach. »Du hast so viele Alben. Das ist doch eine schöne Freizeitbeschäftigung.«

»Im Moment habe ich keine Zeit.«

»Das hab ich deinem Freund auch gesagt.«

Gundermann stand auf und ging zwei Schritte auf seine Mutter zu.

»Welchem Freund? Rainer? Gerhard? Seit wann rufen die denn oben bei euch an?«, wunderte sich Gundermann.

»Nein, der hieß anders. Aber ich bin extra nach unten gekommen, um es dir zu sagen.«

»Mutti, wer war der Mann?«

Gabriele Gundermann machte ein hilfloses Gesicht.

»Ich ... ich weiß es nicht mehr. Ich kann mich nicht erinnern. Nein, er hat seinen Namen gar nicht genannt. Ein Freund von dir eben. Und was für ein netter. So eine warme, angenehme Stimme. Ja, er hat nur gesagt, er sei ein alter Freund von dir.«

»Warum hast du ihn dann nicht nach unten gestellt? Auf meinen Apparat?«

»Aber er hat ja gar nicht nach dir verlangt«, antwortete seine Mutter mit einer Spur Empörung. »Er hat sich bloß nach dir erkundigt. Wie es dir geht und was du gerade so machst.«

»Da hat er ja mit der Richtigen gesprochen«, stöhnte Gundermann.

»Wo er doch dein Freund ist«, rechtfertigte sich seine Mutter.

»Alt oder jung?«

»In deinem Alter, würde ich sagen. Wirklich, ein netter Mann.«

»Wollte er etwas Bestimmtes wissen?«

Gabriele Gundermann überlegte kurz.

»Nein, ich glaube nicht ... er wollte nur so allgemein ...«

Sie kniff die Augen zusammen.

»Doch, er hat etwas gefragt. Ja, genau. Nach diesem Kabel, das dich so interessiert. Da hab ich ihm erzählt, dass du sogar nach Berlin gefahren bist. Wegen dieser wissenschaftlichen Tagung. Aber eben auch wegen dieses Kabels, das die Nazis verlegt haben. Du warst doch in diesem Museum?«

Gundermann holte tief Luft und sah seiner Mutter strafend in die Augen. Mehr konnte er nicht tun. Selbst wenn er sie hartnäckig instruieren würde, in Zukunft derartige Anrufe gleich auf seinen Apparat umzuleiten, würde sie erneut so handeln. Sie erzählte für ihr Leben gern. Vor allem von ihm.

»Ach ja, ich soll dir auch etwas ausrichten, hat er gesagt. Ich weiß zwar nicht, was es bedeuten soll, aber ich habe das Wort aufgeschrieben«, sagte sie und reichte ihm einen gelben Zettel von einem Notizblock. »Irgendwas hat er dazu gesagt. Es soll wohl ein Hinweis oder so etwas sein. Nein, du sollst dich in Acht nehmen. Ich weiß es nicht mehr genau.«

Gundermann las flüsternd die vier Buchstaben: »Koax.«

17

Der große Saal des Wirtshauses *Zum Eber* war zur Hälfte gefüllt. Gundermann schätzte, dass etwa dreißig Interessierte den Weg in den Fachwerkbau aus dem 17. Jahrhundert gefunden hatten, um sich über die Geschichte der Aischtalbahn zu informieren. Die Bayerische Staatsbahn hatte die Strecke 1904 eingerichtet, die Neustadt an der Aisch bis 1993 mit Uehlfeld verbunden hatte. Längst waren die Schienen demontiert und die Trasse in einen Fahrradweg verwandelt worden. Ein erstklassiges Untersuchungsobjekt für die Heimatforschung also.

Aber deswegen war Gundermann nicht nach Neustadt gefahren. Auch nicht wegen der Viertelente mit Kloß, deren Bestellung mehr oder weniger obligatorisch war. Schon gar nicht wegen der toten, ausgestopften, verstaubten Schwarzwildköpfe, die von den Wänden in den Saal starrten. Auf schwarz-weißen und sepiabraunen Fotos posierten Jäger stolz vor ihrer Jagdbeute und fühlten sich als Herren des Waldes. Von der Wand neben dem imposanten Kachelofen glotzten die Glasaugen von toten, ausgestopften, verstaubten Fasanen und Rebhühnern auf die Gäste. Ein einsamer Karpfen fristete sein Leben nach dem Tode auf der anderen Seite des Kachelofens. Dass er ebenfalls eine Trophäe der Herren des Waldes war, hielt Gundermann für unwahrscheinlich. Er konnte auch keine Einschusslöcher erkennen.

Seine Aufmerksamkeit galt ohnehin nur kurz der präparierten Tierwelt, denn er lauerte ganz anderer Beute auf, nämlich der Zunft der Heimatforscher. In der Nähe der Tür ordnete er Gesichtern Namen zu, suchte Bekannte, grüßte ab und zu ein Augenpaar, schüttelte Hände. Die Stimmung schien gut zu sein, der Abend versprach, vergnüglich zu werden.

»Schön, dass Sie kommen konnten«, freute sich Peter Hilbig.

»Diesmal ist der Anlass weitaus erfreulicher«, meinte Gerald Bittner. »Hühnerfelds Vorträge sind immer gut.«

Beide hatte er zuletzt auf der Gedenkfeier für Harald Graf getroffen.

»Du hier?«, wunderte sich Norbert Frühauf, ein Philatelist aus Erlangen, den er von Briefmarkenbörsen und Veranstaltungen ganz anderer Art her kannte. »Bist du neuerdings unter die Trainspotter gegangen? Seit wann interessierst du dich denn für die Eisenbahn?«

»Schon immer«, antwortete er.

»Sammelst du auch?«

»Bitte?«

»Ho?«

»Modellbahnen? Nein, mich interessiert nur die Geschichte der Bahn.«

Neue Gesichter trafen ein. Unbekannte Gesichter.

»Ist er dabei?«, fragte Rainer, den Gundermann als Unterstützung mitgebracht hatte.

»Leider nicht. Aber noch ist ja Zeit.«

Gundermann hoffte auf Karlheinz Nahr, der kürzlich so unvermittelt in seiner Apotheke gestanden hatte. Er wollte wissen, wie dieser sich ihm gegenüber verhielt, wollte wissen, ob nicht vielleicht er der Anrufer gewesen war, der sich seiner Mutter gegenüber als sein Freund ausgegeben hatte.

Die Lautstärke nahm zu, der Saal füllte sich mit weiteren Männern über vierzig. Frauen und Jüngere bildeten ausgesprochene Randgruppen. Ein großer Mann mit grauem Vollbart betrat den Raum.

»Ist er das?«, fragte Rainer.

»Nein. Nie gesehen.«

Aber andere kannten die charismatische Erscheinung, begrüßten den Mann freudig, klopften ihm auf die Schulter. Ein breitschultriger, muskulöser Mann, wie Gundermann bemerkte.

Dann betrat Heiner Breitstein den Saal, den Gundermann noch gut in Erinnerung hatte. Der Antiquitätenhändler entdeckte ihn nach ersten sondierenden Blicken in die Menge und kam umgehend auf ihn zu, erregt, mit zerzaustem Haar, angetrunken, aber nicht betrunken.

»Sie schon wieder!«, giftete er ihn ohne Umschweife an, trat ihm fast auf die Füße, bedrängte ihn, packte seine Ärmel. »Hatte ich Ihnen nicht gesagt, dass Sie in Ihrer Stadt bleiben sollen? Jetzt können Sie sich ...«

»Was kann er?«, grätschte Rainer zwischen die beiden und drängte Heiner ab, der sich ohne Erfolg gegen einen Mann stemmte, der größer und kräftiger war als er.

Im Saal wurde es schlagartig still, sämtliche Augen richteten sich auf den Krisenherd.

»Noch so einer aus Nürnberg!«, pöbelte Heiner und versuchte, seinem Gegner auszuweichen, wurde aber von Bittner daran gehindert.

»Jetzt reicht es aber, Heiner! Hier ist jeder willkommen, und wenn er aus Nairobi oder Schanghai kommt! Oder eben aus Nürnberg.«

»Der hat ja schon wieder einen sitzen!«, mischte sich ein unbekannter Mann in Gundermanns Alter ein. »Wie beim letzten Mal. Ich schlage vor, Sie gehen nach Hause, Herr Breitstein!«

»Man darf doch wohl noch ein Bier trinken!«, wehrte sich Heiner gegen die Vorwürfe.

»Eines schon«, sagte Bittner.

»Auch gegen ein zweites ist nichts einzuwenden«, meinte der Unbekannte. »Aber bei Ihnen dürften es wohl mehr gewesen sein.«

»Na und?«, schimpfte Heiner und strich sich mit der Hand durch sein unfrisiertes Haar. »Dann waren es eben mehr! Der Typ gehört trotzdem nicht hierher! Der sorgt nur für Ärger!«

»Wenn hier jemand für Ärger sorgt, dann bist du es!«, hielt ihm Bittner entgegen.

»Ihr werdet euch noch wundern«, prophezeite Heiner laut. »Ich sage euch, mit dem Apotheker aus der Stadt werdet ihr noch Spaß haben. Ich kenn diese studierten Klugscheißer. Der macht euch Ärger. Denkt an meine Worte!«

»Mit Sicherheit«, grinste Bittner. »Und jetzt mach dich vom Acker, du Landei! Ist besser so.«

»Okay, okay, hab schon kapiert«, sagte Heiner, drehte sich um und verließ demonstrativ langsam den Saal. »Denkt an meine Worte!«

Nach Heiners Abgang schwoll der Geräuschpegel wieder an, fanden die Bahnfreunde zurück in ihre Gespräche oder thematisierten den Vorfall.

»Wer ist das eigentlich?«, fragte Gundermann mit leicht errötetem Kopf.

»Heiner Breitstein? Ein Antiquitätenhändler. Hat hier in Neustadt einen kleinen Laden. Weichholzmöbel, ein paar Gemälde, Geschirr. Nichts Besonderes«, erklärte Bittner. »Nüchtern ist er eigentlich ganz nett.«

»Schwer zu glauben«, meinte Rainer.

»Aber was ist sein Problem mit mir?«, fragte Gundermann.

»Das kann ich nur vermuten«, sagte Bittner. »Heiner ist eine verkrachte Existenz. Sein Laden läuft schlecht, seine anderen Geschäfte auch. Ach ja, er hat auch mal ein paar Semester studiert. Geschichte, soweit ich weiß. Hat aber nie einen Abschluss gemacht.«

»Ich verstehe«, sagte Gundermann. »Er sieht sich als Opfer und machte Leute wie mich für seine Lage verantwortlich.«

»Mehr oder weniger«, stimmte Bittner zu. »Ihre Nase passt ihm einfach nicht. Ist ja auch egal, wen es trifft. Er ist mir schon länger ein Dorn im Auge. Ich denke, die Tage seiner Mitgliedschaft sind gezählt.«

»Mitgliedschaft?«

»Im Geschichtsverein Aischgrund«, erklärte Bittner. »Und da ich der Vorsitzende dieses Vereins bin …«

»… hat er schlechte Karten«, sagte Rainer.

»So, und jetzt schlage ich vor, das Thema zu wechseln und uns Erbaulicherem zuzuwenden, nämlich der Aischtalbahn«, lächelte Bittner und arbeitete sich durch die Menge vor bis zum Podium. Gundermann und sein Freund suchten sich Plätze an einem der hinteren Tische. Die Menge beruhigte sich schnell, das Licht wurde gedimmt, Gerald Bittner genoss es, im Spot einer kleinen Lampe zu stehen.

»Sehr geehrte Damen und Herren, liebe Freunde! Ich freue mich, dass so viele …«

Die Begrüßungsansprache war ermüdend, aber lang. Bittner, dessen aktuellen Beruf Gundermann nicht kannte, war einfach kein Redner. Schon seine Stimme konnte mühelos mit vielen Schlafmitteln konkurrieren. Inhaltlich kreiste er um den Verein, bevor er endlich auf den Vortragsredner und das anschließende Entenessen zu sprechen kam.

»... wünsche ich einen spannenden und unterhaltsamen Abend und übergebe nun das Wort an unseren Referenten Friedrich Hühnerfeld.«

Verhaltener Beifall begleitete den Wechsel hinterm Podium. Hühnerfeld, der ein Manuskript in Händen hielt, kam Gundermann bekannt vor, ohne dass er sich entsinnen konnte, wo er ihn gesehen hatte. Wahrscheinlich bei einer ähnlichen Gelegenheit. Ein Mann um die fünfzig mit kurzem, aber vollem Haar, das noch nicht ergraut war. Hühnerfeld stellte sich kurz vor und kam schnell auf den Punkt. Der Vortrag erwies sich als anregend und unterhaltsam, setzte auf Anekdoten und Humor. Jemand, der sein Thema und seine Person nicht tödlich ernst nahm. Zwischenapplaus und Lacher waren der verdiente Lohn.

Gundermann wanderte mit seinem Blick durch die Reihen, vermaß die Schultern und Köpfe, fahndete nach dem Mann, dem er bei Cadolzburg in die Quere gekommen war. Ein kräftiger Mann, ein drahtiger Mann. Gleich mehrere kamen infrage, er hatte die Qual der Wahl.

»... hätte der Bahnhof von Demantsfürth auch einer Kleinstadt nicht schlecht zu Gesicht gestanden. Dabei wird Demantsfürth noch nicht einmal ...«

Wieder gab es Applaus. Auch Gundermann klatschte, obwohl er den Vortrag nur mit halbem Ohr verfolgt hatte.

»Schon jemandem im Visier?«, fragte Rainer leise.

»Nicht wirklich. Ich habe einfach nicht genug Anhaltspunkte.«

»... ist die Frage, warum die Strecke nicht bis Höchstadt geführt wurde, gar nicht so leicht zu beantworten«, fuhr der Mann hinterm Podium fort.

Gundermann gab auf. Von seiner Position aus und bei dem schummerigen Licht war seine Fahndung sinnlos. Also konzentrierte er sich auf den Vortrag, der auch ihn unterhielt. Der Redner verstand sein Handwerk. Am Ende wurde er mit reichlich Beifall bedacht. Bittner bedankte sich und überreichte ihm als Dank einen Bocksbeutel. Scheurebe, vom Feinsten. Eine letzte Verbeugung, und die Aischtalbahn kehrte zurück in die Vergangenheit, aus der sie für kurze Zeit gerissen worden war.

Das Saallicht verscheuchte die letzten Schatten, die zweiflügelige Tür wurde für die Viertelenten geöffnet, die nun nach und nach die Tische erreichten. Gundermann und sein Freund zählten zu den Letzten, die von den Serviererinnen bedacht wurden.

»Sieht gar nicht mal so schlecht aus«, meinte Rainer und griff freudig zu Messer und Gabel.

Gundermann war nicht ganz so begeistert. Nach dem ersten Bissen erhärtete sich sein Verdacht.

»Meine Ente war wohl länger unterwegs als deine. Der Weg vom Nordkap ist ja auch weit.«

Rainer zählte zu den schnelleren Essern. Keine Viertelstunde, und er schob seinen Teller von sich und verschwand zum Klo. Gundermann kämpfte noch mit dem Kloß. Das Gerippe vor ihm schien eher einem Spatz gehört zu haben.

Eine leichte Erschütterung signalisierte ihm die Rückkehr seines Freundes. Doch als er seinen Kopf hob, blickte ihn Friedrich Hühnerfeld an.

»Sie sind also der Mann, der sich so vehement für Harald Graf interessiert«, sagte er, ohne sich vorzustellen. Ein Mann mit einem schmalen Gesicht und großen, braunen Augen, die ihn herausfordernd ansahen.

Gundermann brauchte ein paar Sekunden.

»Ja, ich schätze seine Artikel sehr. Schade, dass es keine weiteren geben wird. Wieso interessiert Sie das?«

»Ihr Besuch bei seiner Witwe hat sich herumgesprochen«, antwortete Hühnerfeld kühl. Von dem unterschwelligen Humor, mit dem er seinen Vortrag gewürzt hatte, war nichts mehr zu spüren.

»Eine arme Frau. Ihre Zukunftspläne gehen nun nicht mehr in Erfüllung.«

»Was haben Sie eigentlich mit Ihrem Besuch bezweckt?«, ließ Hühnerfeld nicht locker.

»Ein reiner Kondolenzbesuch. Warum fragen Sie?«, sagte ihm Gundermann gezielt in die braunen Augen, während er weiterhin seinen Kloß bearbeitete.

»Das will ich Ihnen sagen. Sie hat sich von Ihnen bedrängt gefühlt, vielleicht sogar bedroht. Sie hat Ihren Auftritt, Ihre Neugier als ... als äußerst unangenehm empfunden, Herr Apotheker.«

»Oh, das war nicht meine Absicht«, erwiderte Gundermann und spielte den Gelassenen. »Ich wollte lediglich Interesse an der Arbeit ihres Mannes bekunden. Ihn wertschätzen. Es tut mir leid, wenn Frau Graf mich da missverstanden hat.«

»Mag sein«, wurde Hühnerfeld etwas vorsichtiger. »Sie hat mich auf jeden Fall gebeten, Ihnen mitzuteilen, Sie möchten doch von weiteren Besuchen absehen.«

»Wenn sie darauf besteht? An einen weiteren Besuch hatte ich sowieso nicht gedacht.«

»Ich werde es ihr ausrichten«, lächelte Hühnerfeld. »Finden Sie es nicht auch merkwürdig, dass ich sicher war, Sie hier zu treffen?«

»Wie kommen Sie darauf? Was ist daran so merkwürdig?«

»Ich kann Ihnen auch sagen, warum ich so sicher war. Weil die meisten hier Harald Graf kannten, einige sogar gut. Wegen der Aischtalbahn sind Sie nicht extra aus Nürnberg angereist. Nein, nein, das kaufe ich Ihnen nicht ab. Sie kommen zur Gedenkfeier, Sie besuchen seine Frau, Sie lassen sich seine Unterlagen im Museum zeigen. Sie führen etwas im Schilde, Herr Apotheker. Ich weiß nicht, was, aber ich rate Ihnen, vorsichtig zu sein. Vor allem, was Frau Graf betrifft. Guten Abend.«

Der Mann stand auf und machte Platz für Rainer, der in diesem Augenblick am Tisch eintraf, als hätten sich die beiden Männer abgesprochen.

»Probleme? Du machst so ein Gesicht«, erkundigte sich sein Freund besorgt und setzte sich.

»Probleme? Nein. So würde ich das nicht nennen. Eher ein Signal, ein Hinweis. Mir ist übrigens auch eingefallen, woher ich das Gesicht kenne. Dieser Hühnerfeld war auf Grafs Gedenkfeier. Komm, lass uns zahlen und gehen.«

An der Tür verabschiedeten sie sich noch von Gerald Bittner, der sich um jeden Besucher zu kümmern schien, jedem die Hand reichte, jeden erneut einlud.

»Hat mich gefreut, dass Sie kommen konnten. Und denken Sie bitte an den 19. September, an den Vortrag von Professor Kaast von der Universität in Erlangen. Der Völkerkundler. Ist Ihnen sicher bekannt. Professor Kaast.«

»Ja, ja«, nickte Gundermann. »Ich werde sehen, ob ich Zeit habe. Der heutige Vortrag war jedenfalls exzellent. Sagen Sie mal, was ist Hühnerfeld eigentlich von Beruf?«

»Hühnerfeld? Der ist bei der Polizei.«

18

»Die letzte.«

Für die frisch ausgedruckte Karte fand sich nur noch am Rand des alten Schreibtisches ein kleines Fleckchen. Einige der Karten hatte er aus den inzwischen eingetroffenen Zeitschriften und Magazinen kopiert, andere stammten aus dem Internet. Zwei Abende hatte er dafür investiert.

»Neunzehn.«

Sein Blick sprang von einer Karte zur anderen, verglich Details, registrierte Auflösung und Maßstab, suchte nach Übereinstimmungen und Abweichungen. Wie ein Hütchenspieler, nur langsamer, vertauschte er die Karten, um ein mögliches Muster aufzuspüren.

Nach wenigen Minuten gab er auf und schob diejenigen ohne genaue Angaben zu den Verstärkerstationen auf die rechte Seite, die anderen auf die linke Seite.

»Die können unterschiedlicher nicht sein. Merkwürdig. Es gab doch nicht mehrere Kabel? Die Orte der Verstärkerstationen müssten doch halbwegs übereinstimmen.«

Gundermann hatte eine zusätzliche Kopie zurückgehalten, auf die er akribisch die Verstärkerstationen übertrug, mit denen die anderen Karten glänzten. Auch hier stieß er nicht auf ein Muster.

»Es sind noch mehr, als ich dachte. Die meisten rund um Neustadt. Vielleicht wegen des Verstärkeramtes?«

Er setzte sich in einen Sessel und las ein weiteres Mal in aller Ruhe die Artikel von Harald Graf.

»Abschirmung. Wogegen?«, murmelte er leise vor sich hin. »Was sollte denn damals gestört haben? Handys? Ist ja auch egal. Sie war auf jeden Fall erforderlich. Elektrotechnik ist nicht mein Ding.«

Sein Sessel schwenkte langsam hin und her, seine Gedanken vollzogen ähnliche Bewegungen, wenn auch in einem gänzlich anderen Raum.

»Mindestens sieben neue Stationen. Das kann eigentlich nicht sein.«

Gundermann hielt inne, öffnete eine Schublade und zog die Karte heraus, die er bislang benutzt hatte. Jetzt hatte er zwanzig Karten vor sich, die er kritisch unter die Lupe nahm. Unvermittelt erhöhte sich sein Puls, wurden seine Augen größer. Auf einigen Karten gab es unvollständige Ortsangaben. Doch bei zwei Kreisen, die je eine Verstärkerstation markierten, ließen sich die Angaben mithilfe anderer Karten vervollständigen.

Da war es wieder. Dieses wohlige, rauschartige Gefühl, das er so schwer in Worte fassen konnte. Ein Gefühl, das sich noch steigerte, als ein verwegener Gedanke in seinem Kopf Gestalt annahm. Was wäre eigentlich, wenn er auf eine dieser goldenen Abschirmungen stieße? Auf Gold, das niemand vermisste, das vergessen worden war, das offiziell schon bei seiner Verlegung nicht existierte, auf das nur ein Mörder Anspruch erhob?

Sein Blick bohrte sich in die beiden Kreise, in die Ortsangaben, die in einem Fall sehr präzise waren. Eine Straßengabelung zwischen Haag und Rockenbach.

»Vielleicht bin ich ja schneller als er.«

Gundermann sah auf die Uhr, ließ alles stehen und liegen und stürmte aus dem Haus. Das Licht schien ihm noch ausreichend. Er verstaute einen alten Spaten im Kofferraum und bat sein Navi um die schnellste Route. 44 Minuten. Ein viel zu pessimistisches Angebot, das er nicht akzeptierte. Er schnallte sich an und trat energisch aufs Gas. Dabei zählte er nicht zu den zügigen Fahrern oder gar Rasern, sondern eher zu den fränkisch-bedächtigen Wagenlenkern, die bisweilen sogar mit der grünen Ampel haderten oder beim Abbiegen mühelos das Schritttempo unterboten. Aber nicht an diesem späten Mittwochnachmittag. Kaum war Gelb erschienen, fuhr er auch schon los. Plärrer, Wallensteinstraße, Südwesttangente, B8, B470. Er flog, er fühlte sich wie ein Vogel, wie ein Entdecker, wie ein Sam Hawkins oder ein Long John Silver. Erst auf der B470 hatte er sich wieder halbwegs im Griff, wurde wieder etwas ruhiger, obwohl die Anspannung stieg. Aber er brauchte die Vernunft, um erfolgreich zu sein. Also nahm er den Fuß vom Gas und hielt sich an die Geschwindigkeitsbeschränkung.

Links ab nach Gutenstetten.

Haag.

Wald.

Er wurde langsamer, wartete auf die Abzweigung.

Hinter ihm und vor ihm kein Auto.

Wo war die Abzweigung?

Schweiß rann ihm übers Gesicht.

Immer noch Wald.

Endlich! Da war sie!

Gundermann entdeckte einen Feldweg, der sich als idealer Parkplatz erwies. Von der schmalen Straße aus war sein Auto nicht zu sehen. Mit Karte und Spaten bewaffnet, zog er los. Jede andere Ausrüstung hatte er in der Eile vergessen, Gummistiefel inklusive. Aber die brauchte er zum Glück nicht. Der Boden war steinhart und Fischweiher nicht in Sicht. Wie eine Radarantenne drehte er sich ab und zu im Kreis, jedes Mal mit der Erkenntnis, dass er alleine unterwegs war.

Die Abzweigung.

Die Karte machte exakte Angaben. Er inspizierte die Straße, inspizierte den kleinen, aber trockenen Graben. Viel war hier bestimmt nicht verändert worden.

Der Kreuzungspunkt.

Osten.

Elf Meter.

Elf große Schritte, und er hatte den bezeichneten Punkt gefunden, im Wald zwischen Bäumen. Er unterschied sich bis auf ein Merkmal nicht vom übrigen Waldboden. Dieses Merkmal war die Form des Bodens, der an dieser Stelle einen kleinen, sanften Hügel bildete, keine zwei Meter im Durchmesser.

Er spürte seinen Puls, spürte seinen Atem, spürte sich.

Eine letzte Radarpeilung, dann setzte er den Spaten an und stieß ihn mit Wucht in den Boden. Es gab ein helles, trockenes Geräusch, der Spaten drang keine fünf Zentimeter ein. Der kleine Hügel leistete mehr Widerstand, als er gedacht hatte. Er holte aus und stieß erneut zu. Das Ergebnis war nicht viel besser.

»Wie du willst!«, brummte Gundermann und schlug regelrecht auf den Boden ein. Es dauerte lange, bis er die erste, von der Trockenheit ausgedörrte Schicht überwunden hatte. Es wurde leichter, der Spaten kam voran, während Gundermann längst im Schweiß stand. Seinen Durst konnte er nicht löschen, denn an Wasser hatte er nicht gedacht. Mit trockenem Mund ackerte er weiter, arbeitete sich Zentimeter um Zentimeter in den Waldboden, der weiterhin auf Widerstand aus war. Die Erde wurde zwar weicher, doch jetzt stellten sich ihm Wurzeln in den Weg.

»Blöde Bäume!«

Sein Fluchen half nichts, er musste jede Wurzel mit dem Blatt des Spatens kappen, bevor er weitermachen konnte.

Dennoch arbeitete er wie im Rausch, sah nur das Loch, dachte an nichts anderes, hatte keine anderen Bilder im Kopf, war nur bei sich und seiner Idee.

Irgendwann, die Uhr hatte er längst vergessen, versagten seine Kräfte. Er brauchte eine Pause. Wie ein Straßenarbeiter auf einem alten Foto, das er jüngst in einem der Magazine gesehen hatte, stützte er sich auf seinen Spaten. Jedoch nicht, um in Ruhe eine Zigarette zu rauchen, sondern um Luft zu holen. Vor ihm lag sein Werk. Ein verblüffend kleines Loch. Sein Konkurrent war ihm offensichtlich überlegen, war kräftiger, ausdauernder, hatte mehr Erfahrung. Gundermann keuchte, wischte sich den Schweiß von der Stirn. Sein Durst riet ihm zur Aufgabe, aber er blieb standhaft.

»Zweiter Versuch.«

Mit weniger Elan und geringerer Kraft griff er nach der Pause an. Statt sich in die Tiefe zu arbeiten, begann er, einen Graben quer durch die kleine Erhebung zu graben. Es war ein Kampf um Zentimeter. Auf der rechten Seite des Lochs stieß er auf Steine. Natursteine, wie er schnell feststellte. Die linke Seite wurde von Wurzelwerk dominiert.

Das Licht schwand. Lange würde er nicht mehr arbeiten können. Aber er war sowieso am Ende seiner Kräfte. Als er auf jeder Seite einen guten Meter geschafft hatte, musste er pausieren. Seine rechte Hand, die dem Spaten den Schwung verlieh, zitterte. Er trat ein paar Schritte zurück und besah sich das Ergebnis seiner Schufterei, besah sich das Gelände. Je weiter er sich entfernte, umso kleiner und lächerlicher erschien ihm das Loch. Nach einer Umrundung seiner Grabung holten ihn die Zweifel ein. Nichts, aber auch gar nichts deutete darauf hin, dass an dieser Stelle ein kleiner Betonbau gestanden hatte, gebaut um 1936 von der Reichspost.

Ein Betonbau, etwa so groß wie ein Auto, der eine Verstärkeranlage geschützt hatte und der einen Wartungszugang besessen haben musste. Tief unter der Erde konnte er daher wohl kaum gelegen haben. Oder doch? Gundermann drehte eine weitere Runde. Er zückte die Karte, kniff die Augen zusammen und überprüfte Angaben und Schritte.

Elf Meter, elf große Schritte nach Osten.

Nein, er hatte sich nicht geirrt, er stand genau vor der markierten Stelle.

»Du bist ein Idiot«, schnaufte er. »Hier hat nie etwas gestanden. Und wenn, wurde es längst ausgegraben. Vor Jahrzehnten.«

Wie ein Kartenhaus fiel seine Euphorie in sich zusammen. Der Crash war so heftig, dass er nicht einmal mehr nachvollziehen konnte, wie er überhaupt in diese Goldgräberstimmung geraten war. Er stand neben sich und betrachtete sich kopfschüttelnd. Einen verkorksten, alleinstehenden Apotheker, der bei seinen Eltern wohnte und mitten im Wald nach Gold grub. Je länger er sich so sah, desto vernichtender fiel sein Urteil aus. Er war einer Illusion auf den Leim gegangen, und noch dazu seiner eigenen.

»Du bist ein Idiot.«

Er ging auf das Loch zu, um einen letzten Blick hineinzuwerfen, als er den Hund hörte. Es knackte direkt vor ihm. Schritte näherten sich. Im fahlen Licht der Abenddämmerung sah er einen Schatten aufrecht durch den Wald wandern.

Der Hund bellte mahnend.

»Ist da wer?«, rief eine kräftige Baritonstimme.

Ein Wanderer?

Ein Jäger?

Ein Förster?

Gundermann machte auf dem Absatz kehrt, denn er hatte keine Lust, Fragen zu beantworten, die er weder beantworten wollte noch konnte. Schon nach wenigen Metern machte er erneut auf dem Absatz kehrt.

Der Spaten!

Er hatte den Spaten vergessen. Und darauf waren seine Fingerabdrücke. Es reichten schon die, die er im Museum hinterlassen hatte. Das konnte ebenfalls irgendwann zu Fragen führen, die er nur ungerne beantworten wollte.

Der Schatten zeichnete sich bereits so deutlich ab, dass auch die Jagdwaffe zu sehen war. Gundermann schnappte sich den Spaten und nahm die Beine in die Hand.

»Ist etwas passiert? Kann ich Ihnen helfen?«

Der Jäger oder Förster hatte seine Flucht noch nicht als solche eingestuft.

»He, Sie! Was machen Sie da? Bleiben Sie stehen!«

Er musste das Loch entdeckt haben. Aber Gundermann war bereits dabei, einen großen Bogen zu schlagen, um ungesehen den Feldweg zu erreichen.

»Stehen bleiben!«, rief der Mann hinter ihm nun. Ihn fürchtete er weniger, dafür umso mehr seinen Hund, der nun lautstark kläffte. Gundermann rannte, den Spaten in der Hand, in den Feldweg.

Das Auto war nun in Sichtweite. Aber hinter ihm bewahrheitete sich seine Befürchtung. Das Kläffen kam näher, der Hund war von der Leine, wie auch immer. Viel mehr konnte Gundermann nicht zulegen, er war längst am Limit. Dennoch gab er alles. Notfalls wollte er den Spaten einsetzen.

Er fasste in die Tasche und drückte den flachen Knopf. Die Blinker signalisierten, dass er einsteigen konnte. Den Spaten fest im Griff, riss er die Fahrertür auf, stürzte hinein und schloss sie gleich wieder. Den Spaten übergab er dem Beifahrersitz, nicht, ohne das Polster zu beschädigen.

Stille.

Er hörte nur sein Keuchen.

Dann klatschte aus dem Nichts eine Hundevisage gegen das Seitenfenster. Hunderassen waren nicht sein Gebiet. Jedenfalls fand er diesen Hund ausgesprochen hässlich. Ein großer Hund mit kurzen Haaren, ein wütender, ein aggressiver Hund.

Gundermann drückte auf den Startknopf und fuhr los. Er hatte beschlossen, das Risiko einzugehen und dem Feldweg, der ein halber Waldweg war, zu folgen, statt zu wenden. Nur so hatte er eine Chance, seinem Verfolger einen Blick auf sein Nummernschild zu verwehren. Der Hund blieb ihm kläffend noch lange auf der Spur.

Das Glück war auf seiner Seite, der schlecht befestigte Weg mündete auf eine Straße, die ihn zurück nach Haag brachte. Hinter Gutenstetten musste er die Aisch überqueren, um auf die B470 zu gelangen. Vor der Brücke hielt er an, zog seine Schuhe aus und warf sie zusammen mit dem Spaten in die Aisch. Es war ihm einfach wohler so. Der Spaten ging nicht gänzlich unter. Der Stiel ließ ihn noch eine Weile treiben.

Gundermann saß gerade wieder im Wagen, als sich sein Smartphone meldete. Eine unbekannte Nummer.

»Ja?«

»Herr Gundermann?«

»Ja.«

»Hier ist Karlheinz Nahr. Ich weiß nicht, ob Sie mich kennen.«

»Ich habe einen Artikel von Ihnen gelesen«, antwortete Gundermann verwundert.

»Gut. Dann kann ich mir viele Erklärungen sparen. Eigentlich wollte ich Sie nicht anrufen, sondern persönlich sprechen. Das ist mir nicht gelungen. Ich war zweimal bei Ihnen in der Apotheke, aber Sie waren nicht da. Daher habe ich mich entschlossen, Sie doch anzurufen. Die Nummer habe ich übrigens von Ihrer Mutter. Ihre Mobilnummer steht ja nicht im Telefonbuch.«

»Dafür gibt es gute Gründe. Worum geht es denn?«, fragte Gundermann voller Vorahnungen und Bilder.

»Das ist ... das ist eine heikle Sache«, tat sich der Anrufer schwer. »Es hat mit dem Tod von Harald Graf zu tun. Und mit dem Koaxialkabel der Reichspost. Sie interessieren sich doch auch dafür?«

Gundermann überlegte kurz und hielt es für klüger, es nicht zu leugnen.

»Stimmt. Ich habe jeden Artikel von Graf gelesen. Eine traurige Geschichte. Das mit seinem Tod, meine ich.«

»Die Geschichte ist noch nicht zu Ende. Deshalb rufe ich Sie ja an. Ich würde Sie gerne treffen.«

»Worum geht es denn? Können Sie es mir nicht am Telefon ...?«

»Auf keinen Fall. Außerdem muss ich Ihnen etwas zeigen. Dokumente.«

»Warum gerade mir?«

»Weil Sie in Gefahr sind. Morgen kann ich leider nicht. Ginge es vielleicht am Freitag? Ich komme zu Ihnen in die Apotheke. Am Nachmittag. So gegen vier. Ginge das?«

»Von mir aus«, antwortete Gundermann, der sich vor keine Wahl gestellt sah. Nahr würde nicht locker lassen. Und er wollte unbedingt wissen, was dieser wusste. Auch wenn ihm das Angebot sonderbar vorkam. Die Gefahr, von der Nahr sprach, konnte schließlich auch von ihm selbst ausgehen.

»Sehr gut. Dann bis Freitag.«

»Bis Freitag.«

Gundermann stieg in seinen Wagen und fuhr zurück nach Nürnberg.

19

»Noch einen Kaffee, Hansi?«

»Bestimmt nicht. Ich trinke im Büro noch einen. Gib mir lieber die Zeitung.«

»Natürlich, die Zeitung«, sang seine Mutter aus der Küche, begleitet von experimentellen Percussion-Klängen, die sie mit Tellern, Töpfen, Gabeln und Messern hervorbrachte. Gundermann hätte die Küchenmusik seiner Mutter unter Tausenden wiedererkannt, denn sie folgte einem unverwechselbaren Konzept, besaß einen komplizierten, aber dennoch eingängigen Rhythmus. Entfernt erinnerte ihn ihr Stil an Jaki Liebezeit, den verstorbenen Can-Schlagzeuger.

Während er sein Vierminutenei auslöffelte, kehrten seine Gedanken zurück zu dem Besucher, den er am Nachmittag erwartete. Noch am Mittwochabend hatte er alle drei Artikel von Nahr gelesen, die er in seinen Magazinen finden konnte. Alle drei thematisierten Georg Wilhelm Steller und die nach ihm benannte Seekuh. Fernsehsprechzellen, Koaxialkabel und Verstärkerstationen zählten offenbar nicht zu seinen Interessen. Im Internet war Nahr unauffindbar. Ein echter Nerd wäre daher von seiner Nichtexistenz ausgegangen. Wen das Netz nicht kannte, den gab es auch nicht. Aber der Hobbyforscher lebte und war auf etwas gestoßen, das offenbar seine Recherchen betraf. Dokumente. Doch wie war er überhaupt auf ihn gekommen? Gundermann hatte noch nie einen Artikel veröffentlicht. Er war Leser und Zuhörer, kein Autor. Er trat also nur als Besucher von Vorträgen in Erscheinung. Als einer von vielen. Seit dem Telefonat mit Nahr beunruhigte ihn dieser

Gedanke. Offenbar hatte er sich zu sehr mit der Rolle des Unbekannten im Hintergrund identifiziert.

Laute Pantoffelschritte lösten den Küchensound seiner Mutter ab, die ihm die Zeitung an den Tisch brachte.

»Sie haben schon wieder einen Toten gefunden. In was für Zeiten leben wir eigentlich? Schrecklich!«

»In was für Zeiten hast du gelebt, Mutti? Und was ist mit deinen Eltern, mit Oma und Opa? Was waren das für Zeiten?«, hielt er ihr entgegen.

»Das waren andere Zeiten. Das kann man nicht vergleichen. Du machst dir das zu einfach, mein Junge«, sagte sie spitz und trat den Rückweg an.

Gundermann bestrich sich eine Semmelhälfte mit bitterer Orangenmarmelade, biss ab und nahm die Zeitung in die Hand, die seine Mutter bereits gelesen und sorgfältig wieder zusammengelegt hatte. Über den ersten Bissen kam er nicht hinaus. Der Tote, von dem die Titelseite aufgeregt berichtete, war Karlheinz Nahr. Auf dem Foto erkannte er ihn sofort wieder.

»Auf den brauche ich heute also nicht zu warten«, kommentierte er leise und betroffen.

»Es war kein Unfall«, sang seine Mutter klappernd aus der Küche. »Der Mann wurde erschlagen. Wie dieser Baron.«

»Welcher Baron?«

»Na, dein Freund. Du warst doch auf der Beerdigung!«

»Graf, Mutti. Harald Graf!«

Gundermann wandte sich dem Text zu. Nahr war am Donnerstag in der Aisch treibend gefunden worden. Mit eingeschlagenem Schädel. Ein Landwirt aus Rappoldshofen hatte ihn zufällig entdeckt.

»Jetzt kannst du mir doch noch einen Kaffee bringen, Mutti.«

»Das freut mich. Er ist nämlich schmackhafter als der aus deinem italienischen Gerät. Und bekömmlicher ist er auch.«

Während seine Mutter mit der Kanne und einem Lächeln an den Tisch pantoffelt kam, fiel ihm fast die Semmel aus der Hand.

»Was ist denn, Hansi? Du wirst ja ganz blass! Geht es dir nicht gut?«

Gundermann hörte seine Mutter nicht. Zu tief war er in den Artikel versunken, der ihn plötzlich wie Morast umgab.

»... konnte die Polizei unweit des Fundorts der Leiche am Ufer der Aisch einen alten Spaten sicherstellen, bei dem es sich vermutlich um das Tatwerkzeug handelt. Einer der Ermittler sagte unserem Reporter, dass der Spaten nur kurze Zeit im Wasser gelegen haben könne. Er wurde ins Labor gebracht, um eventuelle Spuren zu sichern. Der Spaten ist kein heute gängiges Modell, sondern weist einige Besonderheiten auf. So ist das Blatt ...«

»Hansi, mein Junge? Was ist denn mit dir?«

»Hast du auch einen Cognac?«

»Natürlich. Den von Onkel Reinhard. Aber ...?«

»Einen doppelten. Bitte.«

»Doch nicht jetzt! Zum Frühstück! Du bist doch kein Trinker!«

»Noch nicht«, raunte er wie betäubt. »Aber ich bemühe mich, wie du siehst.«

»Hansi!«, sagte seine Mutter irritiert, ging aber dennoch zur Anrichte und holte die Flasche, die seit Weihnachten unberührt im Schrank stand. In der linken Hand hielt sie einen großen Cognacschwenker, wie ihn selbst bessere Hotelbars nicht mehr zu bieten hatten. Die persönliche Kriegsbeute eines längst verstorbenen Verwandten.

»Einen doppelten, sagte ich.«

Gabriele Gundermann gab auf und schenkte nach.

»Danke.«

Er leerte das Glas in einem Zug, hustete kurz, denn Onkel Reinhard hatte offensichtlich gespart, und wandte sich wieder der Zeitung zu.

»Noch einen?«, fragte seine Mutter provokant.

»Nein, einer reicht. Vielleicht später.«

Der beschriebene Spaten war sein Spaten, war der Spaten seines Vaters. Seine Gedanken kreisten um die Fähigkeiten und Möglichkeiten der Forensiker. Hatte das Wasser der Aisch ausgereicht, seine Fingerabdrücke abzuwaschen? Blieb noch der Jäger, der ihn gesehen hatte. Das war zwar am Mittwoch, aber der Mann würde sich bestimmt melden. Die Polizei würde sich das Loch genau ansehen. Und sie würde versuchen, den Wagen zu identifizieren, der auf dem Feldweg geparkt hatte.

Der Anruf!

Nahr hatte ihn angerufen. Das ließ sich doch mühelos feststellen. Mit Sicherheit würde ihm ein Kollege von Kommissar Vierzigmann einen Besuch abstatten. Er brauchte eine gute Geschichte, eine ...

»Vorsicht! Die Marmelade! Jetzt ist die Zeitung versaut! Wie soll ich die denn deinem Vater vorlegen?«, meckerte seine Mutter und zog ein Wischtuch aus der Schürze. Mit einem Ruck bemächtigte sie sich der Zeitung, separierte das betroffene Blatt und bearbeitete es auf dem Bügelbrett, das am Fenster auf einen Einsatz ganz anderer Art wartete.

»Da ist nichts mehr zu retten. Ich werde Fräulein Karin bitten, eine neue zu kaufen. Der Tag fängt ja gut an. Mein Sohn trinkt Cognac zum Frühstück, und die Zeitung ist voller Marmelade.«

Gundermann hatte den ersten Schreck überwunden und aß die zweite Semmelhälfte. Was den Spaten betraf, so vertraute er der Aisch. Außerdem würde man den Besitzer auf dem Land suchen, nicht aber in Nürnberg. Mit dem Risiko musste er leben. Kurz spielte er das Szenario durch, dem Kommissar die Geschichte seiner Goldrauschinfektion zu beichten, nahm aber gleich wieder Abstand. Zu unglaubwürdig, zu fantastisch. Wie so viele wahre Ereignisse. Er musste seine Grabung, musste den Besitz des Spatens leugnen. Nicht aber das Telefonat. Bei der zweiten Tasse Filterkaffee reifte der Gedanke, dem Anruf oder Besuch von Vierzigmann zuvorzukommen. Abzuwarten war die falsche Taktik.

Gundermann setzte die Tasse ab, legte die Stoffserviette zur Seite und stand auf.

»Ich geh nach unten. Karin bringt dir dann eine frische Zeitung.«

»Junge, Junge«, schüttelte seine Mutter besorgt den Kopf. »Was machst du bloß für Sachen.«

Im Büro bedeckten die Karten noch immer große Teile des Schreibtisches. Er fingerte die Visitenkarte des Kommissars aus seiner Brieftasche und wählte die Nummer.

»Herr Gundermann? Was kann ich für Sie tun?«

»Ich schlage gerade die Zeitung auf und lese von dem Mord an Karlheinz Nahr.«

»Und? Weiter?«

»Ich habe am Mittwochabend mit ihm telefoniert. Er hatte mich angerufen.«

»Festnetz oder mobil?«

»Mobil. Ich war unterwegs. Ist das von Interesse?«

»Natürlich, Herr Gundermann. Ich habe im Moment allerdings keine Zeit. Ich melde mich am Nachmittag.

Vielleicht komme ich auch schnell bei Ihnen vorbei. Meine Kollegen freuen sich, wenn ich ihnen hier und da etwas Arbeit abnehme. Danke für den Anruf.«

Erleichtert legte Gundermann den Hörer auf. Zumindest für diesen Moment hatte er das Zepter in der Hand gehalten, hatte er gehandelt, um nicht behandelt zu werden. Den morgendlichen Schreck hatte er ganz gut verdaut und war darüber fast ein bisschen überrascht. Doch als er die Karten vor sich sah, nistete sich ein mulmiges Gefühl in seinem Bauch ein. Der Mord an Karlheinz Nahr, den er nie persönlich kennengelernt hatte, ließ keinen Zweifel mehr zu, wie nah er dem Täter inzwischen gekommen war. Ohne zu wissen, ohne zu ahnen, wer er war.

»Ich bin ihm in die Quere gekommen«, dachte er laut. »Und Frau Graf hat ja schließlich auch genug Staub aufgewirbelt.«

Er musste sich endgültig von der Vorstellung verabschieden, seine amateurhaften Ermittlungen seien eine Art Spiel oder eine Sonderform des Alltagsabenteuers. Dafür hatte er sich längst zu weit hinausgewagt. Und dennoch, bei allen Risiken, die er keineswegs verdrängte, überwog das Gefühl, etwas Verlorengeglaubtes wiedergefunden zu haben. Er hatte etwas hinzugewonnen, spielte eine andere Rolle in seinem Leben.

»Hansi? Denkst du an die Zeitung?«, hallte die Stimme durchs Treppenhaus zu ihm nach unten. »Vati wartet!«

»Ist schon unterwegs«, antwortete er und öffnete die Tür zum Laden, in dem Karin bereits eine Weile alleine stand. Er war spät dran und gab sich Mühe, seine Cognacfahne zu verbergen, als er sie bat, eine Zeitung zu besorgen.

»Sie treiben schon eine auf. Hier stehen ja genügend von diesen Verkaufskästen.«

Widerspruchslos verließ seine Mitarbeiterin die Apotheke, während Gundermann noch schnell seinen weißen Kittel holte, auf den sein Vater so großen Wert legte. Damit die Kunden auch merkten, wo sie waren. Damit die Kunden an ihren Respekt vor dem schweren Studium erinnert wurden. Und weitere, ähnlich gelagerte Gründe.

Als er den letzten Knopf ins Knopfloch bugsierte, hörte er die Türglocke. Er drehte sich um und sah in ein vage bekanntes Augenpaar. Es gehörte einer Frau in seinem Alter, einer schlanken Frau mit schwarzen Haaren.

»Johannes?«

Bei ihm dauerte es länger.

»Du bist doch Johannes?«

Er nickte und bemühte sich um ein Lächeln.

»Dirgis.«

Endlich.

»Sigrid von hinten gelesen. Mensch, haben wir uns lange nicht gesehen.«

»Weil ich nicht beim letzten Abitreff war. Keine Zeit. Als ich hier in der Nähe war, habe ich gedacht, ich schau mal rein. Ich war sicher, dich hier zu treffen. Und natürlich ganz in Weiß. Mensch, hier hat sich ja nichts verändert. Eure Apo sieht immer noch so aus wie früher.«

»Danke für das Kompliment. Du hast dich auch nicht verändert. Bist du noch immer Gynäkologin?«

»Bin ich, ja. Und noch immer hier in Nürnberg. Aber du kennst ja die Mediziner. Zeit ist knapp. Ich fall jeden Abend direkt ins Bett. Wir haben seit Jahren keinen langen Urlaub mehr gemacht. Mann, hab ich das mit dem Abitreff bedauert.«

»Wem sagst du das. Ich meine, das mit dem Urlaub. Du hast doch zwei Kinder?«

Die betont schick gekleidete Frau nickte.

»Und du? Immer noch Single?«

»Das kommt noch. Bei einigen dauert's eben länger.«

Für ein paar Sekunden schwiegen sie sich an, sahen sich an, wussten nicht so recht, was nun zu sagen war.

»Wie geht es eigentlich deinen Eltern?«, fand Dirgis ins Gespräch zurück.

»Hansi?«, rief ihn seine Mutter, als hätte sie die Frage verstanden. »Wo bleibt denn die Zeitung?«

Die Bürotür sprang auf, seine Mutter platzte in den Laden.

»Die Zeitung, mein Junge! Lass deinen armen Vater doch nicht so lange warten!«

Gundermann lächelte verlegen.

»Guten Morgen, Frau Gundermann. Ich bin Dirgis.«

Seine Mutter sah die Frau mit großen Augen an, die schnell noch größer wurden.

»Und du warst doch paarschiffen!«, strahlte sie unvermittelt von einem Ohr zum anderen und klopfte ihm kurz auf die Schulter. »Dann will ich auch nicht weiter stören. Freunden Sie sich ruhig mit meinem Sohn an. Er ist ein echtes Goldstück. Wahres Frankengold, sage ich Ihnen.«

»Mutti! Das ist Dirgis. Wir haben zusammen Abitur gemacht. Erinnerst du dich?«

»Ach ja! Natürlich! Die kleine Dirgis! Wie schön. Das ist aber ein schöner Zufall!«

»Welcher Zufall?«, fragte er verwundert.

»Na, dass du sie mit diesem Paarschiff wiedergefunden hast. Das ist doch ein schöner Zufall, oder etwa nicht?«

Dirgis hatte sichtlich Mühe, ein spontanes Lachen zu unterdrücken.

»Mutti, es ist tatsächlich ein Zufall, ich habe sie nicht ...«

Die Türglocke unterbrach das Gespräch. Doch kein Kunde gesellte sich zu ihnen, sondern Kommissar Vierzigmann.

»Bitte entschuldigen Sie, dass ich so plötzlich hier auftauche. Aber ich war zufällig in der Nähe, und da habe ich mir gedacht, wir erledigen das schnell. Hätten Sie kurz Zeit?«

»Aber doch nicht jetzt, guter Mann. Sie haben es mit zwei Paarschiffern zu tun«, schritt Gabriele Gundermann energisch ein. »Und stellen Sie sich vor, die beiden sind zusammen zur Schule gegangen. Ist das nicht ein schöner Zufall? Man könnte fast meinen ...«

»Mutti!«

»Lass nur, mein Junge. Vielleicht kann ich die Fragen des Kommissars beantworten.«

»Kannst du nicht! Und jetzt lass mich bitte mit dem Mann ins Büro gehen!«

Wieder ertönte die Türglocke, wieder war es kein Kunde, sondern Karin, die endlich eine Zeitung aufgetrieben hatte.

»Alles weg. Wahrscheinlich wegen dem Mord«, stöhnte sie.

»Wegen des Mordes«, verbesserte sie Gundermann, der nach wie vor am Genitiv hing.

»Gut, dann eben wegen des Mordes. Jedenfalls musste ich bis zum Kino laufen, um eine zu bekommen.«

»Vielen Dank, Fräulein Karin«, lächelte Gundermanns Mutter und nahm die Zeitung in Besitz. »Mein Mann wartet nämlich schon geraume Zeit. Mein Sohn hat nämlich unsere Zeitung mit Marmelade vollgekleckert. Er ist bisweilen ein bisschen tollpatschig, wissen Sie.«

Ohne Gruß verschwand sie im Büro, wo sie noch ein paar Worte sagte, die man aber im Laden nicht verstehen konnte.

»Na, du hast ja wirklich ein aufregendes Leben«, bemerkte Dirgis. »Hätte ich gar nicht gedacht.«

»Kein Zweifel, das habe ich. Der Schein trügt bekanntlich.«

»Wem sagen Sie das«, fügte der Kommissar ernst hinzu. »Können wir dann?«

20

Die Seekuh sah voll Trauer in die Welt, die sie längst verlassen hatte. Ihre Augen waren klein, die Nase war groß und weckte Erinnerungen an die Nasen der Loriot-Männchen. Gestützt wurde der Kopf der Seekuh von Georg Wilhelm Steller, einem Bad Windsheimer Lokalhelden. In Sichtweite war Steller ein zweites Mal zu sehen, als Kind, das auf den Händen stand.

»Weißt du, wann sie die Plastiken aufgestellt haben?«

»Ich glaube 2009. Zu Stellers dreihundertstem Geburtstag«, antwortete Gerhard Stanger. »Die Seekuh war übrigens gut acht Meter lang und so schwer wie zwei afrikanische Elefantenbullen.«

»Ich weiß. Ich habe Nahrs Artikel gelesen. Der war ja ganz vernarrt in diese Seekuh«, sagte Gundermann.

»Viel haben wir ja nicht in Erfahrung bringen können. Alleinstehend, aber gesellig, ein bisschen verschroben, lebte in seiner eigenen Welt, chronisch krank.«

»Und er hat Harald Graf gekannt«, ergänzte Gundermann. »Vergiss das bitte nicht.«

»Sollen wir Grafs Witwe einen Besuch abstatten?«

»Nein, das lassen wir lieber. Die will ihre Ruhe haben und macht am Ende die Polizei nervös.«

»Apropos Polizei. Noch immer nichts von deinem Spaten?«

»Bislang schweigen die Zeitungen. Warte, ich hole mal eine hiesige«, sagte Gundermann und ließ seinen Freund bei der Seekuh zurück, die mitten in Bad Windsheim stand. Nicht weit entfernt hatte Karlheinz Nahr gewohnt, dessen

Nachbarn sie mit größter Vorsicht befragt hatten. Zu gerne hätte sich Gundermann in Nahrs kleiner Wohnung umgesehen, aber die hatte die Polizei versiegelt.

»Sag mal, hast du den halben Laden aufgekauft?«, wunderte sich Stanger, als Gundermann zurückkehrte. In seinen Händen hielt er mindestens fünf verschiedene Zeitungen.

»Freu dich doch, dass es noch so viele Blätter gibt«, erklärte Gundermann und übergab ihm die Hälfte. »Vielleicht werden wir ja fündig.«

»Aber nicht im Stehen. Da war doch vorhin ein Café?«

Sie brauchten nicht weit zu gehen und konnten sich setzen. Der Sommer hielt noch immer durch, die Landwirte litten unter der Trockenheit wie lange nicht mehr. Die Menschen merkten davon nicht viel. Sie liebten die Sonne.

Nachdem die beiden Freunde kühle Getränke bestellt hatten, gingen sie die Zeitungen durch. Stanger stieß als Erster auf einen Artikel.

»Nichts. Kein Wort. Alles Mögliche über den Mord, doch der Spaten wird nicht erwähnt. Der Tatort ist noch unbekannt. Die Polizei hat zwar die Ufer der Aisch abgesucht, aber keine Spur gefunden. Interessant. Nahr besaß kein Auto. Bislang gibt es keine Zeugen, die ihn in einem öffentlichen Verkehrsmittel gesehen haben. Seine Leiche kann nicht von Bad Windsheim nach Rappoldshofen getrieben sein. Das sagt jedenfalls einer dieser Forensiker.«

»Hier steht auch nichts vom Spaten«, übernahm Gundermann. »Der Fall gibt Rätsel auf, schreibt der Reporter. Darauf wäre ich jetzt nicht gekommen.«

»Sag mal, dieser Vierzigmann hat dir das tatsächlich abgenommen?«, fragte Stanger.

»Das hat er. Und ich habe ihn ja nicht mal belogen. Ich habe ihm erzählt, dass ich auf der B470 gefahren bin und

Nahr mich angerufen hat. Ich habe angehalten und mit ihm gesprochen. Und so weiter. Dass er mich treffen wollte, aber keinen Grund genannt hat. Dass ich ihn nicht kenne und noch nie mit ihm Kontakt hatte.«

»Keine fiesen Fragen?«

»Nein, keine. Aber vergiss nicht, Nahr ist am Donnerstag zwischen acht und zehn ermordet worden. Da stand ich in der Apotheke.«

»Stimmt. Das hatte ich vergessen. Du hast ja ein Alibi.«

Sie blätterten weiter. In der letzten Zeitung fanden sich dann doch ein paar Sätze zum Spaten.

»... konnten weder Fingerabdrücke noch andere relevante Spuren gesichert werden. Die Erlanger Rechtsmedizin hält den Spaten nach wie vor für das Tatwerkzeug, da es zur Verletzung am Schädel passt. Das Wasser der Aisch ...«

»Du hast mehr Glück als Verstand«, meinte Stanger und hob sein Glas. »Auf den Glücklichen.«

»Danke. Und ich bin wirklich erleichtert«, sagte Gundermann. »Meine Mutter wird sich freuen. Ich werde nun doch nicht zum Trinker.«

»Wie?«

»Nichts von Bedeutung. Etwas Familiäres.«

»Okay. Wie geht's jetzt weiter?«

»Wir sehen uns den zweiten Ort an, für den ich genaue Angaben gefunden habe.«

»Diesmal ohne Spaten«, grinste Stanger.

Gundermann wollte die Zeitung schon zusammenlegen, als er eine Stimme erkannte. Vorsichtig sah er am rechten Seitenrand vorbei auf die Straße. Er hatte sich nicht geirrt. Die Stimme gehörte Friedrich Hühnerfeld. Er redete laut auf eine Frau ein, die erst vor Kurzem Witwe geworden war. Frau Graf unterbrach Hühnerfeld und konterte ebenso laut.

Die beiden stritten sich. Aber dank der Straße konnte Gundermann nur Wortfetzen verstehen. Bis auf ein Wort, das sich ihm sofort erschloss. Es war sein Name.

»Gerhard!«, zischte er. »Siehst du die beiden, die sich streiten?«

»Klar. Was ist mit denen?«

»Folge ihnen. Bitte unauffällig. Mich kennen sie nämlich. Ich zahle und komme nach. Schnell!«

Während der Geologe aufstand und so tat, als interessiere er sich für die Schaufenster, winkte Gundermann der Bedienung. Die Zeitung benutzte er so lange als Deckung, bis Graf und Hühnerfeld verschwunden waren.

»Stimmt so«, sagte er und folgte langsam seinem Freund. Die Zeitungen hatte er griffbereit, aber der Abstand, den er wahrte, reichte völlig aus. Statt des Paares behielt er Stanger im Auge, der den Marktplatz überquerte und nach Süden ging. Als er stoppte und in ein Schaufenster sah, hielt auch Gundermann an und befasste sich mit den Auslagen.

Die sanfte Befreiung. Verstopfung war gestern.

111 Kopfschmerzarten, die Sie nicht kennen sollten.

Ginkgo hält Sie jung und fit.

Wir haben etwas gegen Inkontinenz.

Die Werbung kam ihm bekannt vor. Er hatte eine Apotheke erwischt. Und nicht nur das. Kaum hatte er Position vor dem Schaufenster bezogen, öffnete sich die Tür und ein Mann in weißem Kittel kam auf ihn zugeschossen.

»Herr Gundermann! So eine Überraschung!«

»Herr Deubener«, sagte er verblüfft.

»Aber kommen Sie doch rein. Wir haben eine Klimaanlage.«

»Es tut mir leid, aber ich ...«

»Keine Widerrede!«, entgegnete der resolute Apotheker, den er von Tagungen und Treffen aller Art her kannte. Er war um die sechzig und ging keiner Feier aus dem Weg. Gundermann wehrte sich zwar, fand sich aber schnell auf der anderen Seite des Fensters wieder.

»Schön kühl. So kann man's aushalten. Was führt Sie nach Bad Windsheim?«

»Herr Deubener. Ich habe wirklich keine Zeit. Ich bin mit einem Freund verabredet.«

»Ach, Quatsch! Rufen Sie ihn an. Ein paar Minuten können Sie schon entbehren. Ich zeige Ihnen meine Apotheke. Ist schon lange in Familienbesitz.«

»Das kommt mir bekannt vor«, sagte Gundermann und schielte auf die Straße. Stanger war nicht mehr zu sehen. Wahrscheinlich war es zwecklos, ihn noch einholen zu wollen. Es gab zu viele Straßen und Möglichkeiten.

»Na los! Kommen Sie!«

Der Mann zog ihn immer tiefer in den Laden hinein, während Gundermann nach und nach seinen Widerstand aufgab.

»Das ist Hanne, meine treue Seele«, stellte er ihm seine Helferin vor. »Sie ist schon seit mehr als zehn Jahren bei uns.«

»Seit fast zwanzig«, korrigierte die Frau und gab ihm die Hand.

»Gundermann. Ebenfalls Apotheker.«

»Aus Nürnberg«, strahlte Deubener. »Kommen Sie, kommen Sie! Die Büros sind im letzten Jahr renoviert worden. Sie werden Augen machen!«

»Bestimmt.«

Er drängte ihn hinter den Tresen und durch eine Tür. Dort erwartete ihn ein weißes Zimmer mit einem weißen

Schreibtisch, auf dem fast nur weiße Dinge lagen. Selbst der Locher war weiß. Weiße Regale, weiße Bilderrahmen. Nur die Buchrücken und die Bilder sorgten für Farbe.

»Und? Was sagen Sie?«

»Weiß.«

Der rundliche Apotheker lachte und klatschte in die Hände.

»Meine Lieblingsfarbe.«

»Wer hätte das gedacht.«

»Und jetzt ...«

Gleich zwei Klingeltöne befreiten ihn. Die Türglocke und sein Smartphone. Während der Apotheker in seinen Laden ging, sah Gundermann auf die Nummer, die Stanger gehörte.

»Wo bist du denn?«

»In einer Apotheke. Und du?«

»Ich hab sie verloren. Die sind in ein Auto gestiegen. Wo ist die Apotheke?«

»Bleib, wo du bist. Ich komme zu dir. Ist besser so.«

»Okay. Seegasse, steht hier. Die wird dann zur Nürnberger Straße.«

»Bin gleich bei dir.«

Gundermann verließ das weißeste Büro seines Lebens, schüttelte herzlich die Hand von Herrn Deubener, der eine Kundin beriet, und trat aus der Apotheke.

»Ich muss. Keine Zeit, keine Zeit. Bis zum nächsten Mal.«

Bis zur Seegasse war es nicht weit. Er brauchte nur der Straße nach Süden zu folgen. Langsam wandte sich die Straße dann nach Osten. Stanger entdeckte er schon von Weitem.

»Tut mir leid. Die sind plötzlich in ein Auto gestiegen. Ein weißer Benz.«

»Schon wieder Weiß.«

»Wie bitte?«

»Nichts. Also, was haben sie gemacht, was haben sie gesagt?«

»Gestritten haben sie«, erzählte sein Freund. »Aber richtig. Da sind die Fetzen geflogen.«

»Haben sie mich erwähnt?«

»Nein. Das wäre mir bestimmt nicht entgangen. Aber sie haben von Harald Graf gesprochen. Es ging wohl um irgendwelche Papiere oder Dokumente. So genau konnte ich das nicht verstehen.«

»Ich dachte, die haben gestritten?«

»Haben sie auch. Aber ich konnte kein Wort verstehen.«

Gundermann sah seinen Freund an und dachte kurz nach.

»Wer war das eigentlich?«, fragte Stanger.

»Grafs Witwe und Hühnerfeld, ein Polizist und Bahnenthusiast. Hühnerfeld hat mich kürzlich unmissverständlich davor gewarnt, mich Frau Graf zu nähern.«

»Weißt du, warum?«

»Angeblich, um ihre empfindsame Seele nicht zu beschädigen.«

»Empfindsame Seele? Du hättest sie hören sollen.«

»Ich glaube auch nicht, dass das der wahre Grund war«, meinte Gundermann. »Er will nicht, dass ich weitere Nachforschungen anstelle. Das ist alles. Von Dokumenten haben sie gesprochen? Was für Dokumente?«

»Keine Ahnung. Ich war zu weit weg. Dokumente von Harald Graf eben. Halt, da war doch noch etwas. Sie sind nicht im Museum, hat sie gesagt. Genau. Es sind Dokumente, die sie nicht dem Museum übergeben hat. Das war's.«

»Na bitte. Das ist doch was«, meinte Gundermann. »Sie hat großzügig den Forschungsnachlass ihres Mannes dem

Neustädter Museum übergeben. Angeblich, um nicht mehr daran erinnert zu werden.«

»Doch sie hat etwas zurückbehalten«, fuhr Stanger fort.

»Wahrscheinlich.«

»Was haben die hier gemacht?«

»Das Gleiche wie wir. Glaube ich jedenfalls. Die waren wegen Nahr hier. Vielleicht haben sie gehofft, in seine Wohnung zu gelangen. Die Nachbarn haben bestimmt einen Schlüssel. Außerdem ist Hühnerfeld bei der Polizei. Wer weiß. Aber ein Siegel beschädigen? Nein, das ging dann wohl doch zu weit.«

»Vielleicht haben sie sich deshalb gestritten?«

»Lassen wir das Spekulieren. Dabei verzetteln wir uns nur. Fahren wir lieber zum zweiten Kreis«, sagte Gundermann. »Auf nach Dietersheim.«

Während der Fahrt versuchte Gundermann, wenigstens einige der Puzzleteile zusammenzufügen, die ihm bekannt waren. Doch schnell stellte er fest, dass nur wenige Teile zusammenpassten. Das Motiv, also das Gold, war eben doch nicht der alleinige Schlüssel, um den Mörder aufzuspüren. Kurz befassten sich seine Gedanken mit dem Gold, dem wahrscheinlich tödlichsten Metall der Welt. Die Zahl der Menschen, die für dieses Metall gestorben waren oder sterben mussten, ließ sich nicht einmal annähernd schätzen. Graf, Dengler und Nahr waren nicht die ersten und bestimmt nicht die letzten Opfer.

»Hier muss es sein«, unterbrach ihn Stanger und bog in einen Feldweg ein.

»Komisch. Immer diese Feldwege.«

»Die gehören nun mal dazu.«

Es war ein schlechter Feldweg mit tiefen Schlaglöchern. Das Auto tanzte auf den ersten Metern, bevor der Geologe das Tempo verringerte. Doch selbst dann waren die Bewegungen des Wagens unangenehm.

»Davon wird man ja seekrank! Und das mitten in Franken«, schimpfte Gundermann.

»Frankn lichd nedd am Meer«, zitierte Stanger. »Sagt Helmut Haberkamm. Der Mundartdichter.«

»Dann ist er aber noch nicht auf diesem Feldweg gefahren. Mehr Meer geht nicht.«

»Das ist kein Meer, das ist der Aalbach«, entgegnete Stanger und hielt den Wagen an. »Hier, sieh mal auf deine Karte. Da ist der Aalbach. Der mündet im Süden in den Flutkanal. Die markierte Stelle ist weiter nördlich. Den Rest gehen wir zu Fuß.«

Gundermann überprüfte die Angaben seines Freundes und nickte. Ein kühler Wind empfing sie. Es war nicht ganz so heiß wie in Bad Windsheim.

»Angenehm«, konstatierte Stanger.

Sie spazierten am Aalbach entlang, sofern es das Ufer zuließ. Eine Lerche war über ihnen aktiv, irgendwo fuhr ein Traktor. Gundermann überließ die Navigation dem Geologen, der ohnehin der Experte auf diesem Gebiet war. Ihm ging einfach die Begegnung mit Grafs Witwe nicht aus dem Kopf. Auf der Straße in Bad Windsheim war sie eine andere gewesen, hatte sich von einer anderen Seite gezeigt, war energisch und selbstbewusst aufgetreten. Gegenüber einem Mann, der nicht gerade unter einem zu kleinen Ego litt.

»Hier muss es sein. Da hinten ist die Biegung«, sagte Stanger.

Eine Wiese wie jede andere im Aischgrund. Ein paar junge Bäume, Erlen und Weiden, hier und da Holunder. Sie trennten sich und tasteten sich durch das niedrige Gras, das mit der Trockenheit kämpfte. Nur am Ufer hatte es eine saftig grüne Farbe. Dabei war aus dem Bach ein dünnes Rinnsal geworden.

»Irgendetwas?«

»Nichts.«

Nach zwei kleinen Exkursionen trafen sie sich wieder.

»Hier ist nichts«, stellte der Geologe fest. »Und wenn du mich fragst, dann war hier auch nichts.«

21

1. Karte
Fundort: *Walberla-Bote*, Ausgabe Nr. 65, S. 34. Quelle: Unbekannt. Keine Angaben.
2. Karte
Fundort: *Koax*. Internetforum. Eintrag vom 22. Oktober 2014. Quelle: Unbekannt. Keine Angaben.
3. Karte
Fundort: *Buchner-Magazin*, Ausgabe Nr. 40, S. 18. Quelle: Unbekannt. Keine Angaben. Handzeichnung?
4. Karte
Fundort: Erwin Reiss: *»Wir senden Frohsinn«. Fernsehen unterm Faschismus*, Berlin 1979, S. 58.; Quelle: Gerhard Goebel: Das Fernsehen in Deutschland bis zum Jahre 1945. In: *Archiv für das Post- und Fernmeldewesen*, hg. im Auftrag des Bundesministers für das Post- und Fernmeldewesen, Frankfurt am Main, Nr. 5 (August 1953), S. 385.
5. Karte
Fundort: *Werners historische Seiten*. Blog. Eintrag vom 3. August 2010.
Quelle: Unbekannt. Keine Angaben.

Gundermann ging systematisch und akribisch vor. Karte für Karte trug er in eine Liste ein, überprüfte die Quellen und Angaben, suchte online in Bibliotheken. Das Ergebnis war ernüchternd. Nur drei der Karten stammten aus sicheren Quellen. Keine dieser drei Karten machte exakte Ortsangaben zu den Verstärkerstationen. Keine der drei Karten wich von den Angaben ab, dass sich alle 17,5 Kilometer eine unbemannte und alle 35 Kilometer eine bemannte Verstärkerstelle befunden hatte. Keine der seriösen Quellen behandelte die Verstärkerstationen als geheime Objekte.

Wie gewohnt begann Gundermann, mit seinem Bürosessel hin und her zu schwenken, strich sich mit den Fingern über den Mund, nahm eine Karte in die Hand. Er hatte das Forum Koax geöffnet und scrollte die Einträge chronologisch langsam von Anfang an durch. Koax höchstpersönlich hatte den ersten Eintrag geschrieben. Von Karten und Gold war hier noch nicht die Rede. Beides wurde erst viel später thematisiert und diskutiert. Der Zeitpunkt war schwer zu ermitteln. Es war eher ein schleichender Prozess, ein Transzendieren des Belegbaren, ein Hinübergleiten in eine andere Sphäre der Argumentation. Das alles war ihm nicht neu, er hatte es bislang nur nicht so umfassend wahrgenommen, nicht als wirklich wichtig erachtet. Dabei war genau dies der entscheidende Faktor. Gundermann überflog sporadisch Sätze, an denen seine Augen hängen blieben.

»... muss man zu der Schlussfolgerung kommen, dass die Aluminiumplatten in keiner Weise ausgereicht hatten. Es kam daher nur eine Lösung infrage ...«

»... hatte die Reichspost meiner Ansicht nach keine andere Wahl ...«

»... konnte nur Gold den technischen Betrieb der Anlage sicherstellen, da andere Metalle ...«

»... wie sonst sollten die Nazis das Problem lösen? Die einzige Alternative, die ich sehe, war, Gold in die Stationen einzubauen. Deshalb halte ich ...«

Je mehr sich Gundermann die Argumente vornahm, umso deutlicher kam das Phänomen zum Vorschein. »Keine Quellen«, flüsterte er. »Vermutungen, Spekulationen,

Gerüchte. Aber keine Quellen. Und wenn einer Angaben macht, dann ist die Quelle ein anderer Eintrag, eine weitere Mutmaßung.«

War eine dieser ominösen Quellen oft genug bemüht worden, wurde sie zu einer allseits anerkannten Wahrheit. Je weiter er in der Diskussion chronologisch vorankam, umso mehr löste sich die Argumentation von den wenigen, profanen Tatsachen, ließ die Welt der Fakten und der Historiker hinter sich. Der Vorgang wurde von einigen durchaus reflektiert, aber zum Erstaunen von Gundermann oft genug positiv bewertet. Endlich, so die Überzeugung einiger Autoren, hatte man die trockenen, spießigen, nackten, verkackten, verblendeten, ignoranten, bornierten, nichts wahrhaben wollenden, nichts gelten lassen wollenden, elitären Professoren hinter sich gelassen. Endlich konnte man Geschichte so sehen, wie man sie haben wollte, wie man sie sich schon immer vorgestellt hatte.

»Hier wird nicht geforscht, hier wird generiert«, stellte Gundermann nüchtern fest. »Koax ist ein Hoax. Das Gold ist pure Fiktion. Reine Fantasie. Ein Nachkriegsmythos. Geschaffen von Leuten, für die das Dritte Reich so etwas wie Mittelerde darstellt. Ein fernes, dunkles, mystisches Reich voller Geheimnisse und Rätsel. Und voller Gold natürlich. Erebor lässt grüßen.«

Gundermann scrollte weiter, obwohl er sein Urteil bereits gefällt hatte. Die Beiträge, die er las, dienten lediglich dazu, dieses Urteil abzusichern.

»Von wegen Informationszeitalter. Für einige vielleicht. Für andere ist das Internet ein Mythengenerator, eine digitale Fake-Maschine.«

Er nahm die Finger von der Maus und wandte sich wieder den Karten zu, die nun wertlos für ihn geworden waren.

»Mythen, Vexierbilder, Hirngespinste«, sinnierte er fast lautlos. »Aber nicht für alle. Für mindestens einen sind sie tödlicher Ernst. Er will das Gold. Und er gibt nicht auf. Er will reich werden. Unermesslich reich. Und er will es den Historikern zeigen, den Zweiflern, den Ungläubigen.«

Gundermann begann erneut, hin und her zu schwenken, hielt aber gleich wieder an. Mit spitzen Fingern sammelte er die Karten ein. Er brauchte sie nicht mehr.

Der Schreibtisch war leer. Grünes, stumpfes Linoleum. Alte Errungenschaften, würde seine Mutter sagen. Er warf die Karten nicht weg, sondern legte sie zu den Magazinen hinter sich ins Regal.

»Wer bist du, Koax? Oder mache ich jetzt den gleichen Fehler? Bist du auch nur ein Mythos? Mein Mythos? Habe ich dich erschaffen?«

Gundermann stand auf und wanderte durch sein Büro, das auch das seines Vaters und Großvaters gewesen war. Wer war Koax, wie tickte er? Er versuchte, sich in ihn hineinzuversetzen, versuchte, Koax zu sein. Doch so einfach war das gar nicht. Berühmten Detektiven wie Hercule Poirot mochte dies gelingen, aber Gundermann tat sich schwer. Er war Apotheker, kein Psychologe. Ein Amateur, eine Laie.

»Die Löcher bringen mich nicht weiter. Frau Graf auch nicht. Und Vierzigmann? Der glaubt mir kein Wort. Wenn ich dem das erzähle, glaubt der, dass ich spinne.«

Er beendete seine Wanderung und warf sich wieder in seinen Sessel. Sein Blick fiel auf die Riesenuhr. Der Sekundenzeiger marschierte unaufhörlich vorwärts. Die Zeit kroch und raste zugleich. Eine ganze Minute widmete er dem Sekundenzeiger, registrierte jeden Ruck, bis er eine Umdrehung geschafft hatte. Ideen brauchten Zeit. Aber er hatte ja Zeit.

»Eine Falle. Ich stelle ihm eine Falle. Der Köder ist die ultimative Karte. Die Karte, die ihm bislang gefehlt hat, ohne dass er es wusste. Die Karte, die ihn endlich zum Ziel führt, zu den geheimen Goldminen, zu den richtigen Orten.«

Gundermann nahm die Maus in die Hand und klickte sich von Seite zu Seite.

»Das Internetforum bringt nichts. Höchstens als Stimulanz.«

Er klickte weiter.

»Was haben wir denn hier? Die Museumstage in Neustadt. Das wär doch was.«

Er dachte nicht an einen Vortrag, obwohl er viel über das Kabel hätte sagen können. Vorträge waren einfach nicht sein Ding. Er liebte das Gespräch, hasste es aber, vor Publikum zu sprechen.

»Ich streue ein Gerücht«, murmelte er, während er die Internetseite betrachtete, auf der das Neustädter Schloss zu sehen war. »Ich könnte doch in Berlin zufällig auf eine bislang unbekannte Karte gestoßen sein. Ganz egal, ob er kommt, das Gerücht wird ihn erreichen.«

Ein wohliges Gefühl machte sich in ihm breit. Gundermann konnte das Ziel erkennen. Am liebsten wäre er gleich nach Neustadt gefahren, doch er musste sich noch eine Weile gedulden. Er sah auf die Uhr und beschloss, den Tag ausklingen zu lassen. Lautlos beendete der Computer seine Funktionen.

»Feierabend.«

Zu seiner Überraschung war seine Mutter noch aktiv. Normalerweise war sie um diese Uhrzeit längst im Bett. Später als zehn wurde es bei ihr nie. Sein Vater verabschiedete sich noch früher.

»Es waren keine Tabs mehr da. Ich musste alles mit der Hand abwaschen.«

»Warum hast du denn nichts gesagt? Ich hätte dir doch helfen können.«

»Du warst doch unten beschäftigt. Da wollte ich nicht stören«, sagte sie. Dabei nahm sie selten auf ihn Rücksicht und kam fast nach Belieben ins Büro. »Vielleicht hast du ja auch mit deiner Dirgis telefoniert?«

Das war es also gewesen.

»Sie ist nicht meine Dirgis, Mutti.«

»Aber Hansi. Mir kannst du es doch sagen.«

»Das habe ich ja gerade getan. Sie ist nicht meine Dirgis. Sie ist nur eine Schulfreundin, die kurz vorbeigeschaut hat.«

Seine Mutter sah ihn prüfend an.

»So eine schöne Frau. Die würde gut zu dir passen.«

»Hast du noch etwas von dem Cognac übrig gelassen?«, fragte er, um das Thema zu wechseln und seinen bisherigen Fahndungserfolg zu feiern. Soweit man das Offenlegen der Quellenlage als Fahndungserfolg werten konnte.

»Ich trinke keinen Alkohol. Und Vati darf keinen mehr. Das weißt du doch.«

Gundermann ging zur Anrichte, holte die Flasche und einen riesigen Cognacschwenker und setzte sich an den Tisch.

»Was ist sie eigentlich von Beruf?«, fragte seine Mutter unnachgiebig.

»Sie ist Ärztin.«

»Aber du bist doch nicht etwa ihr Patient?«

»Bin ich nicht.«

»Aber du könntest doch ...«

»Mutti, sie ist Gynäkologin. Außerdem ist sie verheiratet und hat zwei Kinder.«

Gundermann ließ das Glas kurz kreisen und trank. Sein Onkel hatte tatsächlich gespart. Doch für seinen Zweck reichte der Cognac aus.

»Ach so«, gab seine Mutter endlich auf. »Gute Nacht, mein Junge.«

»Gute Nacht.«

Ruhe kehrte ein. Kein Türengeklapper, kein Percussionensemble in der Küche, keine Anrufe, kein Laut. Er dachte nicht daran, diese Stille durch den Fernseher oder Musik wieder zu verscheuchen. Stattdessen gönnte er sich noch ein kaum gefülltes Glas billigen Cognacs, der auch durch vehementes Schwenken nicht besser wurde. Aber er ignorierte den parfümigen Abgang und wurde eins mit dem Sessel. Die langen Tage und seine Recherchen steckten ihm in den Knochen, der Alkohol kam seiner Müdigkeit entgegen.

Er stand über dem Meer, über der Brandung. Die Cliffs of Moher. Neben ihm stand Simone und lachte. Möwen kreisten, Schafe blökten ihn an. Ein riesiges Schiff fuhr vorbei. Zum Greifen nahe. Er konnte in die Kabinen sehen. Auch Simone war da, lag auf dem Bett, cremte sich ein. Was für ein gigantisches Buffet! Muscheln, so groß wie Teller, dicke Tintenfischtuben, monströse Hummer, ganze Lachse. Nur der Seegang störte. Er musste sich festhalten, hatte Mühe, den Teller zu balancieren. Sabine hatte es ruhiger. Sie stand auf den Cliffs of Moher und knabberte an einer Hummerschere, während er gegen die Schaukelei des Schiffs kämpfen musste. Die offene See. Die Cliffs wurden kleiner, das Festland versank hinter dem Horizont. Die Schiffsglocke schlug Alarm.

Er schreckte auf.

Das Telefon.

Sofort sprang er auf, um die Ruhe wiederherzustellen, die seine Eltern dringend benötigten.

»Ja?«

»Sind Sie der Apotheker aus Nürnberg? Dieser Gundermann?«

Er kannte die Stimme. Aber Name und Gesicht fehlten ihm.

»Ja. Mit wem spreche ich denn?«

Zögern. Atmen. Geräusche im Hintergrund. Stimmen.

»Erlwein.«

»Vom Museum in Neustadt?«

»Genau der.«

»Worum geht es, Herr Erlwein? Wir haben immerhin schon fast elf.«

Der Anrufer zögerte erneut.

»Sie haben sich doch für die Sachen von Harald Graf interessiert? Sie sind weg. Ein Einbruch. Ich habe ihn gerade entdeckt.«

Gundermann war hellwach und hatte auch gleich einen Verdacht.

»Ich verstehe. Sie rufen an, um zu sehen, ob ich zu Hause bin.«

Sekunden verstrichen.

»Die Polizei ist schon da. Ich habe den Einbruch zufällig entdeckt. Nach der Sitzung vom Ausschuss war noch alles in Ordnung. Das war so um zehn.«

»Womit ich als Täter ja wohl ausscheide.«

»Es sieht ganz so aus.«

»Es sieht nicht so aus, es ist auch so, Herr Erlwein. Vergessen Sie es! Ich war den ganzen Tag in Nürnberg. Wie kommen Sie eigentlich auf die Idee, ich könnte der Dieb sein?«

»Ja, Sie waren doch so energisch bei der Frau Graf. Sie haben hier doch alles auf den Kopf gestellt.«

»Auf den Kopf gestellt? Was meinen Sie damit?«

Die Geräusche im Hintergrund wurden lauter. Stimmen näherten sich.

»Ich muss jetzt Schluss machen. Ade.«

Gundermann ließ den Hörer langsam auf die Gabel sinken.

»Das ist ja ein Ding«, raunte er. »Aber warum lässt er Grafs Nachlass erst jetzt verschwinden?«

Plötzlich stand ein Gespenst im Raum, vor dem Gundermann nicht erschrak, da er es kannte. Es war seine Mutter in einem bodenlangen Nachthemd. Das Gegenlicht aus der Tür zum Flur verlieh ihr etwas Übernatürliches.

»Du hast noch telefoniert?«

»Es ließ sich nicht vermeiden. Tut mir leid. War bestimmt zu laut.«

»War das etwa Dirgis?«

»Nein, Mutti. Geh bitte wieder zurück ins Bett.«

22

Händeschütteln.

Schulterklopfen.

Gelächter, Gekicher.

Sektglasgeklimper.

Die neue Sommermode.

Schlichte Jacken, Legeres, kurze Hemden.

Jung und Alt.

Und wieder Gelächter.

Großes Gedränge im Schatten der alten Linde.

Die Stimmung konnte besser nicht sein. Auch wenn sich hier und da Menschen aus dem Weg gingen, sich nicht begegnen wollten. Aber das gehörte auch dazu, war Teil des Rituals, das immer auch ein politisches war. Sehen und gesehen werden, fotografieren und gepostet werden.

Der Schlosshof in Neustadt quoll über vor Gästen und Besuchern. Die Sonne lachte, der Wind ruhte, Sekt und Bier waren gut gekühlt, Bratwürste und Steaks noch nicht verkohlt.

Der Bürgermeister trat ans Podium.

Applaus.

Dabei hatte er noch kein Wort gesagt.

Gundermann sah sich das Spektakel vom Tor aus an. Viele bekannte Gesichter hatte er noch nicht entdeckt, er war eben kein Aischgründer. Doch die wenigen, die er kannte, reichten für sein Vorhaben völlig aus. In der Menge schwamm auch Heiner Breitstein, hatte ihn aber noch nicht bemerkt. Mit Sicherheit würde er zu den ersten Gästen zählen, die durch ihren Alkoholkonsum auffielen. Dazu brauchte man kein Prophet zu sein.

Aus der Menge kam Rainer auf ihn zu, zwei Bierkrüge in den Händen. Er liebte Massenveranstaltungen, ganz im Gegensatz zu Gundermann. Also hatte er sich zum Ausschank durchgeschlagen.

»Zum Wohl!«

Sie hoben kurz die Krüge und löschten den ersten Durst.

»Was sagst du?«

»So habe ich mir das gedacht, Rainer. Wenn hier keine Heimatforscher und Hobbyhistoriker sind, wo denn dann?«

»Der Bürgermeister aus dem Kaff, aus dem meine Frau stammt, ist auch da. Seit er pensioniert ist, schreibt er ein Buch nach dem anderen. Eine Ortschronik in was weiß ich wie vielen Teilen. Im Selbstverlag.«

»Das ist nichts Schlimmes. Gibt es oft bei pensionierten Bürgermeistern«, lachte Gundermann und trank. Das Bier schmeckte gut. Dunkles, ungespundetes Bier. Das konnten die Franken.

Vorne, zwischen der Linde und dem Turm des Schlosses, sprach der Bürgermeister, lobte, dankte, wollte humorvoll sein, lobte und dankte. Die Welt im Schlosshof war noch in Ordnung. Abgesehen von der Möglichkeit, dass einer der Besucher ein Mörder war. Aber das interessierte an diesem Tag niemanden. Außer Gundermann und seinen Freund Rainer.

Der Bürgermeister war fertig, die Museumstage waren eröffnet. Es kam wieder Bewegung in die Menge, der Geräuschpegel schwoll an.

Erlweins Blick kreuzte kurz den seinen. Der Archivar, mit rotem Schlips, grüßte knapp. Gundermann hatte keine Ahnung, was er dem Mann getan hatte. Er schrieb sein Verhalten der Gerüchteküche zu, die ihm offenbar die Rolle des Störenfrieds zugewiesen hatte. Dabei beanspruchte er eine ganz andere Rolle.

Gerald Bittner steuerte auf sie zu, lächelte, reichte ihnen die Hände, freute sich. Er war einer der Kandidaten, auf die es Gundermann abgesehen hatte.

»Haben Sie schon gehört? Der Nachlass von Harald Graf ist gestohlen worden. Sechs große Kartons.«

Gundermann und Rainer nickten.

»Können Sie sich vorstellen, was jemand damit will?«, fragte Bittner empört. »Das hat doch alles nur ideellen Wert. Zwei Türen haben die Täter aufgebrochen. Mit einem Nachschlüssel, meint die Polizei. Für ein paar Kartons voller Altpapier.«

»Die Täter?«, fragte Gundermann.

»Eine Vermutung der hiesigen Polizei. Mehr weiß ich nicht.«

»Ich kann es auch nicht verstehen«, nutzte Gundermann das von Bittner eröffnete Thema. »Ich kenne nämlich den Inhalt der Kartons. Frau Graf hatte mir erlaubt, sie durchzusehen.«

»Tatsächlich?«, wunderte sich Bittner. »Warum ...?«

»Reine Neugier. Grafs Beiträge haben mir immer gut gefallen. Und als ich im Frühjahr zufällig in den Besitz einer Karte gelangt bin, hatte ich mir Hinweise von Graf erhofft. Aber als ich endlich mal Zeit hatte, war es schon zu spät. Sein Nachlass hat mir ebenfalls nicht weitergeholfen.«

»Eine Karte, sagten Sie?«

Gundermann grinste innerlich. Welcher Heimatforscher konnte dem Hinweis auf eine Karte widerstehen?

»Nichts von Bedeutung. Ich habe sie in Berlin im Museum für Kommunikation entdeckt. Durch Zufall. Sie war falsch einsortiert. Ich hatte ganz etwas anderes gesucht.«

Bittner nickte ihm aufmerksam zu.

»Ich hätte sie auch nicht weiter beachtet«, fuhr Gundermann fort, »wenn sie nicht große Ähnlichkeit mit einer der Karten gehabt hätte, die ich aus Grafs Beiträgen kannte.«

»Sein Lieblingsthema«, strahlte Bittner. »Das hiesige Verstärkeramt und der dazugehörige Kabelsalat.«

»Natürlich«, lächelte Gundermann. »In Berlin habe ich auf den ersten Blick gesehen, dass meine Karte um ein Vielfaches detailreicher ist als Grafs Karten. Wo immer er sie herhat.«

»Der hätte sich gefreut wie ein Schneekönig«, meinte Bittner. »Aber jetzt? Es war eben sein Spezialgebiet. Sonst hat niemand darüber geschrieben. Dabei fällt mir ein, schreiben Sie doch einen Beitrag! Für unseren *Walberla-Boten*! Über Ihren Kartenfund!«

»Vielen Dank, ich bin begeisterter Leser, aber kein Autor. Ich bin, wenn Sie so wollen, ein passiver Heimatforscher.«

»Schade«, lächelte der erfahrene Museumsmann, »Wissen Sie was, ich brauche jetzt auch ein Bier!«

Während Bittner in der Menge untertauchte, kümmerten sich Gundermann und Rainer um ihre Krüge. Der Durst war an diesem heißen Tag schwer zu bändigen.

»Zufrieden?«, fragte der andere Museumsmann.

»Doch. Schon.«

»Also nicht.«

»Ich weiß nicht, ob er die Geschichte weiterträgt. Vielleicht muss ich sie spannender erzählen?«

»Du musst die Verstärkerstationen erwähnen. Eine Karte, eine Karte. Das reicht nicht. Jeder dieser Hobbyforscher hat eine Karte mit vielen Details. Klostergärten, Bahnstrecken, Bäche vor ihrer Begradigung«, versuchte Rainer, seinen Freund zu motivieren.

»Du hast recht. Das war zu wenig. Holst du uns noch ein Bier?«

»Wer fährt?«

»Ich.«

Kaum war Rainer verschwunden, kam Erlwein angeschlichen, unsicher, mürrisch. Gundermann tat so, als hätte das nächtliche Telefonat nicht stattgefunden.

»Grüß Gott, Herr Erlwein. Na, alles überstanden?«

»Grüß Gott, Herr Gundermann. Es war nicht böse gemeint. In dem Moment habe ich nur gedacht, vielleicht …«, sagte er und bot gewissermaßen eine Entschuldigung an.

»Schwamm drüber, Herr Erlwein. Sagen Sie mir lieber, was die Polizei herausbekommen hat.«

»Nicht viel. Die haben zwei Türen aufgebrochen. Alte Schlösser. Das war nicht schwer. Fingerabdrücke haben sie jede Menge gefunden. Von unseren Mitarbeitern. Sonst nichts.«

»Ich habe gehört, es sollen zwei gewesen sein?«

»Ja«, versicherte Erlwein, der jetzt nicht mehr ganz so verbiestert schaute. »Sie hatten ja nicht viel Zeit. Ich weiß es genau. Höchstens eine halbe Stunde. Und die hätte für eine Person nicht ausgereicht, die Türen zu öffnen und die sechs Kartons nach unten in den Hof zu tragen und von dort zu einem Auto.«

»Verstehe.«

»Die Polizei steht vor einem Rätsel.«

»Wann steht sie das nicht.«

»Was wollen die denn mit dem Zeug anfangen? Keine Sau hat sich dafür interessiert. Die Kartons wären irgendwann auf dem Dachboden gelandet, sage ich Ihnen. Spinner. Absolute Spinner.«

Gundermann suchte verzweifelt nach einem Anknüpfungspunkt, nach einem Stichwort, um auf seine Karte zu sprechen zu kommen. Quälende Minuten vergingen, bevor der Archivar endlich auf den Inhalt der Kartons zu sprechen kam.

»Sie haben doch alles selbst durchgesehen. Was haben Sie eigentlich gesucht?«

»Karten, Herr Erlwein. Ich habe nämlich selbst eine gefunden. In Berlin in einem Museumsarchiv. Ich wollte einfach nur wissen, ob Graf auch eine Kopie besaß. Aber ich habe keine gefunden.«

»Was für eine Karte?«

»Vom Neustädter Verstärkeramt. Vom legendären Koaxialkabel, das die Reichspost in den Dreißigerjahren verlegt hat. Graf hat viel darüber geschrieben.«

»So?«

»Meine Karte ist allerdings viel genauer als Grafs. Jedes Detail ist eingezeichnet, jede auch noch so unbedeutende Verstärkerstation«, prahlte er.

»Na, dann vermissen Sie ja Grafs gesammelte Werke auch nicht. Aber ich muss weiter. Ich wünsche Ihnen noch viel Spaß, Herr Gundermann«, sagte Erlwein desinteressiert und kehrte in die Menge zurück, während Rainer aus ihr auftauchte, zwei frische Biere in Händen.

»Ein neuer Kunde?«

»Der Archivar des Hauses. Komischer Kerl.«

»Ist es diesmal besser gelaufen?«, fragte Rainer und reichte ihm den kühlen Krug.

»Nicht wirklich. Der hat gar nicht gewusst, wovon ich überhaupt spreche. Ich sage dir, so ein Gerücht in die Welt zu setzen ist gar nicht so einfach. Mir fehlt schlicht die Erfahrung.«

»Vielleicht haben sie deshalb die sozialen Netzwerke erfunden«, meinte Rainer. »Da geht das schnell und einfach. Und geglaubt wird's auch. Wohlsein!«

Das Bier entschädigte Gundermann für die beiden Fehlschläge, denn als solche sah er seine ersten Versuche an. Aber der Tag war noch jung.

»Weißt du, wen ich vermisse? Diesen Hühnerfeld. Ich habe ihn jedenfalls noch nicht gesehen«, meinte Gundermann. »Komm, wir setzen uns. Da vorn wird ein Platz frei.«

»Vielleicht hat der Dienst? Was ist mit der Witwe?«

»Die kommt bestimmt nicht. Hier sind zu viele Leute, die ... Wenn man vom Teufel spricht.«

Keine fünf Meter von ihrer Bierbank entfernt betrat Frau Graf den Schlosshof, in elegantem Schwarz, aber bester Laune. Sie winkte lächelnd einem Paar, das offenbar auf sie gewartet hatte.

»Sieh an, die trauernde Witwe«, stellte Gundermann verwundert fest.

Die Witwe trat zwischen das Paar, hakte sich ein und verschwand im Gewimmel, das im Gegenzug Peter Hilbig ausspuckte. Ihn hatte Gundermann zuletzt auf dem Vortrag in Bad Windsheim gesehen.

»Meine nächste Chance«, sagte er und sprang auf.

»Der Wassermühlenmann?«, fragte Rainer.

»Genau der.«

Hilbig trug zwei Bierkrüge und verlangsamte seinen Gang, als er Gundermann erkannte.

»Das hätte ich mir denken können, dass Sie hier sind«, begrüßte er Gundermann freundlich. Hilbig zählte zu jenen Charakteren, die zwar überall anwesend sind, aber dennoch leicht übersehen werden. Er zählte zu den Unsichtbaren, Leisen, Unaufdringlichen. Gundermann hatte immerhin zwei Artikel von ihm gelesen. Er schätzte den großen Mann auf Mitte vierzig, war sich aber unsicher. Sein volles und noch nicht ergrautes Haar konnte auch täuschen. Ohne längere Eröffnungsansprache kam Gundermann auf den Punkt.

»Der Einbruch? Ja, ich habe gerade davon gehört«, sagte Hilbig. »In der Zeitung muss ich das übersehen haben. Unglaublich, nicht? Da mag wohl jemand den Verstorbenen nicht. Haben Sie eine Erklärung?«

»Leider nicht«, flunkerte Gundermann. »Die Kartons enthielten nur seine Recherchen, seine Unterlagen. Nichts von materiellem Wert.«

»Umso mysteriöser ist die Sache. Woher …?«

Gundermann gab seine Erklärung ab und hängte die Kartengeschichte hinten an. Die Sätze kamen ihm gut über die Lippen, er war mit seinem Auftritt zufrieden. Erwartungsvoll blickte er den Mühlenforscher an.

»Nicht mein Gebiet«, sagte Hilbig. »Wenn Sie eine alte Karte mit den hiesigen Mühlen gefunden hätten, sähe es schon anders aus. Ich habe da noch ein paar Lücken. Und jetzt entschuldigen Sie mich bitte. Ich will meine Frau nicht warten lassen.«

Unzufrieden kehrte Gundermann zurück an seinen Tisch.

»Wie ist es gelaufen?«, fragte Rainer.

»Ein Flop. Es interessiert ihn nicht. Es interessiert niemanden.«

»Vielleicht … suchst du deinen Unbekannten in der falschen Szene? Schon mal daran gedacht? Dieser Koax, falls er es wirklich ist, muss ja nicht zwangsläufig selbst ein Heimatforscher sein. So etwas kann man auch vorgeben. Du hast doch selbst gesagt, das Internet sei eine …«

»Danke für den Hinweis, Rainer. Du bist ein wahrer Freund, ein echter Mutmacher«, maulte Gundermann und setzte den Bierkrug an.

»Du fährst.«

»Ja, ich fahre.«

»Gut. Dann kann ich ja noch ein Bier trinken.«

»Kannst du, Rainer, kannst du.«

Sein Freund leerte seinen Krug und stand auf. Gundermann folgte ihm mit seinem Blick. Der Schlosshof stieß längst an seine Grenzen, der Sommertag hatte viele Neugierige zu den Museumstagen gelockt, die bei Regen wohl eher nicht gekommen wären. Grillgerüche umwarben ihn, doch er hatte noch keinen Appetit. Außerdem war er noch damit beschäftigt, das Scheitern seines Plans zu verdauen. Im Nachhinein konnte er es nur schwer nachvollziehen, dass er sich dieses Unterfangen so leicht vorgestellt hatte. Gerüchte wurden nur zu solchen, wenn sie Unerhörtes zu berichten hatten. Seine Karte reichte da ganz offensichtlich nicht aus. Sie war nur für den Mörder von Bedeutung, nicht aber für Unbeteiligte. Vielleicht hätte er mit dieser Mission seine Mutter beauftragen sollen. Oder seine Mutter und Frau Albrecht. Die hätten die Karte besser verkauft.

Ein Blick traf ihn. Heiner Breitstein. Mit einem Bierkrug in der Hand torkelte er an ihm vorbei auf das Tor zu. Diesmal war er nicht nur angetrunken. Gundermann wollte schon einem Impuls folgen und auch dem Antiquitätenhändler seine Geschichte auftischen, blieb dann aber sitzen. Auch Breitstein verspürte offenbar kein Bedürfnis nach einer Begegnung. So blieb es bei dem kurzen Blickkontakt. Der Mann verschwand aus seinem Sichtfeld, in das jetzt Rainer geriet.

»Was machst du denn für ein Gesicht? Ist das Fass leer?«, fragte Gundermann.

»Das nicht. Aber rate mal, wenn ich gerade gesehen habe?«

»Ich habe keine Ahnung.«

»Paul Singer.«

»Dein Kollege?«

»Der dich für den Dieb von dem Kabelstück gehalten hat«, nickte Rainer.

»Ich weiß. Was ist daran so außergewöhnlich? Er wird nicht der Einzige sein, der an diesem schönen Sonntag den Weg hierher gefunden hat. Hast du mit ihm gesprochen?«

»Nein«, antwortete Rainer. »Das ist ja das Merkwürdige. Als er mich gesehen hat, hat er sich verdrückt, ist einfach weg. Ab durch die Mitte. Und er hat mich gesehen, da bin ich sicher. Aber mit dem vollen Krug in der Hand konnte ich ihm nicht hinterher.«

»Paul Singer«, grübelte Gundermann. »Wie lange ist der eigentlich schon bei euch?«

»Ein halbes Jahr«, antwortete Rainer.

23

Die Türglocke.

Gundermann sah auf.

Es war eine junge Frau, die sofort auf Annette zusteuerte.

Er kehrte zu den Rezepten zurück, die seine Aufmerksamkeit verlangten. Seine anfängliche Anspannung hatte sich wieder gelegt. Vor allem am Montag nach der feierlichen Eröffnung der Museumstage hatte sein Bauch mit einer Reaktion gerechnet, obwohl sein Kopf nicht an einen Erfolg seines Gerüchts geglaubt hatte. Aber Vorsicht war immer noch die Mutter der Porzellankiste. Am Ende hatte das von ihm gestreute Gerücht doch die Runde gemacht und den Täter erreicht. Am Montag und am Dienstag hatte er sich fast nur im Büro aufgehalten und jeden Kunden durch den Türspalt ins Visier genommen. Zwei quälende, zermürbende Tage. Am Mittwoch hatte er sich wieder hinter den Tresen getraut, war aber nach 19 Uhr nicht mehr aus dem Haus gegangen.

Inzwischen waren fast zwei Wochen vergangen und er hatte den selbst auferlegten Hausarrest aufgegeben. Zweimal war er nun schon in der Stadt gewesen, hatte frisches Gemüse eingekauft, hatte sich mit Rainer und Gerhard getroffen. Nichts war passiert. Niemand hatte ihn angesprochen oder angerufen. Damit hatte er ursprünglich gerechnet. Mit einem Anruf, um ihn aus dem Haus zu locken. Auch an seine Eltern hatte er gedacht. Doch die Möglichkeit einer Entführung zog er nicht in Betracht. Der Unbekannte wollte unbekannt bleiben. Eine Entführung hätte sämtliche Blicke auf ihn gezogen. Nein, der Unbekannte vermied Spuren und hielt sich im Dunkeln auf.

Die Türglocke.

Frau Kawuttke, die vor ein paar Jahren von Berlin nach Nürnberg gezogen war. Zu ihrem Sohn. Annette kümmerte sich um sie.

Das Gerücht war versandet, falls es überhaupt von den wenigen Menschen, mit denen er gesprochen hatte, in Umlauf gebracht worden war. Aber nicht einmal daran glaubte er.

Das Bürotelefon. Sein Telefon.

Gundermann legte die Rezepte aus der Hand und ging nach hinten.

»Ja?«

»Gerhard. Etwas Neues?«

»Nichts. Kein Mucks.«

»Und sonst?«

»Auch nichts«, klagte Gundermann. »Ich habe alles nochmals durchgesehen. Keine weitere Spur. Wenn du mich fragst, sind wir am Ende. Das ist etwas für Profis.«

»Rufst du den Kommissar doch noch an?«

»Es wird sich nicht vermeiden lassen. Wir können doch keinen Mörder ziehen lassen, nur weil uns die Möglichkeiten der Polizei nicht zur Verfügung stehen.«

»Ich stimme dir zu«, sagte sein Freund erleichtert. »Ruf ihn an. Du hast keine andere Wahl. Wenn du willst, komme ich mit.«

»Am Montag«, antwortete er.

»Gut. Dann ist die Sache ausgestanden. Geht mir inzwischen auch auf die Nerven. Wird Zeit, dass wir uns davon verabschieden. Die Polizei braucht doch bloß die IP-Adresse von diesem Koax überprüfen.«

»Ja, du hast recht. Es wird Zeit für die Profiliga.«

»Tschau, Johannes.«

Gundermann stellte seine Tasse unter die Ausgabe und drückte auf die Taste. Der Kaffeeautomat begann zu mahlen. Sekunden später war die Tasse gefüllt. Gerade wollte er sie zum Mund führen, da meldete sich das Telefon erneut. Er nahm ab und vermutete seinen Freund, blieb aber vorsichtig.

»Ja?«

Der Hörer blieb stumm.

Gundermann sah aufs Display und legte auf. Der Anrufer hatte seine Nummer unterdrückt. Das war nichts Außergewöhnliches. Auch Gerhard wollte seine Nummer nicht preisgeben. Es war eine private Nummer ohne Telefonbucheintrag. Ebenso wie seine. Nur die Apotheke und seine Eltern standen im Telefonbuch.

»Verwählt«, murmelte er. »Kommt immer wieder vor.« Dennoch blieb ein unbestimmtes Gefühl zurück.

Der Laden war voll. Gundermann konnte sich nicht wieder den Rezepten zuwenden, sondern musste einen Kunden bedienen. Der war seit zwei Tagen nicht auf dem Klo gewesen. Ein Klassiker für einen Apotheker.

»Nehmen Sie das hier«, sagte er. »Und wenn es nicht umgehend wirkt, dann gehen Sie bitte zum Arzt.«

Der Mann nickte, bezahlte und zog sich mit bedrückter Miene zurück.

»Ich hätte gerne das hier.«

Der nächste Klassiker. Er wurde fast täglich aufgeführt.

»Dann hätte ich gerne das Rezept«, sagte er dem Kunden direkt in die stechenden Augen.

»Dafür braucht man kein Rezept. Die kann man in jeder Apotheke kaufen. Also?«

»Tja, wenn das so ist, dann gehen Sie doch bitte in jede Apotheke. Denn in dieser braucht man ein Rezept.«

Die rechte Hand des Mannes krallte sich die leere Packung, die er ihm auf den Tresen gelegt hatte, und stopfte sie in die Hosentasche.

»So machen Sie keine Geschäfte«, frotzelte der Mann und verließ mit großen Schritten die Apotheke.

Dirgis.

Unvermittelt sah er in ihre Augen.

»Ich hab nicht viel Zeit. Hallo.«

»Hallo!«

»Ich wollte dir nur schnell meine Visitenkarte vorbeibringen. Meine private. Neulich war so ein Durcheinander, da habe ich das vergessen. Darf ich fragen, was der Kommissar von dir wollte? Oder ...?«

Er winkte sie zur Seite zu einem Platz am Tresen, der nahe am Fenster und somit ein bisschen separiert war.

»Es geht um den Mord an Karlheinz Nahr, einem Heimatforscher aus Bad Windsheim. Vielleicht hast du davon gelesen?«

»Ja, hab ich. Aber was hast du ...?«

»Psst! Nicht so laut!«, plusterte er sich ein wenig auf und beugte sich vor. »Ich bin einer der Letzten, die mit Nahr gesprochen haben.«

»Wow!«, machte Dirgis große Augen. »Wie konnte ich nur darauf kommen, dass du ein langweiliges Leben führst?«

»Das kann ich dir auch nicht sagen«, flirtete er und nahm die Visitenkarte in Empfang.

»Johannes?«, unterbrach Karin das Gespräch. »Ich brauche dich mal.«

»Ich sehe, bei dir ist der Teufel los«, stellte Dirgis fest. »Ich habe schon frei und Wochenende. Melde dich mal. Wenn weniger los ist.«

»Das tue ich«, versicherte er selbstbewusst.

»Johannes! Bitte!«

Er sah Dirgis noch nach, bemerkte ihren Hüftschwung und kehrte ins Berufsleben zurück. Zwei Stunden musste er noch durchstehen.

»Sieh dir mal die Unterschrift an«, empfing ihn Karin. »Das ist doch nicht die von Dr. Yellnikoff.«

Gundermann nahm das Rezept in Augenschein, befühlte es, drehte es um.

»Keine schlechte Arbeit. Die beste seit Langem. Mein Respekt.«

Kaum hatte er seine Analyse verkündet, war der Kunde, ein junger, gut gekleideter Mann, auch schon auf der Flucht.

»Für unsere Sammlung«, sagte Gundermann und reichte das Rezept seiner Helferin.

Es folgten Acetylsalicylsäure in verschiedenen Packungsgrößen und Preisklassen, Wärmepflaster, Antiallergika, Antibiotika, Antifaltencreme, Antiirgendwas. Das nahende Wochenende war für viele Kunden auch ein drohendes, selbst wenn es den Apothekennotdienst gab.

»Der Notdienst!«, entfuhr es Gundermann, und er sah auf den Kalender an der Wand.

»Du bist diesmal an der Reihe«, sagte Annette. »Brauchst gar nicht nachzusehen.«

Dennoch befragte er den Kalender, der keine Nachsicht kannte. Kein Feierabend, keine Nachtruhe. Sein Wochenende war gelaufen. Dabei hatte er sich so auf Nichtstun und Ausspannen, auf Lesen und Tiefschlaf gefreut.

»Es ist, wie es ist«, klagte er und schlich zurück an seinen Platz. »Bitte?«

»Fußpilz«, flüsterte ein älterer Mann, als sei eine Pilzerkrankung etwas Seltenes.

Gundermann beriet ihn und schlug ihm eine Salbe vor, die der Kunde sofort akzeptierte und verschämt in seine Jacke steckte.

Das Telefon. Sein Telefon.

Gundermann ging ins Büro und nahm ab.

»Ja?«

Keine Antwort, keine Rufnummer auf dem Display. Er legte auf.

Als er zurück in den Laden kam, stand ein Mann in zweiter Reihe, den er kannte, wenn er ihn auch schon lang nicht mehr gesehen hatte. Klaus Gröning, ein Kommilitone aus dem Pharmaziestudium, der aber dem Handwerk untreu geworden war und sich einer Consulting-Firma angeschlossen hatte. Er warf ihm einen Blick zu, der schwer zu deuten war. Gundermann wechselte zum unbesetzten Platz, an dem er vorhin mit Dirgis gestanden hatte, und gab ihm ein Handzeichen. Gröning zögerte kurz, kam dann auf ihn zu.

»Klaus, wie geht es dir? Was kann ich für dich tun?«

»Das ist nicht so leicht. Es ist etwas delikat.«

»Nun komm schon.«

Etwas arbeitete in dem Gesicht des Mannes. Alle Muskeln schienen in Bewegung zu sein, die Zähne kauten auf den Lippen, die Augenbrauen näherten sich einander an. Gundermann überlegte kurz, ob er Gröning in sein Büro bitten sollte. Dort wäre er dann aber allein mit ihm, was er auf keinen Fall wollte.

»Als Apotheker musst du doch schweigen, oder?«

»Diskretion ist mein Mittelname. Bei mir sind deine Geheimnisse bestens aufgehoben. Worum geht es denn?«

In diesem Moment baute sich neben Gröning ein ungehaltener Riese auf, ein korpulenter, breitschultriger Mann mit dicken Oberarmen, imposantem Brustkorb und massigem, kahlem Kopf.

»Geht das auch ein bisschen schneller, Mann? Ich hab's eilig.«

Gröning sah sich um, sah den Mann, schwenkte zurück zu Gundermann und sagte: »Ich komme später noch mal wieder.«

»Sehr nobel«, freute sich der Riese, als Gröning den Rückzug antrat. »Was habt ihr denn für Kondome da? Kingsize, versteht sich.«

»Nur die besten«, antwortete Gundermann, während Gröning die Apotheke verließ und am Fenster vorbeihuschte.

»Na, dann zeig mal her!«, grinste der Riese, auf den für einen Augenblick sämtliche Augen und Ohren gerichtet waren.

Der Andrang ließ nach, die Kunden zogen sich in Biergärten und Cocktailbars zurück oder bereiteten sich auf den Samstagabend vor. Gundermann zog sich auch zurück.

»Ich bin im Büro. Ich schließ dann ab, wenn ihr fertig seid.«

In seinem Reich vertraute er sich abgespannt dem Sessel an und kämpfte eine Weile mit der Müdigkeit. Für ein Schläfchen war es längst zu spät, nicht aber für einen Kaffee. Der Automat war noch an und zu allem bereit. Gundermann stellte seine Tasse unter die Ausgabe, in der noch ein Rest seines letzten Kaffees schimmerte. Ein paar Minuten später fühlte er sich wie neugeboren.

Er öffnete die Schublade, zog einen Aktendeckel heraus und schlug ihn auf. Ein sanftes Lächeln erfüllte sein Gesicht. In einer Aktenfolie wartete die Karte aller Karten. Gerhard Stanger hatte sie gezeichnet, denn er war nicht nur Geologe, sondern auch Künstler. Sie hatten sich für Neustadt und

Umgebung entschieden mit der Verstärkerstation als Mittelpunkt. Ein kleines Stück Aischgrund, ein kleiner, abgesteckter Claim, ein Paradies für Schatzsucher im Maßstab 1:100.000. Mit Sepiatinte und viel Liebe zum Detail gezeichnet. Als Grundlage hatte eine alte Wanderkarte seines Vaters gedient. Straßen, wichtige Gebäude, die Aisch. Nichts fehlte. Vor allem die Kabel und die Verstärkerstationen nicht. Der Geologe war spendabel gewesen und hatte gleich 15 Stationen eingezeichnet, sauber durchnummeriert. Rechts hatte er auf einer Legende die entsprechenden Längen- und Breitengrade angegeben. Getippt mit der alten Olympia von Gundermanns Vater. Die eingescannte Karte hatte Gundermann dann noch mit zwei Stempeln versehen, die er aus dem Internet gefischt hatte: Geheime Reichssache und ein Amtssiegel mit Reichsadler und Hakenkreuz. Eine Kleinigkeit für ein aktuelles Bildbearbeitungsprogramm. Ein paar Altersflecke hatte er dem künstlich vergilbten Dokument auch noch verabreicht. Den Rest hatte sein Laserdrucker besorgt, denn es sollte ja nicht das Original sein, sondern eine Fotokopie.

Ein Meisterstück. Gundermann war noch immer begeistert. Die Karte hielt nicht nur einem ersten kritischen Blick stand, sondern auch einem zweiten. Konrad Kujau würde vor Neid erblassen.

»Wir hätten die Hitler-Tagebücher fälschen sollen«, schmunzelte er. Noch immer hatte er die Hoffnung auf einen Einsatz der Karte nicht ganz aufgegeben. Mit einem wehmütigen Blick legte er sie zurück.

»Wir sind fertig«, meldete sich Karin in der Tür. »Ein schönes Wochenende. Trotz Notdienst.«

»Vielleicht bleibt es ja ruhig. Beim letzten Mal musste ich nur dreimal raus. Ich danke euch. Bis Montag.«

»Bis Montag«, sagte Annette.

Gundermann blieb noch eine Weile in seinem Sessel, bevor er den Aufstieg schaffte. Er schloss die Tür zu und überprüfte die Nachtglocke und das Notdienstfenster, das sich neben der Tür befand. Beides war erst ein paar Jahre alt und entsprach höchsten Sicherheitsanforderungen. Apotheken waren ein beliebtes Ziel von Drogenabhängigen.

Der Kaffee hatte ihm neue Kräfte verliehen, nicht aber seinen Hunger besänftigt. Nach einem letzten Kontrollgang durch das Reich der Familie Gundermann stieg er die Treppe hinauf.

»Da bist du ja endlich«, empfing ihn seine Mutter. »Dein Vater hat schon gegessen.«

»Ihr hättet auf mich warten können. Du weißt doch, dass wir erst um 19 Uhr schließen.«

»Ja, ich weiß. Aber das ist zu spät für uns«, rechtfertigte sich seine Mutter. »Was möchtest du denn essen?«

»Eine Pizza mit Meeresfrüchten.«

»Hansi! Bitte! Ich hätte Bratkartoffeln und eine Dose Fisch.«

»Hering in Tomatensoße.«

»Natürlich. Was denn sonst? Also?«

»Das nehme ich. Hört sich gut an«, sagte er versöhnlich und setzte sich an den gedeckten Tisch. Nicht etwa, weil er verwöhnt war oder faul, sondern weil seine Mutter sich nicht helfen lassen wollte. Er hatte es oft genug versucht und irgendwann kapituliert.

»Bier oder Wein?«, sang sie aus der Küche.

»Wasser«, antwortete er in einem deutlich tieferen Ton. »Ich habe doch Notdienst.«

»Ach ja, das hatte ich ganz vergessen. Seit Vater nicht mehr unten ist, habe ich den Überblick verloren. Schläfst du unten?«

»Wie immer, Mutti. Ihr könnt in Ruhe schlafen.«

»Das ist gut, mein Junge. Dein Vater braucht den Schlaf«, sagte sie und rückte mit der Pfanne an, die sie auf einen Topflappen aus dem vergangenen Jahrtausend stellte. »Den Fisch musst du dir selbst öffnen. Das ist mir zu schwer.«

Gundermann nickte und nahm die Dose.

Das Telefon.

»Oh nein! Immer beim Essen«, stöhnte seine Mutter.

»Ist für mich«, sagte er und stand auf. Sein Telefon stand neben dem seiner Eltern. Keine Rufnummer auf dem Display.

»Warum gehst du nicht ran?«, fragte seine Mutter.

»Der nervt mich schon den ganzen Tag. Da will jemand nicht akzeptieren, dass er die falsche Nummer hat. Lass ihn klingeln. Wenn es Gerhard ist, ruft er mich auf dem Mobiltelefon an.«

»Dann setz dich wieder«, stöhnte seine Mutter. »Ist ja grauenhaft, dieser Klingelton. Warum muss eigentlich jedes Telefon seinen eigenen Klingelton haben?«

»Weil ...«, begann Gundermann, verkniff sich dann aber eine Antwort. Mit einem leisen Knacken sprang die Fischdose auf und spuckte einen dicken, roten Klecks Tomatensoße auf die Tischdecke.

»Huh!«, erschrak seine Mutter und riss die Hand vor den Mund. »Das sieht ja aus wie Blut. Ich dachte schon, du hast dich geschnitten. Die Deckel von den Fischdosen sind ja scharf wie Rasierklingen.«

24

Nicht einmal das Bettenmachen ließ sich seine Mutter abnehmen. Während er die Bratkartoffeln genoss, die seine Mutter perfekt zubereiten konnte, stieg sie nach unten und bezog die Couch. Er war froh, dass es dafür keine Zeugen gab, dass seine Freunde keine Vorstellung davon hatten, wie sein Familienleben tatsächlich aussah.

Nach dem Essen ging auch er hinab, um schneller zur Stelle sein zu können. Er fuhr den Rechner hoch und wurde auf Youtube fündig. *Das Geheimnis des steinernen Monsters*. Ein alberner, herrlicher amerikanischer Science-Fiction-Film von 1957. Bruchstücke eines Meteoriten lassen Menschen versteinern. Genau das Richtige für eine Notdienstnacht.

Gleich zweimal hintereinander wurde er aus dem Film gerissen. Rasende Kopfschmerzen und Magenkrämpfe. Bei Letzteren tippte Gundermann auf die Gallenblase. Aber der nächtliche Kunde hatte kein Interesse an seinen diagnostischen Mutmaßungen.

Die Meteorsteine aus dem All wuchsen und wuchsen, sobald sie mit Wasser in Berührung kamen. Sie saugten den Menschen das Silizium aus dem Körper. Einer der vielen Filme aus dem Kalten Krieg. Die bösen Steine waren natürlich die bösen Kommunisten. Und die amerikanischen Helden waren natürlich die ... amerikanischen Helden. Egal. Die Trickaufnahmen begeisterten ihn, er war ein Fan von alten Trickaufnahmen, von Ray Harryhausen und anderen längst vergessenen Künstlern.

Nach dem *Schrecken vom Amazonas*, einem Monsterfilmklassiker, 1954 von Jack Arnold gedreht, übermannte ihn die Müdigkeit. Er zog den weißen Kittel aus und legte sich auf die Couch. Eine Decke brauchte er nicht. Die Nacht war sommerwarm und er bekleidet.

Die Nachtglocke.

Gundermann brauchte seine Zeit, um in die Wirklichkeit zurückzufinden. Sein Zeigefinger ertastete den Knopf, der neben dem Notdienstfenster ein Display aktivierte, auf dem »Ich komme« zu lesen war. Das verschaffte ihm die Möglichkeit, seine Schuhe und den Kittel anzuziehen und sein Haar in Form zu bringen.

Eine Frau mit Kopfschmerzen.

»Migräne?«

»Nein, nur Kopfschmerzen. Nicht zum Aushalten.«

Gundermann reichte ihr eine Schachtel und kassierte den Nachtzuschlag. Dann ging es zurück auf die Couch. Da er an das Prozedere gewöhnt war, schlief er gleich wieder ein. Seine Träume entführten ihn diesmal nicht zu den Cliffs of Moher, sondern in den Amazonas. Warum auch immer.

Die Nachtglocke.

Ein akuter Fall von Nesselsucht. Eine allergische Reaktion.

»Das hat mein Mann öfter mal«, sagte die junge Frau. »Aber wir haben nichts mehr im Haus.«

Wieder reichte er eine Schachtel durch das kleine Fenster. Ein Antiallergikum, das den unangenehmen Quaddeln gewachsen war.

In der nächsten Schlafphase blieben die Träume aus. Vielleicht, weil sie nur sehr kurz war. Schlaftrunken, aber routiniert marschierte er zum Fenster.

»Bitte?«

Erst als der Mann sich ihm zuwandte, erkannte er ihn.

»Klaus Gröning? Was tust du denn so spät noch hier? Ist es denn so wichtig?«

Sein ehemaliger Kommilitone machte ein zerknittertes Gesicht, zögerte, ging ein paar Schritte, kehrte ans Fenster zurück, atmete tief durch.

»Jetzt kann ich es dir ja sagen. Ich ...«

Gundermann kannte diesen Blick von Kunden. Er sah ihn fast täglich, wenn es um Peinliches, Unangenehmes ging.

»Klaus. Wie kann ich dir helfen?«

Mit erkennbarer Anstrengung brachte er ein Wort hervor, das dann alles erklärte: »Hämorrhoiden. Seit Tagen schon. Entsetzlich. Grauenhaft. Ich traue mich gar nicht mehr aufs Klo. So stark hatte ich das noch nie.«

Gröning schloss kurz seine Augen.

»Warum bist du denn nicht schon am Nachmittag zu einer anderen Apotheke gegangen?«, fragte Gundermann.

»Das ... das habe ich ja versucht. Ich habe es aber nicht geschafft. Es ist mir einfach zu peinlich.«

Gröning machte ein Gesicht wie ein Angeklagter nach seiner Verurteilung.

»Verstehe«, nickte Gundermann. »Bin gleich zurück.«

Er suchte eine passende Salbe und reichte sie Gröning durchs Fenster.

»Danke.«

»Komm gut nach Hause. Und geh zum Arzt, falls es nicht besser wird. Und wenn es noch so peinlich ist.«

Gröning nickte. Sein Gesicht entknitterte sich bereits.

Gundermanns Blick begleitete ihn noch ein paar Meter in die Nacht.

»Armer Kerl.«

Als er sich umdrehte, sah er schwarz. Ein schwarzer Mann, vermummt bis zum Scheitel. Einen Meter vor seiner Nase. Gundermann fuhr der Schreck in die Glieder wie nie zuvor. Er zuckte zusammen und stieß einen halblauten Schrei aus.

»Seien Sie still!«, befahl ihm der Mann in Schwarz. Die Stimme klang sonderbar verzerrt, fast synthetisch. Erst jetzt sah Gundermann eine kleine, kreisrunde, perforierte Scheibe vor seinem Mund, die fest in seine Maske eingearbeitet war. Erst jetzt sah er die Pistole, die auf ihn gerichtet war.

»Die Karte! Schnell!«

Gundermann kratzte die letzten Reste seines Mutes zusammen und stellte sich dumm: »Welche Karte?«

»Lassen Sie diese Spielchen. Die Karte, die Sie in Berlin gefunden haben. Her damit!«

Wer war der Eindringling? Er suchte fieberhaft in seinem Gedächtnis nach einem Mann, zu dem die Physiognomie passte, versuchte, seine Stimme trotz der kleinen, schwarzen Scheibe zu identifizieren, sah in seine Augen hinter den schmalen Sehschlitzen der Maske.

»Im Büro«, gab Gundermann nach.

»Sie gehen voran. Und keine Spielchen.«

Es war ihm ein Rätsel, wie der Mann ins Haus gelangt war. Die Hintertür war mit einem Panzerriegel zusätzlich gesichert, die Fenster im Erdgeschoss vergittert oder aus besonderem Glas. Sie hatten vor ein paar Jahren eigens einen Berater kommen lassen. So alt das Gebäude auch war, die Sicherheitseinrichtungen waren brandneu.

»Los. Die Karte.«

Gundermann ging hinter den Schreibtisch und setzte sich auf seinen Sessel. Er zog einen Schlüssel aus einer Kitteltasche, schloss die Schublade auf und öffnete sie. Der Mann stellte sich hinter ihn, sah ihm über die Schulter, hatte die Waffe im Anschlag.

»Es ist nur eine Kopie«, erklärte Gundermann, als er die Karte langsam aus der Schublade holte.

Wortlos griff der Mann zu, riss ihm die Aktenfolie aus der Hand und setzte sich auf den Stuhl vor dem Schreibtisch. Seine Augen bohrten sich in die Karte. Er ließ die Pistole sinken, zog seinen rechten Handschuh aus und nahm die Karte vorsichtig aus der Folie, als sei sie doch das Original.

»Sie bleiben, wo Sie sind. Schublade schließen, Hände auf den Tisch«, sagte er und schwenkte die Schreibtischlampe auf seine Seite. »Anmachen.«

Gundermann drückte auf den Schalter am Sockel der Lampe.

»Die Lupe. Machen Sie schon.«

Er reichte ihm die Leselupe seines Vaters, die einsatzbereit auf dem Tisch lag. Dann schwieg der Mann. Er hatte nur noch Augen für die Karte, er fraß sie, atmete sie, inhalierte sie. Minutenlang sagte keiner ein Wort.

»Wo haben Sie die her?«

»Aus dem Museum für Kommunikation in Berlin.«

»Quatsch. Da habe ich auch gesucht. Tagelang. Also, noch einmal, wo haben Sie diese Karte her?«

»Sie stammt tatsächlich aus dem Museum für Kommunikation. Sie ist aber nicht unter den üblichen Stichworten wie Fernseh-Telefon oder Fernkabel 502 archiviert. Ich habe sie zufällig in einem Ordner zur Geschichte der Fernmeldetechnik gefunden. Ich hatte gar nicht nach ihr gesucht.«

»Deshalb ist sie mir entgangen«, stellte der Mann in Schwarz leise fest, wurde dann aber lauter. »Dilettanten. Anfänger. Diese Museumsschnepfen haben alle keine Ahnung. Genau wie die Herren Historiker. Ignoranten allesamt. Diese Karte beweist es.«

Er schwieg wieder und starrte erneut minutenlang wie gebannt durch die winzigen Sehschlitze auf die Karte. Gundermann tastete ihn mit Blicken ab, suchte nach Hinweisen, wollte endlich wissen, wer er war. Dass er ihn kannte, daran hatte er keinen Zweifel. Der Vermummte behandelte ihn eine Spur zu vertraut, er wusste genau, bei wem er eingedrungen war.

»Ich habe es immer gewusst«, fand der Mann zur Sprache zurück. »Es ist da, immer noch, im Boden vergraben. Man muss nur wissen, wo. Aber es ist tatsächlich da.«

Der Mann nahm seinen Blick von der Karte und sah ihn an.

»Haben Sie die Karte schon benutzt? Haben Sie schon gegraben?«

»Gegraben?«

»Ich hatte gesagt, keine Spielchen. Also? Haben Sie?«

»Nein. Ich habe erst seit Kurzem eine Vorstellung davon, was diese Karte überhaupt bedeutet. Denn ich konnte einfach nicht glauben ...«

»Typisch. Hätte ich mir ja denken können. Auch der Herr Apotheker zählt zu den Ungläubigen.«

»Ganz im Gegensatz zu Harald Graf.«

»Da haben Sie recht. Ein guter Mann. Schade um ihn. Es war ein Unfall, ich wollte ihn nicht töten. Er stand plötzlich vor mir. Einfach so. Dieser Narr.«

Der Maskierte ließ seinen Kopf sinken, sah auf die Karte.

»Graf hat das Geheimnis gelüftet. Er hat sich nicht blenden lassen wie all die anderen. Er hat nicht an die Märchen geglaubt, die erfunden wurden, um das Gold zu schützen. Aber er war nicht zäh genug, nicht hart genug, nicht ausdauernd genug. Sonst hätte er jetzt diese Karte. Aber, wie Sie sehen, halte ich sie jetzt in Händen. Graf hätte sie nie in die Finger bekommen.«

Gundermann ließ nicht von dem Mann ab, versuchte fieberhaft seine Maske zu durchdringen. Mit einem Seitenblick sah er auf die große Uhr. Halb vier. Noch immer tat sich nichts. Zu seiner eigenen Überraschung hielt sich sein Adrenalinspiegel in Grenzen. Er fühlte sich erstaunlich gut, spürte keine Panik, nur etwas Angst, aber es war eine wohlige Angst.

»Wie geht es jetzt weiter?«

»Für Sie gar nicht«, antwortete der Unbekannte mit der verzerrten Quäkstimme.

»Ist ein Mord hier nicht zu riskant?«

»Nicht riskanter als im Aischgrund. Apotheken werden immer wieder von Junkies überfallen. Letzte Woche erst musste ein Apotheker in Berlin dran glauben.«

»Wie sind Sie eigentlich ins Haus gekommen?«

»Durch die Tür. Das ist meine Spezialität. Türen und Schlösser. Mein erster Beruf. Unschätzbares Wissen.«

Endlich wurde Gundermanns Geduld belohnt. Das Verhalten des Eindringlings veränderte sich. Sein Kopf bewegte sich anders, er begann, auf dem Stuhl hin und her zu rutschen, hörbar zu atmen.

»Heiß ist es hier drin«, schnaufte der Maskierte. »Wird Zeit, dass ich verschwinde. Auch für Sie wird es Zeit. Keine Sorge, Sie spüren nichts. Aufstehen! Los!«

Aber Gundermann blieb sitzen. Er hatte nicht auf den Mann gehört, spielte doch Spielchen.

»Haben Sie etwas mit den Ohren?«, fragte der Eindringling. Die Pistole in seiner Hand begann, ganz leicht zu zittern.

»Haben Sie etwas mit Ihrer Hand?«, erwiderte Gundermann die Frage.

Der Mann in Schwarz sah auf seine Hand, die er nicht mehr ruhig halten konnte.

»Was ... was soll das?«

Er versuchte aufzustehen, fiel aber auf den Stuhl zurück.

»Was ... was haben Sie ...?«

»Ich? Ich habe nichts. Sie haben die Karte angefasst. Sie haben die Lupe angefasst.«

»Die Karte? Wieso die Karte? Was ist mit der Karte?«

»Stimmt. Das hätte ich jetzt fast vergessen. Sie waren ja nicht darauf vorbereitet. Im Gegensatz zu mir.«

»Auf was vorbereitet?«, röhrte der Mann durch die perforierte Scheibe wie Darth Vader und krümmte sich kurz nach vorne.

»Auf das Kontaktgift, mit dem ich die Karte und die Lupe behandelt habe. Zählt übrigens zu den Phosphorsäureestern, falls Ihnen das etwas sagt. Wirkt schnell und zuverlässig, wie Sie sehen. Sehr giftig, sehr tödlich.«

Der Unbekannte hob seine Waffe und richtete sie auf ihn. Zitternd, aber dennoch zielgenau.

»Überlegen Sie sich das gut. Es gibt nämlich ein Antidot, ein Gegengift. Wenn Sie mich erschießen, sterben Sie wenig später. Das Gold werden dann andere ausgraben.«

»Sie ... Sie ...!«

Der Mann schwitzte. Auf seiner Stirn bildete sich ein Schweißfleck, der noch schwärzer war als das Schwarz des Stoffes. Seine Atmung wurde lauter und schneller.

»Was ... wollen ... Sie?«

»Nur mein Leben. Gegen Ihres. Ein einfaches Tauschgeschäft.«

Die Pistole blieb auf ihn gerichtet, visierte ihn an, zitterte ihn an. Jetzt spürte Gundermann doch eine Angst, die nicht mehr wohlig war. Er starrte auf die Mündung wie sein Gegenüber vor wenigen Minuten auf die Karte. Vielleicht hatte er doch zu viel riskiert, hatte zu hoch gepokert.

»Wie lange noch?«, röchelte der Mann.

»Viel Zeit bleibt Ihnen nicht mehr. Ein paar Minuten.«

»Wie … wie sieht … wie sieht der Deal aus?«

»Wir schließen Ihre Waffe in meinen Tresor. Dort wartet bereits das Gegengift auf Sie. Dann verschwinden Sie. Nach etwa zehn Minuten wird es Ihnen besser gehen.«

»Was ist … mit … der Karte?«

»Ach ja, die Karte«, sagte Gundermann überheblich. »Ich schenke sie Ihnen. Nehmen Sie sie mit. Ich spendiere sogar eine Schutzhülle.«

Der Maskierte rang nach Luft.

»Abgemacht.«

Gundermann stand langsam auf und ging zum Tresor, der rechts an der Wand stand. Er stellte die Kombination ein und öffnete die Tür. Hinter ihm vernahm er ein leises Knarren. Dem Vermummten war es gelungen, den Sessel zu verlassen. Schon spürte er ihn in seinem Nacken, hörte seinen Atem. Die Zeit wurde knapp. Die Wirkung hielt nicht mehr lange an, denn das von ihm verwendete Kontaktgift war schwach und die Dosis nur schwer abzuschätzen. Aber ein anderes Mittel hatte er nicht parat gehabt.

»Legen Sie die Waffe in den Tresor.«

Das Zittern hatte schon nachgelassen, die Hand zögerte, der Mann zögerte.

»Wollen Sie leben oder nicht?«

Im Zeitlupentempo schob die Hand die Pistole in den Tresor.

»Hier. Trinken Sie das«, sagte Gundermann und reichte ihm ein Glas mit einer durchsichtigen Flüssigkeit, das im Tresor gewartet hatte. Kaum hielt der Mann das Glas in der Hand, lehnte sich Gundermann gegen die Tresortür und schloss sie.

»Aber wenn das …?«

»Warum sollte ich Sie zweimal vergiften? Einmal reicht bekanntlich«, erklärte Gundermann.

»Drehen Sie sich um!«

Seine Stimme wurde schon wieder stabiler, seine Kraft kehrte zurück. Im Spiegelbild eines gerahmten Fotos von seinen Eltern konnte er vage erkennen, wie sich der Mann die Mütze vom Kopf zog und das Glas leerte. Als sich Gundermann umdrehte, saß die Mütze schon wieder fast perfekt.

»Ich glaube, es geht mir schon besser«, sagte der Unbekannte, bückte sich und zog ein langes Bajonett aus seinem rechten Stiefel.

Gundermann wich mit kleinen Schritten zurück, floh vor dem altertümlichen Seitengewehr hinter seinen Schreibtisch.

»Sie haben einen Fehler gemacht, Herr Apotheker.«

»Sie auch, Herr Bittner.«

»Wie ...?«

»Ich habe Ihre Stimme erkannt. Trotz dieser Maske.«

Der Mann stieß die lange Klinge wild fuchtelnd durch den Raum, verfehlte ihn aber. Gundermann war schneller, nutzte den riesigen, alten Schreibtisch als Schanzkleid, als Brustwehr, kannte das Terrain besser, stolperte nicht über das Kabel der Stehlampe, über den Papierkorb. Zweimal umrundeten sie den Tisch, bis Bittner wieder vor seinem Stuhl stand. Dann war der Kampf zu Ende.

Bittner blieb stehen, taumelte, zog sich die Maske vom Gesicht. Von einem aschfahlen Gesicht. Er rang nach Luft, pustete und keuchte, plumpste wie ein Sack auf den Stuhl, ließ das Bajonett fallen, kippte langsam vornüber auf den Schreibtisch und blieb dort bewusstlos liegen.

Gundermann fiel in seinen Sessel, jedoch alles andere als bewusstlos. Sein Zweistufenplan hatte funktioniert.

»Ich habe doch gesagt, Sie haben einen Fehler gemacht. Sie hätten das Zeug nicht trinken sollen«, sagte Gundermann triumphierend. Die riesige Uhr zeigte fast vier an. Er öffnete die rechte Schreibtischtür und holte die Cognacflasche von Onkel Reinhard heraus.

»Man muss gut vorbereitet sein, Herr Bittner«, sagte er und holte auch noch den Schwenker aus dem Fach. Der Cognac schmeckte noch immer nach Parfüm, befreite ihn aber von den letzten Resten seiner Angst, die schnell einem euphorischen Gefühl wich. Er hatte tatsächlich einen Mörder erwischt. Er, der kleine Apotheker aus Nürnberg, der noch bei seinen Eltern wohnte. Als er den betäubten Mann auf dem Tisch liegen sah, war er fast enttäuscht, dass die Jagd zu Ende war. Jetzt würde ihn der Alltag wieder in Beschlag nehmen, der graue Brei, in dem er sich kaum bewegen konnte. Dabei war der Bewusstlose vor ihm der Beweis, wie gut er sich bewegen konnte, wenn es darauf ankam, wenn er es nur wollte.

»Auf Harald Graf, auf den alten Dengler, auf Karlheinz Nahr«, sagte er und erhob den Schwenker.

»Hansi!«

Gundermann fuhr zusammen, als hätte sich ihm der Mann in Schwarz ein zweites Mal in den Weg gestellt. Dabei war es eine Frau in Weiß.

»Was ist das hier für ein Krach im Haus? Was macht ihr hier? Habt ihr etwa getrunken? Um vier Uhr in der Früh? Du hast doch Dienst? Was ist denn bloß los mit dir, mein armer Junge?«

»Keine Sorge, Mutti, es ist alles in bester Ordnung. Ich ...«

»Das nennst du Ordnung?«, empörte sich seine Mutter mit missbilligendem Blick und heruntergezogenen Mundwinkeln. »Dein Freund scheint mir volltrunken zu sein! Zustände wie im alten Rom!«

»Mutti! Bitte! Es ist ganz anders, als du denkst!«

»Was ich denke? Warte erst einmal, was dein Vater davon hält! Der wird dir morgen ...!«

»Mutter! Beruhige dich! Schluss jetzt! Setz dich auf meinen Sessel und hör mir zu! Und unterbrich mich bitte nicht!«

25

»Warum hatte der sich eigentlich so maskiert? Wenn er dich sowieso hat umlegen wollen?«, fragte Rainer.

»Der war eben vorsichtig. Kameras sind doch inzwischen fast überall. Warum nicht auch in einer Apotheke? Nein, dumm ist der nicht, der Bittner«, antwortete Gundermann.

»Du hast viel Glück gehabt«, sagte Sandra, Stangers Frau. »Das hätte auch schiefgehen können.«

»Ich hatte ihn gewarnt«, sagte Stanger. »Aber er wollte nicht hören. Zum Wohl!«

Arme und Gläser erhoben sich und berührten sich leise. Das kleine italienische Restaurant war gut besucht. Aber sie hatten sich rechtzeitig einen großen Tisch für die Siegesfeier reservieren lassen.

»Was hättest du eigentlich gemacht, wenn er sich den Handschuh nicht ausgezogen hätte?«, fragte der Geologe.

»So, du glaubst also, ich bin ein Glücksspieler?«, lächelte Gundermann souverän. »Weit gefehlt. Von mir kannst du noch viel lernen. Bei deinem nächsten Besuch werde ich dir mein Arsenal vorführen.«

»Er hätte sich nicht mit einem Apotheker einlassen sollen«, meinte Sandra Stanger. »Was war denn nun auf der Karte und der Lupe?«

»Es war schon ein Kontaktgift, aber ein harmloses. Man fühlt sich eigentlich nur schlecht, ein bisschen Übelkeit, nichts Gravierendes. Aber es gibt ein gutes Antidot.«

»Das du natürlich im Blut hattest«, sagte Rainer.

»Und was war im Glas?«, wollte Sandra wissen.

»Flunitrazepam. Gehört zu den Benzodiazepinen. Eine kleine Dosis. Er war bald wieder auf den Beinen.«

»Allerdings hinter Gittern«, lachte Stanger.

»Der Kommissar von der Mordkommission hat vielleicht Augen gemacht«, erzählte Gundermann. »Hat ziemlich gedauert, bis der die ganze Geschichte verstanden hat.«

»Das glaube ich. Das hat ja schon bei mir gedauert«, meinte Stanger. »Zuerst habe ich kein Wort verstanden. Fernkabel, Verstärker, Gold. Blödsinn, habe ich gedacht. Jetzt hat es ihn erwischt.«

»Eigentlich schade, dass du ihm die Karte nicht anderweitig hast zuspielen können«, lachte Rainer. »Wir hätten ihn heimlich dabei filmen können, wie er ein Loch nach dem anderen gräbt. Das wäre ein Youtube-Hit geworden. Wetten? Der Mann, der die Aisch mit dem Yukon verwechselt.«

»Der wäre ziemlich sauer geworden«, sagte Gundermann. »Vielleicht hätte er schon beim ersten Loch gemerkt, dass er verschaukelt worden ist. Ich weiß es nicht. Immerhin war er fest von dem Gold überzeugt. Oder er ist es immer noch. Hier geht es ja nicht um Fakten, sondern um Mythen. Um Bilder, um Vorstellungen, Überzeugungen.«

»Ein Besessener, wenn ihr mich fragt«, meldete sich Daniela, Rainers Frau, zu Wort. »Ich kann mir gar nicht vorstellen, wie man so vom Boden abheben kann.«

»Du hast sein Forum nicht gesehen«, entgegnete Gundermann. »Bittner ist ja nicht der Einzige, der die Bodenhaftung verloren hat.«

»Aber das haben sie ja nicht alle«, hielt ihm wiederum Gerhard Stanger entgegen und warf sich für die Heimatforscher in die Bresche. »In meinen Augen sind das ein paar Fanatiker. Extremisten. Die hat es schon immer gegeben. Nur dass sie früher ausgelacht wurden.«

»Sie hatten aber auch kaum eine Chance, Gleichgesinnte zu finden«, meinte Sandra. »Die Welt war dafür viel zu groß. Aber jetzt ist sie geschrumpft. Jeder kann jetzt jeden finden. Jeder Fanatiker also auch jeden anderen.«

Der Wirt brachte das Essen, zu dem Gundermann eingeladen hatte. Teller wurden ausgetauscht und weitergereicht, Salate geteilt, Parmesan gestreut. Eine Flasche Wein machte die Runde.

»Und der Bittner ist tatsächlich Schlosser?«, fragte Rainer.

»Der war sogar bei einer Firma für Sicherheitsschlösser angestellt«, wusste Gundermann. »Später hat er dann alte Schlösser repariert und restauriert. Eben auch für das Freilandmuseum. Für den waren die beiden Schlösser an unserer Hintertür ein Witz.«

»Warum hat er sich für seinen Besuch eigentlich so viel Zeit gelassen?«, fragte Sandra mit leerem Mund. »Er hat doch von der Karte als Erster erfahren?«

»Das kann ich nur vermuten«, antwortete Gundermann. »Vielleicht hat er einfach keine Zeit gehabt, vielleicht hat er nur den Notdienst abgewartet.«

»Hättest du ihm das zugetraut?«, fragte Rainer.

»Dem Bittner? Schwer zu sagen. Ich kannte ihn ja kaum. Nein, wohl eher nicht. Er hat einen vernünftigen Eindruck gemacht. Ich meine natürlich, den Eindruck eines vernünftigen Menschen«, erklärte Gundermann.

»Er hat ein Doppelleben geführt. Da habe ich kürzlich erst eine Doku gesehen«, sagte Daniela. »Das ist gar nicht so selten. Solche Menschen bestehen aus zwei sehr unterschiedlichen Personen.«

»So ähnlich wird es wohl gewesen sein«, stimmte ihr Gundermann zu. »Nach außen freundlich und sympathisch, nachts und maskiert ein vom Gold besessener Killer.«

»Drei Morde. Wenn das kein Killer ist?«, kaute Stanger. »Der Dengler, der war doch gar keine Gefahr. Bei dem Graf, okay, der hat ihn kalt erwischt, aber der Dengler?«

»Oh doch, der war eine Gefahr. Er hätte anderen Heimatforschern etwas über das Verstärkeramt erzählen können«, sagte Gundermann und spülte mit einem Schluck Wein nach. »Das wollte Bittner natürlich verhindern. Aber er war auch für Bittner selbst eine Gefahr.«

»Inwiefern?«, fragte Stanger.

»Na, für seine Überzeugung, seinen Glauben an das Gold. Dengler war ja Zeitzeuge. Er war der letzte Mohikaner. Wenn er den Kopf geschüttelt hätte, wären die Fundamente von Bittners Kartenhaus nachhaltig erschüttert worden. Ich glaube, er hat ihn ermordet, um seinen Glauben an das Gold nicht zu gefährden. Eine affirmative Tat, wenn man so will.«

»Und dieser Nahr?«, sah ihn Daniela fragend an.

»Der muss etwas geahnt oder gewusst haben. Wir werden es wohl nicht erfahren. Ich weiß nicht einmal, ob er mir bloß etwas zeigen, etwas fragen oder mich warnen wollte«, antwortete Gundermann. »Auch der Prozess wird nicht alle Fragen klären. Bislang verweigert Bittner jede Aussage. Aber die Beweise sind erdrückend. Selbst bei einem reinen Indizienprozess muss er lange sitzen.«

»Länger noch«, glaubte Rainer. »Ohne Geständnis verschwindet der für lange Zeit. Sein Verteidiger wird schon für ein Geständnis sorgen.«

»Darauf lasst uns das Glas erheben!«, lachte Stanger. »Und Dank dem edlen Spender.«

»Vorsicht«, warnte Sandra. »Der braucht sich keine K.-o.-Tropfen zu beschaffen.«

Die kleine Gruppe lachte und hob die Gläser. Gundermann war entspannt und mit sich zufrieden wie schon lange nicht mehr. Ausgerechnet ein dreifacher Mörder hatte ihm zu diesem Glücksgefühl verholfen. Aber nicht nur das ließ ihn nachdenklich werden. Er sah nach vorne und wusste nicht mehr, was er dort sah. Vor wenigen Wochen hätte er die Frage nach der Zukunft noch leicht beantworten können. Wie die Gegenwart, wie die Vergangenheit. Diese Antwort konnte und wollte er nun nicht mehr akzeptieren. Er hatte einen Wendepunkt erreicht.

»Hast du schon einen neuen Fall?«, spottete der Geologe, als hätte er seine Gedanken erraten.

»Einen neuen Fall?«

»Natürlich«, strahlte Sandra. »Du brauchst einen neuen Fall! Und die Polizei braucht dich. Vierzigmann hätte diesen Bittner doch nie gefasst.«

»Doch. Irgendwann schon«, sagte Gundermann. »Fast jeder Mord in Deutschland wird aufgeklärt. Auch da hat sich Bittner getäuscht.«

»Ich finde die Idee gut«, nickte Rainer. »Wir helfen dir auch.«

»Wir ebenfalls«, rief Daniela über den Tisch.

Gundermann sah sich die Gesichter seiner Freunde an und lächelte kopfschüttelnd.

»Wir werden ja sehen«, grinste Stanger. »Sonst könnten wir auch Fälscher werden. Die Karte ist doch genial, oder? Wo ist die eigentlich? Bei der Polizei?«

»Nein, sonst gäbe es dort eine hausinterne Epidemie«, lächelte Gundermann. »Ich habe sie entsorgt. Ist besser so. Die Polizei braucht sie nicht. Außerdem ist sie ja im Rechner gespeichert.«

»Und ich habe das Original!«, entgegnete Stanger. »Das behalten wir auch. Als Erinnerung.«

26

Die Sandsteinmauern waren kühl, das Haus alt. Auch der Mann war alt, der in diesem Haus in einem kleinen Dorf im Aischgrund lebte. Sehr alt sogar. Er saß an einem kleinen Tisch, der seine Farbe längst verloren hatte. Seine Tasse, in der Fencheltee abkühlte, den er seit Jahren regelmäßig trank, weil er seinem Magen guttat, stand auf nacktem Holz. Poliert vom täglichen Gebrauch, von Tellern, Lappen und Schwämmen. Der kleine Raum war dunkel, obwohl es Mittag war. Durch die kleinen, blinden Fenster fiel kaum Tageslicht auf seinen Tisch. Um die Zeitung zu lesen, musste er das Licht einschalten. Mit einem alten Schalter aus graubraunem Bakelit. Die Leitung war noch auf dem Putz verlegt, die Elektrik schon lange nicht mehr zulässig.

Aber das war dem Mann mit den langen, schlohweißen Haaren und den dicken Bartstoppeln, den hohlen Wangen und gelben Zähnen egal.

In der Zeitung, die ihm die Nachbarin jeden Tag brachte, nachdem sie damit fertig war, las er mit seiner schon oft geklebten Brille eine unglaubliche Geschichte. Sie handelte von einem Mörder, von geheimnisvollen Karten und von Gold. Mehrere Wochen waren für den Prozess in Nürnberg angesetzt worden. Allein schon wegen der Beweisaufnahme.

Der alte Mann legte die Zeitung zurück auf den Tisch und trank einen Schluck. Er sah aus dem Fenster, obwohl nicht viel zu sehen war, er sah auf die Uhr. Denn er erwartete einen Besucher.

Ein Motorengeräusch.

Ein Motorrad.

Die Haustür, die nie verschlossen war und sich auch nicht mehr richtig schließen ließ, wurde geöffnet.

In der Küche erschien ein Mann in Schwarz. Schwarze Stiefel, schwarze Hose, schwarze Jacke, schwarzer Helm. Ein großer Mann, viel zu groß für die kleine Küche , die noch aus dem frühen 19. Jahrhundert stammte. Spärlich eingerichtet mit einem Küchenschrank aus hellgrün lackiertem Weichholz, einem Küchenherd mit noch immer glänzender, polierter Reling, einer kleinen Anrichte, einem kantigen Waschbecken aus dickem Porzellan.

Der Mann in Schwarz nahm seinen Helm ab und begrüßte den alten Mann, indem er ihm die Hand reichte.

»Danke, dass Sie mich angerufen haben.«

Der alte Mann nickte und erhob sich aus einem betagten Lehnstuhl. Mit dem Finger deutete er auf einen Küchenstuhl auf der anderen Seite des Tisches.

Der Motorradfahrer setzte sich. Mit dem Rücken zu ihm kramte der alte Mann in einem Fach des Küchenschranks. Als er gefunden hatte, was er anzubieten hatte, wandte er sich wieder seinem Besucher zu.

»Ich habe sie von meinem Onkel«, sagte er mit heiserer Stimme und reichte ein fleckiges, vergilbtes Stück Papier über den Tisch.

Der Motorradfahrer ließ seinen Helm auf den Boden gleiten, wo er nach zwei Umdrehungen liegen blieb. Er hatte nur noch Augen für das Stück Papier, das noch keine optischen Aufheller enthielt. Die wurden nämlich erst ab 1950 eingesetzt. Aber das wusste der Motorradfahrer nicht, und es interessierte ihn auch nicht. Er hatte nur Augen für mehrere kleine Kreuze, die jemand mit einem roten Stift in eine Karte eintragen hatte. Fernkabel 502 stand in einer alten Schrift neben einem schwarzen Balken.

Der Motorradfahrer, um die dreißig, strahlte wie ein Maikäfer und schob ein paar Geldscheine über den Tisch.

Der alte Mann nahm das Geld und stopfte es in eine alte Teedose.

»Es ist doch das, was Sie wollten?«

»Ja, das ist es«, sah ihn der Mann in Schwarz mit leuchtenden Augen an. »Es ist goldrichtig!«

Kleiner Tipp:

Bernd Flessner: *Fernsprechen als Fernsehen. Die Entwicklung des Bildtelefons und die Bildtelefonprojekte der Deutschen Reichspost.* In: Bernd Flessner/Jürgen Bräunlein (Hg.): *Der sprechende Knochen. Perspektiven von Telefonkulturen*, Würzburg 2000, S. 29–46.

1 Toter, 12 Autoren, 12 Storys

Petra Nacke (Hrsg.)
Leiche sucht Autor
12 Kriminalgeschichten
Klappenbroschur, 223 Seiten
ISBN 978-3-86913-275-4

In einer verlassenen Fabriketage hängt die Leiche eines international bekannten Künstlers von der Decke. Auf dem Tisch steht ein Laptop, davor eine Videokamera. Ansonsten ist der Raum so gut wie leer. Die Polizei wurde von einem anonymen Anrufer alarmiert. Bis die Einsatzkräfte jedoch vor Ort sind, vergehen Tage – ein Umstand, der deshalb noch schwerer wiegt, weil der Tote ein Schild mit der Ziffer »1« um den Hals trägt.
Ausgehend von diesem rätselhaften Szenario lassen zwölf renommierte und preisgekrönte Krimiautoren ihrer Kreativität freien Lauf und spinnen die Geschichte individuell weiter. Eine raffinierte, hoch spannende und oft humorvolle Hommage an die Kraft der Fantasie.

Mit Beiträgen von Friedrich Ani · Veit Bronnenmeyer · Angela Eßer · Nina George · Norbert Horst · Thomas Kastura · Stefan Kiesbye · Christian Klier · Tessa Korber · Petra Nacke · Jörg Steinleitner · Elmar Tannert

Wenn Katzen Mörder jagen ...

Tessa Korber (Hrsg.)
Auf leisen Pfoten kommt der Tod
12 Katzenkrimis
Klappenbroschur, 251 Seiten
ISBN 978-3-86913-273-0

Katzen – schon die alten Ägypter wussten, dass diese Tiere Grenzgänger zwischen den Welten sind. Zahllose Detektive haben sie zu ihren Vertrauten gemacht. Und sogar höchstpersönlich ging die eine oder andere Katze schon auf Mörderjagd. In ihren Augen lauert der Abgrund, und ihre samtweichen Pfoten bergen tödliche Krallen. 13 Katzenliebhaber ließen sich vom Schnurren ihrer Lieblinge inspirieren und lauschten ihnen Fälle ab, die es in sich haben.

Mit Beiträgen von Jean Bagnol · Nicola Förg · Uwe Gardein · Fredrika Gers · Thomas Kastura · Christian Klier · Elke Pistor · Barbara Saladin · Andrea Schacht · Alexa Stein · Uwe Voehl und Malte S. Sembten · Günther Zäuner – und einer Katzengeschichte von Ingrid Noll